武當山之一角。

少林寺初祖庵——據說為當年達摩面壁處。達摩為中國禪宗之初祖。

少林寺塔林——冀連波攝。小塔為少林寺歷代高僧圓寂後骨灰舍利存放處。

鄭重「達摩過江圖」——鄭重，明代畫家。傳說中達摩來到中國後，與梁武帝議論不合，憑一根蘆葦而過長江，赴少室山面壁坐禪。

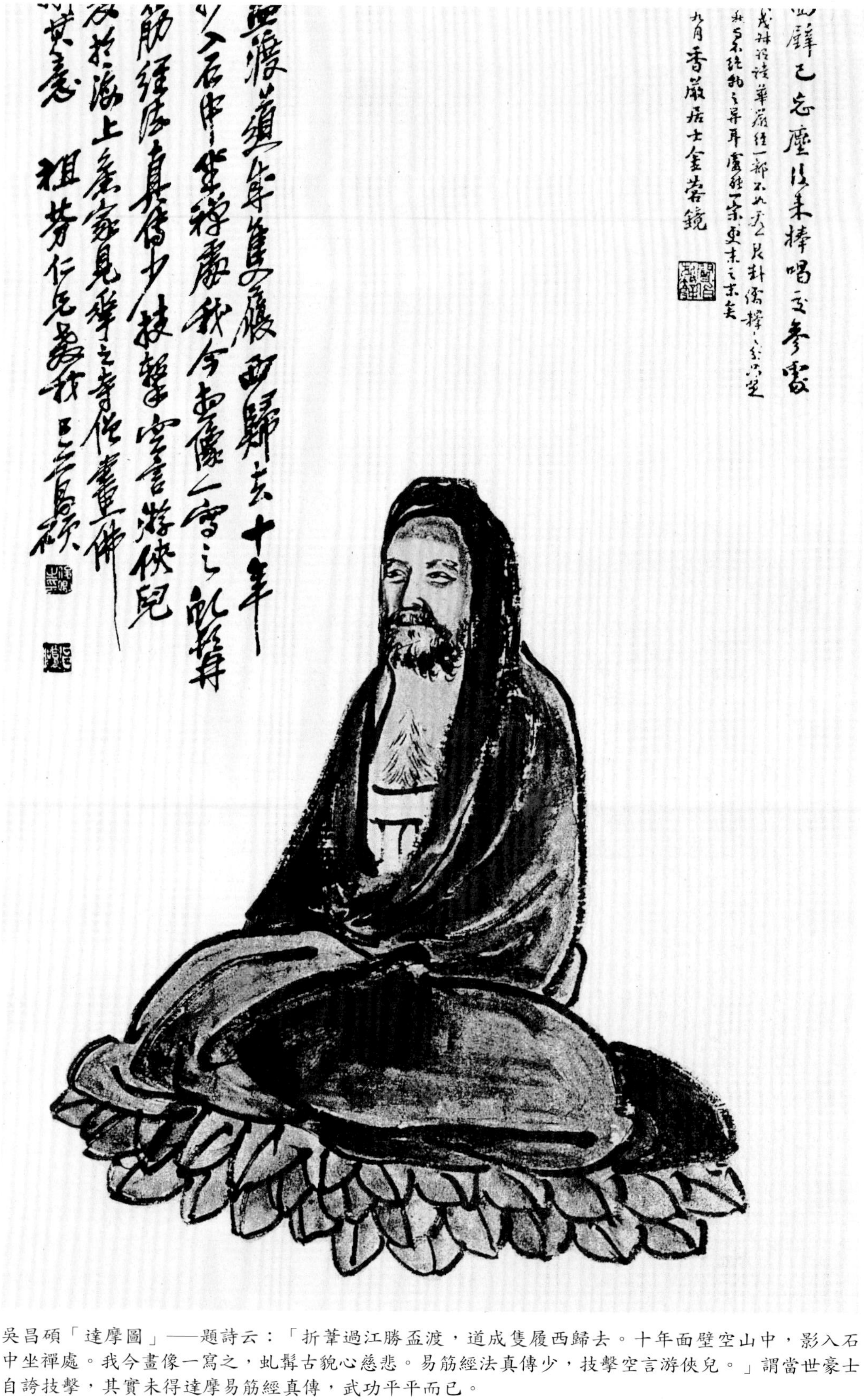

吳昌碩「達摩圖」──題詩云：「折葦過江勝盃渡，道成隻履西歸去。十年面壁空山中，影入石中坐禪處。我今畫像一寫之，虬髯古貌心慈悲。易筋經法真傳少，技擊空言游俠兒。」謂當世豪士自誇技擊，其實未得達摩易筋經真傳，武功平平而已。

吳昌碩「桃花圖」──吳昌碩，清末民初大畫家，此圖為原圖之上半部，題字云：「灼灼桃之花，赬顏如中酒，一開三千年，結實大於斗」及「曼倩移來」，意為此桃乃仙桃。桃谷六仙如見此圖，必定大喜若狂。

遠眺恆山——顧棣攝。

恆山金龍峪——楊家將三關故壘。
本書中方證、冲虛、令狐冲三人曾指點金龍峪而議論。

北嶽題碑「塞北第一山」

恆山高處

恆山絕壁上之巨字：「恆宗」

恆山懸空寺——寺在翠屏峯的峭壁上，依山附崖，懸空架屋。寺始建於一千四百年前的北魏時期，現存者為十四世紀時重建。攝影者孫志江。

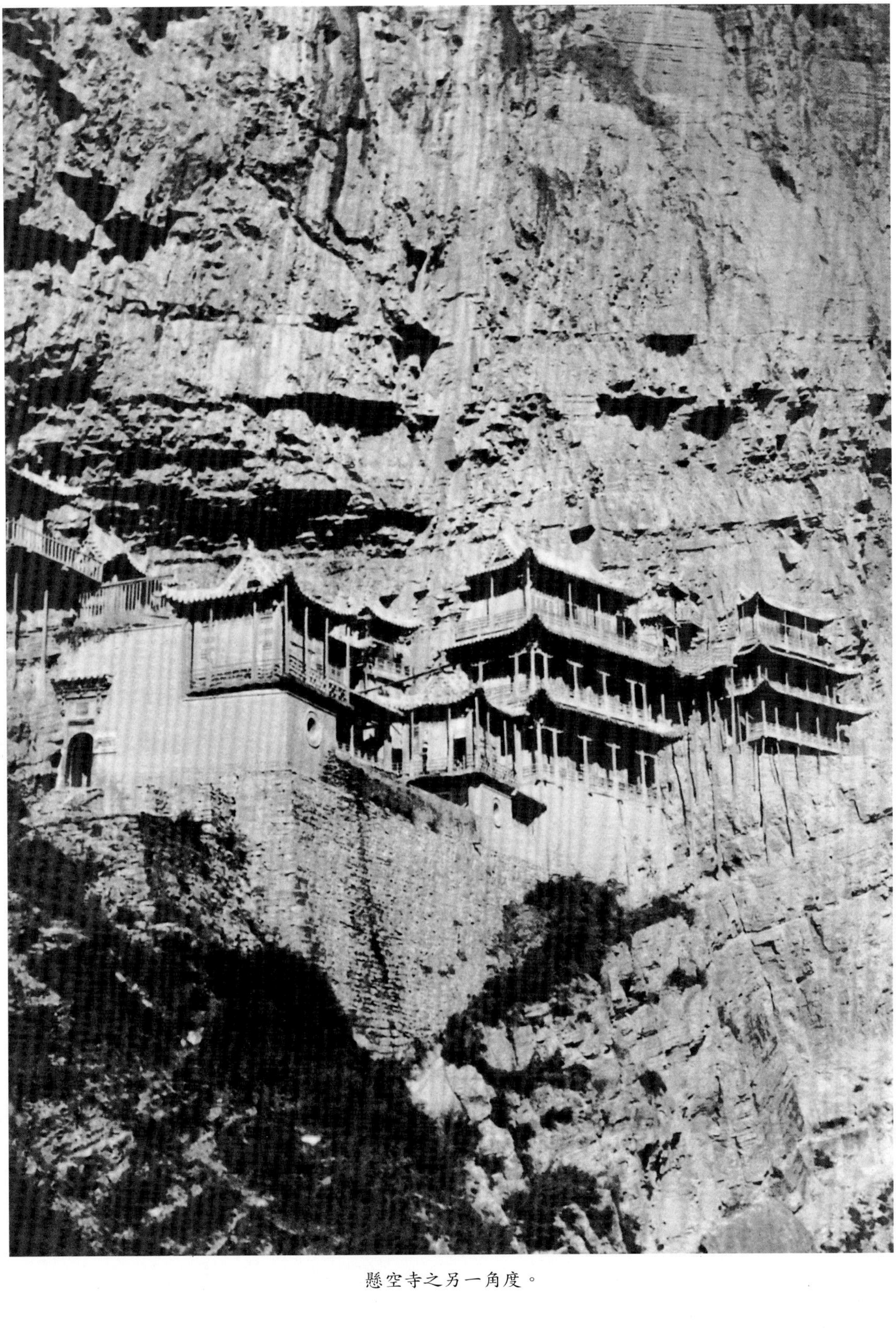

懸空寺之另一角度。

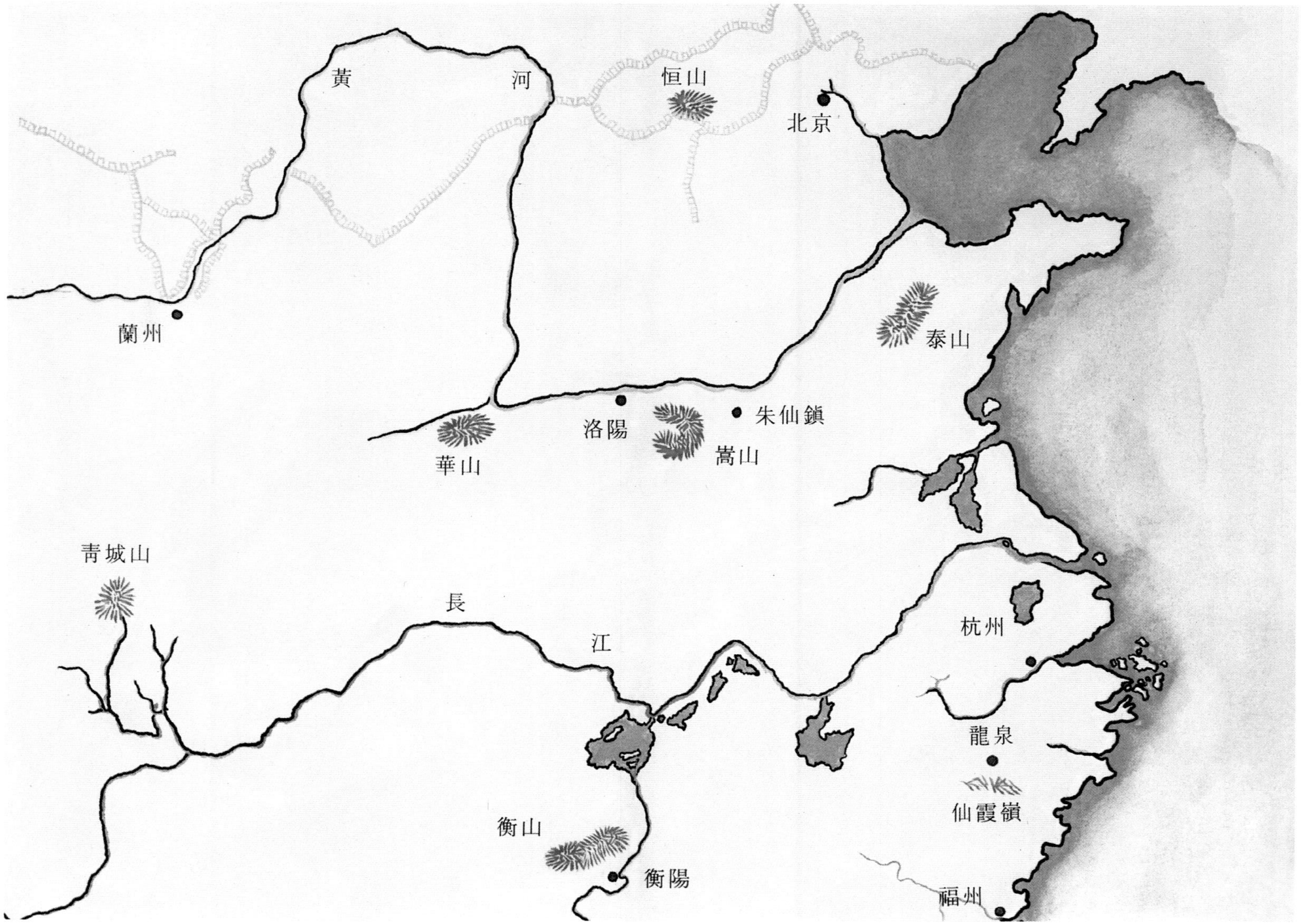

《笑傲江湖》地理圖，王司馬繪。

大字版

笑傲江湖

金庸

⑥三戰兩勝

大字版金庸作品集⑹⓪

笑傲江湖 (6)三戰兩勝 「公元2006年金庸新修版」

The Smiling, Proud Wanderer, Vol. 6

作　　者／金　庸

封面設計／唐壽南　內頁插畫／王司馬

發 行 人／王　榮　文
出版・發行／遠流出版事業股份有限公司
臺北市中山北路一段11號13樓
電話／2571-0297　傳真／2571-0197　郵撥／0189456-1

□2006年 8 月16日　初版一刷
□2022年 4 月 1 日　二版五刷

大字版　每冊 *380* 元（本作品全八冊，共3040元）
〔另有典藏版共36冊（不分售），平裝版共36冊，新修版共36冊，新修文庫版共72冊〕

ISBN　978-957-32-8112-2（套：大字版）
ISBN　978-957-32-8109-2（第六冊：大字版）
Printed in Taiwan

YLib 遠流博識網
http://www.ylib.com　E-mail:ylib@ylib.com

目錄

兩日之後，羣豪來到少室山上、少林寺外，少說也有六七千人衆。大旗招展，數百面大皮鼓同時擂起，蓬蓬之聲，當眞驚天動地。

二六　圍寺

令狐冲向北疾行，天明時到了一座大鎮，走進一家飯店。湖北出名的點心乃是豆皮，以豆粉製成麵條，煮以鮮湯，甚爲可口。令狐冲連盡三大碗，付帳出門。

只見迎面走來一羣漢子，其中一人又矮又胖，赫然便是「黃河老祖」之一的老頭子。令狐冲大喜，大聲叫道：「老頭子！你好啊。」

老頭子一見是他，登時神色尷尬之極，遲疑半晌，唰的一聲，抽出了大刀。

令狐冲又向前迎了一步，說道：「祖千秋……」只說了三個字，老頭子舉刀便向他砍將過來，可是這一刀雖力勁勢沉，準頭卻是奇差，和令狐冲肩頭差著一尺有餘，呼的一聲，直削了下去。令狐冲嚇了一跳，向後躍開，叫道：「老先生，我……我是令狐冲！」

老頭子叫道：「我當然知道你是令狐冲。衆位朋友聽了，聖姑當日曾有令諭，不論那一個見到令狐冲，務須將他殺了，聖姑自當重重酬謝。這句話，大夥兒可都知道麼？」

眾人轟然道：「咱們都知道。」眾人話雖如此，但大家你瞧瞧我，我瞧瞧你，臉上神情都甚古怪，沒一人拔兵刃上前動手，有些人甚至笑嘻嘻地，似覺十分有趣。

令狐冲臉上一紅，想起那日盈盈要老頭子等傳言江湖，務須將自己殺了，她是既盼自己再不離開她身邊，又要羣豪知道，她任大小姐決非痴戀令狐冲，反而恨他入骨。此後多經變故，早將當時這話忘了，此刻聽老頭子這麼說，才想起她這號令尚未通傳取消。

當時老頭子等傳言出去，羣豪已然不信，待得她為救令狐冲之命，甘心赴少林寺就死，這事由少林寺俗家弟子洩漏了出來，登時轟動江湖。人人固讚她情深義重，卻也不免好笑，覺這位大小姐太也要強好勝，明明愛煞了人家卻又不認，拚命掩飾，不免欲蓋彌彰。這事不但魔教屬下那些左道旁門的好漢們知之甚詳，連正派中人也多有所聞，日常閒談往往引為笑柄。此刻羣豪突見令狐冲出現，驚喜交集之際，卻也有些不知所措。

老頭子道：「令狐公子，聖姑有令，叫我們將你殺了。但你武功甚高，適才我這一刀砍你不中，承你手下留情，沒取我性命，足感盛情。眾位朋友，大家親眼目睹，咱們決不是不肯殺令狐公子，實在是殺他不了。我老頭子不行，當然你們也都不行的了。是不是？」眾人哈哈大笑，都道：「正是！」

一人道：「適才咱們一場驚心動魄的惡鬥，雙方打得筋疲力盡，誰也殺不了誰，只好不打。大夥兒再不妨鬥鬥酒去。倘若有那一位英雄好漢，能灌得令狐公子醉死了，日後見到聖姑，也好有個交代。」羣豪捧腹狂笑，都道：「妙極，妙極！」又一人笑道：「聖姑只吩咐咱們殺了令狐公子，可沒規定非用刀子不可。用上好美酒灌得醉死了他，那也可以啊。這叫做不能刀敵，便當酒取。」

羣豪歡呼大叫，簇擁著令狐冲上了當地最大的一間酒樓，四十餘人坐滿了六張桌子。幾個人敲枱拍櫈，大呼：「酒來！」

令狐冲一坐定後，便問：「聖姑到底怎樣啦？這可急死我了。」

羣豪聽他關心盈盈，盡皆大喜。

老頭子道：「大夥兒定了十二月十五同上少林寺去接聖姑出寺。這些日子來，卻爲了誰做盟主之事，大家爭鬧不休，大傷和氣。令狐公子駕到，可再好不過了。這盟主若不是你當，更有誰當？倘若別人當了，就算接了聖姑出來，她老人家也必不開心。」

一個白鬚老者笑道：「是啊。只要由令狐公子主持全局，縱然一時遇上阻難，接不到聖姑，她老人家只須得知訊息，心下也必歡喜得緊。這盟主一席，天造地設，是由令狐公子來當的了。」

令狐冲慨然道：「是誰當盟主，那是小事一件，只須救得聖姑出來，在下便粉身碎骨，也所甘願。」這幾句話倒不是隨口胡謅，他感激盈盈爲己捨身，若要他爲盈盈而死，那是一往無前，決不用想上一想。不過如在平日，這念頭在自己心頭思量也就是了，不用向人宣之於口，此刻卻要拚命顯得多情多義，好叫旁人不去笑話盈盈。

羣豪一聽，更加心下大慰，覺得聖姑看中此人，眼光確實不錯。

那白髮老者笑道：「原來令狐公子果然是位有情有義的英雄，若如江湖上所訛傳，說道令狐公子置身事外，全不理會，可教衆人心涼了。」

令狐冲道：「這幾個月來，在下失手身陷牢籠，江湖上的事情一概不知。既會不到聖姑，又全不知她訊息，日夜思念，想得頭髮也白了。來來來，在下敬衆位朋友一杯，衷心感謝各位爲聖姑出力。」說著站起身來，舉杯一飲而盡。羣豪也都乾了。

令狐冲道：「老先生，你說許多朋友在爭盟主之位，大傷和氣，事不宜遲，咱們便須立即趕去勸止。」老頭子道：「正是。祖千秋和夜貓子都已趕去了。我們也正要去。」令狐冲道：「不知大夥兒都在那裏？」老頭子道：「都在黃保坪聚會。」令狐冲道：「黃保坪？」那白鬚老者道：「那是在襄陽以西的荊山之中。」

令狐冲道：「咱們快些吃飯喝酒，立即去黃保坪。咱們已鬥了三日三夜酒，各位費盡心機，放懷大飲，灌死令狐冲後他又活了過來，日後見到聖姑，已大可交代了。」

羣豪大笑，都道：「令狐公子酒量如海，只怕再鬥三日三夜，也奈何不了你。」

令狐冲和老頭子並肩而行，問道：「令愛的病，可大好了？」老頭子道：「多承公子關懷，她雖沒怎麼好，幸喜也沒怎麼壞。」令狐冲心中一直有個疑團，眼見餘人在身後相距數丈，便問：「衆位朋友都說聖姑於各位有大恩大德。在下委實不明其中原因，聖姑小小年紀，怎能廣施恩德於這許多江湖朋友？」老頭子道：「公子不是外人，原本不須相瞞，只是大家向聖姑立過誓，不能洩漏此中機密。請公子恕罪。」令狐冲點頭道：「既不便說，那就不說罷。」老頭子道：「日後由聖姑親口向公子說，那不是好得多麼？」令狐冲道：「但願此日早臨。」

羣豪在路上又遇到了兩批好漢，也都是去黃保坪的，三夥人相聚，已有二百餘人。

羣豪趕到黃保坪時天已入黑，羣雄聚會處是在黃保坪以西的荒野。還在里許之外，便已聽到人聲嘈雜，有人粗聲喝罵，有人尖聲叫嚷。令狐冲加快腳步奔去，月光下見羣山圍繞的一塊草坪上，黑壓壓地聚集著無數人衆，一眼望去，少說也有一兩千人。

只聽有人大聲說道：「盟主，盟主，既然稱得這個『主』字，自然只好一人來當。你們六個人都要當，那還成甚麼盟主？」另一人道：「我們六個人便是一個人，一個人便是六個人。你們都聽我六兄弟的號令，我六兄弟便是盟主了。你再囉裏囉唆，先將你撕成四塊再說。」令狐冲不用眼見其人，便知是「桃谷六仙」之一，但他六兄弟說話聲音都差不多，卻分辨不出是六人中的那一個。

先前那人給他一嚇，登時不敢再說。但羣雄對「桃谷六仙」顯然心中不服，有的在遠處叫罵，有的躲在黑暗中大聲嘻笑，更有人投擲石塊泥沙，亂成一團。

桃葉仙大聲嚷道：「是誰向老子投擲石塊？」黑暗中有人道：「是你老子。」桃花仙怒道：「甚麼？你是我哥哥的老子，也就是我的老子了？」有人說道：「那也未必！」登時數百人齊聲轟笑。桃花仙問道：「爲甚麼未必？」另一人道：「這個我也不知道。我只生一個兒子。」桃根仙道：「你只生一個兒子，跟我有甚麼相干？」又一個粗嗓子的大聲笑道：「跟你沒相干，多半跟你兄弟相干了。」桃幹仙道：「難道跟我相干麼？」先一人笑道：「那得看相貌像不像。」桃實仙道：「你說跟我的相貌有些相像，出來瞧瞧。」那人笑道：「有甚麼好瞧的，你自己照鏡子好了！」

突然之間，四條人影迅捷異常的縱起，一撲向前，將那人從黑暗中抓出。這人又高又大，足足有二百來斤，給桃谷四仙抓住了四肢，竟絲毫動彈不得。四人將他抓到月光底下一照。桃實仙道：「不像我，我那有這樣難看？老三，只怕有些像你。」桃枝仙道：「呸，我就比你難看嗎？天下英雄在此，不妨請大夥兒品評品評。」

羣雄早就見到桃谷六仙個個五官不正，面貌醜陋，要說那一個更好看些，這番品評功夫可也眞著實不易，這時見那大漢給四仙抓在手中，頃刻之間便會給撕成了四塊，人人慄慄危懼，誰也笑不出來。

令狐冲知桃谷六仙的脾氣，一個不對便會將這大漢撕了，朗聲說道：「桃谷六仙，讓我令狐冲來品評品評如何？」說著緩步從暗處走了出來。

羣雄一聽到「令狐冲」三字，登時聳動，千餘對目光都注集在他身上。

令狐冲卻目不轉睛的凝視著桃谷四仙，唯恐他們一時興起，登時便將這大漢撕裂，說道：「你們將這位朋友放下，我才瞧得清楚。」桃谷四仙當即將他放下。

這條大漢身材雄偉已極，站在當地，便似一座鐵塔。他適才死裏逃生，已嚇得魂不附體，臉如死灰，身子簌簌發抖。他明知如此當衆發抖，實非英雄行逕，可是身子自己要抖，卻也勉強不來，想說幾句撐門面之言，只顫聲道：「我……我……我……」

令狐冲見他嚇得厲害，但此人五官倒也端正，向桃谷六仙道：「六位桃兄，你們的相貌和這位朋友全然不像，可比他俊美得多了。桃根仙骨格清奇、桃幹仙身材魁偉、桃枝仙四肢修長、桃葉仙眉清目秀，桃花仙呢……這個……這個目如朗星，桃實仙精神飽滿，任誰一見到，立刻都知是六位行俠仗義的玉面英雄，英俊少……這個英俊中年。」

羣雄聽了，盡皆大笑。桃谷六仙更大爲高興。

老頭子吃過這六兄弟的苦頭，知他們極不好惹，跟著湊趣，說道：「依在下之見，環顧天下英雄，武功高的固多，說到相貌，那是誰也比不上桃谷六仙了。」

羣豪跟著起轟，有的說：「豈僅俊美而已，簡直是風流瀟洒。前無古人，後無來者。」有的說：「潘安退避三舍，宋玉甘拜下風。」有的說：「武林中從第一到第六的美男子，自當算他們六位。令狐公子最多排到第七。」

桃谷六仙不知衆人取笑自己，還道是眞心稱讚，更加笑得合不攏嘴。桃枝仙道：「我媽當年說咱六個是醜八怪，原來說得不對。」有人笑道：「當然不對了，你們只六個人，怎能成爲醜八怪？」有人輕聲道：「加上他們爹娘……」一句話沒說完，便給人掩住了嘴巴。

老頭子大聲道：「衆位朋友，大夥兒運氣不小。令狐公子正要單槍匹馬，獨闖少林，去接聖姑出來，道上遇到我們，聽說大夥兒在此，便過來和大家商議商議。說到相貌之美，自然要算桃谷六仙……」羣雄一聽，又都轟笑。老頭子連連搖手，在衆人大笑聲中繼續說道：「可是這闖少林、接聖姑的大事，跟相貌如何干係也不太大。以在下之見，咱們齊奉令狐公子爲盟主，請他主持全局，發號施令，大夥兒一體凜遵，衆位意下如何？」

羣雄人人都知聖姑是爲了令狐冲而陷身少林，令狐冲武功卓絕，當日在河南和向問天聯手，大戰各路英雄，此事早已轟動江湖，但即令他手無縛鷄之力，瞧在聖姑面上，也當奉他爲主，是以聽到老頭子的話，當即歡聲雷動，許多人都鼓掌叫好。

桃花仙突然怪聲道：「咱們去救任大小姐，救了她出來，是不是給令狐冲做老婆？」

羣雄都對任大小姐十分尊敬，雖覺桃花仙這話沒錯，卻誰也不敢公然稱是。令狐冲更十分尷尬，只好默不作聲。

桃葉仙道：「他又得老婆，又做盟主，可太過便宜他了。我們去幫他救老婆，盟主卻要我們六兄弟來做。」桃根仙道：「正是！除非他本事強過我們，卻又當別論。」

驀地裏桃根、桃幹、桃枝、桃實四仙一齊動手，將令狐冲四肢抓住，提在空中。他四人出手實在太快，事先又沒半點朕兆，說抓便抓，令狐冲竟閃避不及。

羣雄齊聲驚呼：「使不得，快放手！」

桃葉仙笑道：「大家放心，我們決不傷他性命，只要他讓我們六兄弟做盟主……」一句話沒說完，桃根、桃幹、桃枝、桃實四仙忽地齊聲怪叫，忙不迭的將令狐冲拋下，嚷道：「啊喲，你……你使甚麼妖法？」

原來令狐冲手足分別爲四人抓住，也眞怕四人儍頭儍腦，甚麼怪事都做得出來，別要眞的將自己撕了，當即運起吸星大法。桃谷四仙只覺內力源源從掌心中外洩，越運功相抗，內力奔瀉得越快，驚駭之下，立即撒手。令狐冲腰背一挺，穩穩站直。

桃葉仙忙問：「怎麼？」桃根仙、桃實仙齊道：「這……這令狐冲的功夫好奇怪，咱們可抓他不住。」桃幹仙道：「不是抓他不住，而是忽然之間，不想抓他了。」羣雄歡呼之聲大作，都道：「桃谷六仙，你們這次可服了麼？」桃根仙道：「令狐冲是我們六兄弟的好朋友，令狐冲就是桃谷六仙，桃谷六仙就是令狐冲。令狐冲來當盟主，就等如是桃谷六仙當盟主，那有甚麼不服？」桃花仙道：「天下那有自己不服自己之理？那不是太謙虛麼？你們問得太笨了。」

羣雄見桃谷六仙的神情，料想適才抓住令狐冲時暗中已吃了虧，只是死要面子，不肯承認，雖不明其中緣由，卻都嘻笑歡呼。

令狐冲道：「衆位朋友，咱們這次去迎接聖姑，並相救失陷在少林寺中的許多朋友。少林寺乃武林中的泰山北斗，少林七十二絕技數百年來馳名天下，任何門派都不能與之抗衡。但咱們人多勢衆，除了這裏已有千餘位英雄之外，尚有不少好漢前來。咱們的武功就算暫且不及少林寺僧俗弟子，十個打一個，總也打贏了。」

衆人轟叫：「對，對！難道少林寺的和尚眞有三頭六臂不成？」

令狐冲又道：「可是少林寺的大師們雖留住了聖姑，卻也沒難爲於她。寺中大師們都是有道高僧，慈悲爲懷，令人好生相敬。咱們縱然將少林寺毀了，只怕江湖上的好漢要說我們倚多爲勝，不是英雄所爲。因此依在下之見，咱們須得先禮後兵，如能說得少林寺讓了一步，對聖姑和其他朋友們不再留難，免了一場爭鬥，那便再好不過。」

祖千秋道：「令狐公子之言，正合我意，倘若當眞動手，雙方死傷必多。」桃枝仙道：「令狐公子之言，卻不合我意。雙方如不動手，死傷必少，那還有甚麼趣味？」祖千秋道：「咱們既奉令狐公子爲盟主，他發號施令，大夥兒自當聽從。」桃根仙道：「不錯，這發號施令之事，還是由我們桃谷六仙來幹好了。」

羣雄聽他六兄弟儘是無理取鬧，阻撓正事，都不由得發惱，許多人手按刀柄，只待令狐冲稍有示意，便要將這六人亂刀分屍，他六人武功再高，終究擋不住數十人刀劍齊施。

祖千秋道：「盟主是幹甚麼的？那自然是發號施令的了。他如不發號施令，那還叫甚麼盟主？這個『主』字，便是發號施令之意。」

桃花仙道：「既是如此，便單叫他一個『盟』字，少了那『主』字便了。」桃葉仙搖頭道：「單叫一個『盟』字，多麼別扭。」桃幹仙道：「依我的高見，單是一個『盟』字既然別扭，便可拆將開來，稱他爲『明血』！」桃枝仙叫道：「錯了，錯了！『盟』字拆開來，下面不是『血』字，比『血』字少了一撇。那是甚麼字？」

桃谷六仙都不識那器皿的「皿」字，羣雄任由他們出醜，沒人出聲指點。

桃幹仙道：「少了一些，也還是血。好比我割你一刀，割得深，出的血多，固然是血，倘若我顧念手足之情，割得很輕，出的血甚少，雖然少了些，那仍然是血。」桃枝仙怒道：「你割我一刀，就算割得輕，也不是顧念手足之情了。你又爲甚麼要割我一刀？」桃幹仙道：「我可沒有割，我手裏也沒刀。」桃花仙道：「如果你手裏有刀呢？」

羣雄聽他們越扯越遠，不禁怒喝：「安靜些，大家聽盟主的號令。」

桃枝仙道：「他號令便號令好了，又何必安靜？」

令狐冲提高嗓子說道：「衆位朋友，屈指算來，離十二月十五還有十七日，大夥兒動身慢慢行去，到得嵩山，時候也差不多了。咱們這次可不是秘密行事，乃是大張旗鼓而去。明日咱們去買布製旗，寫明『江湖羣豪上少林，拜佛參僧迎任姑』的字樣，須是任大小姐的『任』字，不是神聖的『聖』字。再多買些皮鼓，一路敲擊前往，好教少林的僧俗弟子們聽到，先自膽戰心驚。」

這些左道豪客十之八九是好事之徒，聽他說要如此大鬧，都不勝之喜，歡呼聲響震山谷。其中也頗有若干老成持重之輩，但見大夥兒都喜胡鬧，也只有不置可否、拊鬚微笑而已。

次日清晨，令狐冲請祖千秋、計無施、老頭子三人率領人衆去趕製旗幟，採辦皮鼓。到得中午時分，已寫就了數十面白布大旗，皮鼓卻只買到兩面。令狐冲道：「咱們便即起程，沿路經過城鎮，不停添購便是。」

當即有人擂起鼓來，羣豪齊聲吶喊，列隊向北進發。

令狐冲見過恆山派弟子在仙霞嶺上受人襲擊的情形，當下與計無施等商議，派出七個幫會，兩幫在前作爲前哨，兩幫左護，兩幫右衛，另有一幫殿後接應，餘人則是中軍大隊；又派漢水的神烏幫來回傳遞消息。神烏幫是本地幫會，自鄂北以至豫南皆是其勢力範圍，若有風吹草動，自能儘早得悉。羣豪見他分派井井有條，除桃谷六仙外，盡皆悅服凜遵。

行了數日，沿途不斷有豪士來聚。旗幟皮鼓，越置越多，更有不少人提了大銅鑼，噹噹敲響。蓬蓬噹噹聲中，三千餘人喧嘩叫嚷，湧向少林。

這日將到武當山腳下。令狐冲道：「武當派是武林中的第二大派，聲勢之盛，僅次於少林。咱們這次去迎接聖姑，連少林派也不想得罪，自然更不想得罪武當派了。咱們還是避道而行，以示對武當派掌門人冲虛道長尊重之意。不知諸位意下如何？」老頭子道：「令狐公子怎麼說，便怎麼行。咱們只須接到聖姑，那便心滿意足，原不必旁生枝節，多樹強敵。如接不到聖姑，就算將武當山踏平了，又有個屁用？」

令狐冲道：「如此甚好！便請傳下令去，偃旗息鼓，折向東行。」

當下羣豪停了鑼鼓，改道東行。這日正行之際，迎面有人騎了一頭毛驢過來，驢後隨著兩名鄉農，一個挑著一擔菜，另一個挑著一擔山柴。毛驢背上騎著個老者，彎著背不住咳嗽，一身衣服上打滿了補釘。羣豪人數衆多，手持兵刃，一路上大呼小叫，聲勢甚壯，道上行人見到，早就避在一旁。但這三人竟如視而不見，向羣豪直衝過來。

桃根仙罵道：「幹甚麼的？」伸手一推，那毛驢一聲長嘶，摔了出去，喀喇幾聲，腿骨折斷。驢背上老者摔倒在地，哼哼唧唧的半天爬不起來。

令狐冲好生過意不去，當即縱身過去扶起，說道：「眞對不起。老丈，可摔痛了嗎？」那老者哼哼唧唧，說道：「這……這……這算甚麼？我窮漢……」

兩名鄉農放下肩頭擔子，站在大路正中，雙手扠腰，滿臉怒色。挑菜的漢子氣喘吁吁的道：「這裏是武當山腳下，你們是甚麼人，膽敢在這裏出手打人？」桃根仙道：「武當山腳下，那便怎地？」那漢子道：「武當山腳下，人人都會武功。你們外路人到這裏來撒野，當眞是不知死活，自討苦吃。」

羣豪見這二人面黃肌瘦，都是五十來歲年紀，這挑菜的說話中氣不足，居然自稱會武，登時有數十人大笑起來。

桃花仙笑道：「你也會武功？」那漢子道：「武當山腳下，三歲孩兒也會打拳，五歲孩子就會使劍，那有甚麼希奇？」桃花仙指著那挑柴漢子，笑道：「他呢？他會不會使劍？」挑柴的漢子道：「我……我……小時候學過幾個月，有幾十年沒練，這功夫……咳咳，可都擱下了。」挑菜的道：「武當派武功天下第一，只要學過幾個月，你就不是對手。」桃葉仙笑道：「那麼你練幾手給我們瞧瞧。」

挑柴漢子道：「練甚麼？你們又看不懂。」羣豪轟然大笑，都道：「不懂也得瞧瞧。」挑柴漢子道：「唉，既然如此，我便練幾手，只不知是否還記得全？那一位借把劍來。」便有一人笑著遞過一把劍。那漢子接過，走到乾硬的稻田中，東刺一劍、西劈一劍的練了起來，使得三四下，忽然忘記了，搔頭凝思，又使了幾招。

羣豪見他使得全然不成章法，身手又笨拙之極，無不捧腹大笑。

那挑菜漢子道：「有甚麼好笑？讓我來練練，借把劍來。」接了長劍在手，便即亂劈亂刺，出手極快，猶如發瘋一般，更引人狂笑不已。

令狐冲初時也是負手微笑，但看到十幾招時，不禁漸覺訝異，這兩個漢子的劍招一個遲緩，一個迅捷，可是劍法中破綻之少，實所罕見。二人的姿式固難看之極，但劍招古樸渾厚，劍上的威力似乎只發揮得一二成，其餘的卻蓄勢以待，深藏不露，當即跨上幾步，拱手說道：「今日拜見兩位前輩，得睹高招，實不勝榮幸。」語氣甚爲誠懇。

兩名漢子收起長劍。那挑柴的瞪眼道：「你這小子，你看得懂我們的劍法麼？」令狐冲道：「不敢說懂。兩位劍法博大精深，這個『懂』字，怎說得上？武當派劍法馳名天下，果然令人歎爲觀止。」那挑菜漢子道：「你這小子，叫甚麼名字？」

令狐冲還未答話，羣豪中已有好幾人叫了起來：「甚麼小子不小子的？」「這位是我們的盟主，令狐公子。」「鄉巴佬，你說話客氣些！」

挑柴漢子側頭道：「令狐瓜子？不叫阿貓阿狗，卻叫甚麼瓜子花生，名字難聽得緊。」令狐冲抱拳道：「令狐冲今日得見武當神劍，甚爲佩服，他日自當上山叩見冲虛道長，謹致仰慕之誠。兩位尊姓大名，可能示知嗎？」挑柴漢子向地下吐了口濃痰，說道：「你們這許多人，嘩啦嘩啦的，打鑼打鼓，可是大出喪嗎？」

令狐冲情知這二人必是武當派高手，恭恭敬敬的躬身說道：「我們有位朋友，給拘留在少林寺中，我們是去求懇方證方丈，請他老人家慈悲開釋。」挑菜漢子道：「原來不是大出喪！可是你們打壞了我伯伯的驢子，賠不賠錢？」

令狐冲順手牽過三匹駿馬，說道：「這三匹馬，自然不及前輩的驢子了，只好請前輩將就騎騎。晚輩們不知前輩駕到，大有衝撞，還請恕罪。」說著將三匹馬牽將過去。

羣豪見令狐冲神態越來越謙恭，絕非故意做作，無不大感詫異。

挑菜漢子道：「你既知我們的劍法了得，想不想比上一比？」令狐冲道：「晚輩不是兩位對手。」挑柴漢子道：「你不想比，我倒想比比。」歪歪斜斜的一劍，向令狐冲刺來。令狐冲見他這一劍籠罩自己上身九處要害，的是精妙，叫道：「好劍法！」拔出長劍，反刺過去。那漢子向著空處亂刺一劍。令狐冲長劍迴轉，也削在空處。兩人連出七八劍，每一劍都刺在空處，雙劍未曾一交。但那挑柴漢子卻一步又一步的倒退。

那挑菜漢子叫道：「瓜子花生，果然有點門道。」提起劍來一陣亂刺亂削，刹那間接連劈了二十來劍。每一劍都不是劈向令狐冲，劍鋒所及，和他身子差著七八尺。

令狐冲提起長劍，有時向挑柴漢子虛點一式，有時向挑菜漢子空刺一招，劍刃離他們身子也均有七八尺。但兩人一見他出招，便神情緊迫，或跳躍閃避，或舞劍急擋。

羣豪都看得呆了，令狐冲的劍刃明明離他們還有老大一截，他出劍之時又沒半點勁風，決非以無形劍氣攻人，爲何這兩人如此避擋唯恐不及？看到此時，羣豪都已知這兩人乃身負深湛武功的高手。他們出招攻擊之時雖仍一個呆滯，一個顛狂，但當閃避招架之際，身手卻輕靈沉穩，兼而有之，同時全神貫注，不再有半分惹笑的做作。

忽聽得兩名漢子齊聲呼嘯，劍法大變，挑柴漢長劍大開大闔，勢道雄渾，挑菜漢疾趨疾退，劍尖上幻出點點寒星。令狐冲手中長劍劍尖微微上斜，竟不再動，一雙目光有時向挑柴漢瞪視，有時向挑菜漢斜睨。他目光到處，兩漢便即變招，或大呼倒退，或轉攻爲守。計無施、老頭子、祖千秋等武功高強之士已漸漸瞧出端倪，發覺兩個漢子所閃避衛護的，必是令狐冲目光所及之處，也正是他二人身上的要穴。

只見挑柴漢舉劍相砍，令狐冲目光射他小腹處的「商曲穴」，那漢子一劍沒使老，當即迴過，擋在自己「商曲穴」上。這時挑菜漢挺劍向令狐冲作勢連刺，令狐冲目光看到他左頸「天鼎穴」處，那漢子急忙低頭，長劍砍在地下，深入稻田硬泥，倒似令狐冲的雙眼能發射暗器，他說甚麼也不讓對方目光和自己「天鼎穴」相對。

兩名漢子又使了一會劍，全身大汗淋漓，頃刻間衣褲都汗濕了。

那騎驢的老頭一直在旁觀看，一言不發，這時突然咳嗽一聲，說道：「佩服，佩服，你們退下罷！」兩名漢子齊聲應道：「是！」但令狐冲的目光還是盤旋往復，不離二人身上要穴。二人一面舞劍，一面倒退，始終擺脫不了令狐冲的目光。

那老頭道：「好劍法！令狐公子，讓老漢領教高招。」令狐冲道：「不敢當！」轉過頭來，向那老者抱拳行禮。

那兩名漢子至此方始擺脫了令狐冲目光的羈絆，同時向後縱出，便如兩頭大鳥一般，穩穩的飛出數丈之外。羣豪忍不住齊聲喝采，他二人劍法如何，難以領會，但這一下倒縱，躍距之遠，身法之美，誰都知道乃極上乘的功夫。

那老者道：「令狐公子劍底留情，若是眞打，你二人身上早已千孔百創，豈能讓你們將一路劍法從容使完？快來謝過了。」

兩名漢子飛身過來，一躬到地。挑菜漢子說道：「今日方知天外有天，人上有人。公子高招，世所罕見，適才間言語無禮，公子恕罪。」令狐冲拱手還禮，說道：「武當劍法，的是神妙。兩位的劍招一陰一陽，一剛一柔，可是太極劍法嗎？」挑菜漢道：「卻教公子見笑了。我們使的是『兩儀劍法』，劍分陰陽，未能混而爲一。」令狐冲道：「在下在旁觀看，勉強能辨別一些劍法中的精微。要是當眞出手相鬥，也未必便能乘隙而進。」

那老頭道：「公子何必過謙？公子目光到處，正是兩儀劍法每一招的弱點所在。唉，這路劍法……這路劍法……」不住搖頭，說道：「五十餘年前，武當派有兩位前輩師長，在這路兩儀劍法上花了數十年心血，自覺劍法中有陰有陽，亦剛亦柔，唉！」長長一聲嘆息，顯然是說：「那知遇到劍術高手，還是不堪一擊。」

令狐冲恭恭敬敬的道：「這兩位大叔劍術已如此精妙，武當派冲虛道長和其餘高手，自必更加令人難窺堂奧。晚輩和衆位朋友這次路過武當山腳下，只因身有要事，未克上山拜見冲虛道長，甚爲失禮。待此事一了，自當上眞武觀來，向眞武大帝與冲虛道長叩頭。」令狐冲爲人本來狂傲，但適才見二人劍法剛柔並濟，內中實有不少神奇之作，雖找到了其中破綻，但天下任何武功招式均有破綻，因之心下的確好生佩服，料想這老者定是武當派中的一流高手，因之這幾句話說得甚是誠摯。

那老者點頭道：「年紀輕輕，身負絕藝而不驕，也眞難得。令狐公子，你曾得華山風清揚前輩的親傳嗎？」令狐冲心頭一驚：「他目光好生厲害，竟知道我所學的來歷。我雖不能吐露風太師叔的行跡，但他旣直言相詢，可不能撒謊不認。」說道：「晚輩有幸，曾學得風太師叔劍術的一些皮毛。」這句話模稜兩可，並不直認曾得風清揚親手傳劍。

那老者微笑道：「皮毛，皮毛！嘿嘿，風前輩劍術的皮毛，便已如此了得麼？」從挑柴漢手中接過長劍，握在左手，說道：「我便領教一些風老前輩劍術的皮毛。」

令狐冲躬身道：「晚輩如何敢與前輩過招？」

那老者又微微一笑，身子緩緩右轉，左手持劍向上提起，劍身橫於胸前，左右雙掌掌心相對，如抱圓球。令狐冲見他長劍未出，已蓄勢無窮，當下凝神注視。那老者左手劍緩緩向前劃出，成一弧形。令狐冲只覺一股森森寒氣，直逼過來，若不還招，已勢所不能，說道：「得罪了！」看不出他劍法中破綻所在，只得虛點一劍。

突然之間，那老者劍交右手，寒光一閃，向令狐冲頸中劃出。這一下快速無倫，旁觀羣豪都情不自禁的叫出聲來。但他如此奮起一擊，令狐冲已看到他脅下是個破綻，長劍刺出，逕指他脅下「淵液穴」。

那老者長劍豎立，噹的一聲響，雙劍相交，兩人都退開了一步。令狐冲但覺對方劍上有股綿勁，震得自己右臂隱隱發痳。那老者「咦」的一聲，臉上微現驚異之色。

那老者又劍交左手，在身前劃了兩個圓圈。令狐冲見他劍勁連綿，護住全身，竟沒半分空隙，暗暗驚異：「我從未見過誰的招式之中，竟能如此毫無破綻。他若以此相攻，那又如何破法？任我行前輩的劍法或許比這位老先生更強，但每一招中難免仍有破綻。難道一人使劍，竟可全無破綻？」心下生了怯意，不由得額頭滲出汗珠。

那老者右手揑著劍訣，左手劍不住抖動，突然平刺，劍尖急顫，看不出攻向何處。

他這一招中籠罩了令狐冲上盤七大要穴，但就因這一搶攻，令狐冲已瞧出了他身上三處破綻，這些破綻不用盡攻，只攻一處已足制死命，登時心中一寬：「他守禦時全無破綻，攻擊之時，畢竟仍有隙可乘。」當下長劍平平淡淡的指向對方左眉。那老者倘若繼續挺劍前刺，左額必先中劍，待他劍尖再刺中令狐冲時，已遲了一步。

那老者劍招未曾使老，已然圈轉。突然之間，令狐冲眼前出現了幾個白色光圈，大圈小圈，正圈斜圈，閃爍不已。他眼睛一花，當即迴劍向對方劍圈斜攻。噹的一響，雙劍再交，令狐冲只感手臂一陣酸麻。

那老者劍上所幻的光圈越來越多，過不多時，他全身已隱在無數光圈之中，光圈一個未消，另一個再生，長劍雖使得極快，卻聽不到絲毫金刃劈風之聲，足見劍勁之柔韌已達化境。這時令狐冲已瞧不出他劍法中的空隙，只覺似有千百柄長劍護住了他全身。那老者純採守勢，端的是絕無破綻。可是這座劍鋒所組成的堡壘卻能移動，千百個光圈猶如浪潮一般緩緩湧來。那老者並非一招一招的相攻，而是以數十招劍法混成的一團守勢，同時化爲攻勢。令狐冲沒法抵禦，只得退步相避。

他退一步，光圈便逼進一步，頃刻之間，令狐冲已連退了七八步。

羣豪眼見盟主戰況不利，已落下風，屏息而觀，手心中都揑了把冷汗。

桃根仙忽道：「那是甚麼劍法？這是小孩子亂畫圈兒，我也會畫。」桃花仙道：「我來畫圈，定然比他畫得還圓。」桃枝仙道：「令狐兄弟，你不用害怕，倘若你打輸了，我們把這老兒撕成四塊，給你出氣。」桃葉仙道：「此言差之極矣，第一，他是令狐盟主，不是令狐兄弟。第二，你又怎知道他害怕？」桃枝仙道：「令狐冲雖做了盟主，年紀總還是比我小，難道一當盟主，年紀便大了幾歲，便成爲令狐哥哥、令狐伯伯、令狐爺爺、令狐老太爺了？」

這時令狐冲又再倒退，羣豪都十分焦急，耳聽桃谷六仙在一旁胡言亂語，更增惱怒。

令狐冲再退一步，波的一聲，左足踏入了一個小水坑，心念一動：「風太師叔當日諄諄教導，說道天下武術千變萬化，神而明之，存乎一心，不論對方招式如何精妙，只要有招，便有破綻。獨孤大俠傳下來的這路劍法，所以能打遍天下無敵手，便在能從敵招之中瞧出破綻。眼前這位前輩的劍法圓轉如意，竟沒半分破綻，可是我瞧不出破綻，未必便眞無破綻，只是我瞧不出而已。」

他又退幾步，凝視對方劍光所幻的無數圓圈，驀地心想：「說不定這圓圈的中心，便是破綻。但若不是破綻，我一劍刺入，給他長劍這麼一絞，手臂便登時斷了。」

又想：「幸好他如此攻逼，只能漸進，當眞要傷我性命，卻也不易。但我一味退避，終究是輸了。此仗一敗，大夥兒心虛氣餒，那裏還能去闖少林，救盈盈？」想到盈盈對自己情深義重，爲她斷送一條手臂，又有何妨？內心深處，竟覺能爲她斷送一條手臂，實乃十分快慰之事，又覺自己負她良多，須得爲她受到甚麼重大傷殘，方能稍報深恩。

言念及此，內心深處，倒似渴望對方能將自己一條手臂斬斷，當下手臂一伸，長劍便從老者的劍光圈中刺了進去。

噹的一聲大響，令狐冲只感胸口劇烈一震，氣血翻湧，驚怖之下，一隻手臂卻仍完好。那老者退開兩步，收劍而立，臉上神色古怪，既有驚詫之意，亦有慚愧之色，更帶著幾分惋惜之情，隔了良久，才道：「令狐公子劍法高明，膽識過人，佩服，佩服！」

令狐冲此時方知，適才如此冒險一擊，果眞是找到了對方劍法的弱點所在，只是那老者劍法實在太高，光圈中心本是最凶險之處，他居然練得將破綻藏於其中，天下成千成萬劍客之中，只怕難得有一個膽敢以身犯險。他一逞而成，心下暗叫：「僥倖，僥倖！」只覺一道道汗水從背脊流下，當即躬身道：「前輩劍法通神，承蒙指教，晚輩得益非淺。」這句話倒不是尋常客套，這一戰於他武功的進益確是大有好處，令他得知敵人招數中之最強處，竟然便是最弱處，最強處都能擊破，其餘自迎刃而解了。

那老者既見令狐冲敢從自己劍光圈中挺刃直入，以後也就不必再比。他向令狐冲凝視半晌，說道：「令狐公子，老朽有幾句話要跟你說。」令狐冲道：「是，恭聆前輩教誨。」那老者將長劍交給挑菜漢子，往東走去。令狐冲將長劍拋在地下，跟隨其後。

到得一棵大樹之旁，和羣豪已相去數十丈，雖可互相望見，話聲卻已傳不過去。那老者在樹蔭下坐下，指著樹旁一塊圓石，道：「請坐下說話。」待令狐冲坐好，緩緩說道：「令狐公子，年輕一輩人物之中，如你這般人才武功，那是少有得很了。」

令狐冲道：「不敢。晚輩行止不端，聲名狼藉，不容於師門，怎配承前輩如此見重？」那老者道：「我輩武人，行事當求光明磊落，無愧於心。你的所作所爲，雖然有時狂放大膽，不拘習俗，卻不失爲好男兒、大丈夫的行逕。我暗中派人打聽，並沒查到你甚麼眞正的劣跡。江湖上的流言蜚語，不足爲憑。」

令狐冲聽他如此爲自己分辯，句句都打入心坎，不由得好生感激，又想：「這位前輩在武當派中必定位居尊要，否則怎會暗中派人查察我的爲人行事。」當即站起身來，恭立受教。

那老者又道：「請坐！少年人鋒芒太露，也在所難免。岳先生外貌謙和，度量卻嫌不廣……」令狐冲道：「恩師待晚輩情若父母，晚輩不敢聞師之過。」

那老者微微一笑，說道：「你不忘本，那便更好。老朽失言。」忽然間臉色鄭重，問道：「你習這『吸星大法』有多久了？」

令狐冲道：「晚輩於半年前無意中習得，當初修習，實不知是『吸星大法』。」

那老者點頭道：「這就是了！你我適才三次兵刃相交，我內力爲你所吸，但我察覺你尚不善運用這項爲禍人間的妖法。老朽有一言相勸，不知少俠能聽否？」令狐冲大是惶恐，躬身道：「前輩金石良言，晚輩自當凜遵。」那老者道：「這吸星妖法臨敵交戰，雖然威力奇大，可是於修習者本身卻亦大大有害，功行越深，爲害越烈。少俠如能臨崖勒馬，盡棄所學妖術，自然最好不過，否則也當從此停止修習。」

令狐冲當日在孤山梅莊，便曾聽任我行言道，習了「吸星大法」後有極大後患，要自己答允參與魔教，才將化解之法相傳，其時自己曾予堅拒，此刻聽這老者如此說，更信所言非虛，說道：「前輩指教，晚輩決不敢忘。晚輩明知此術不正，也曾立意決不用以害人，只是身上既有此術，縱想不用，亦不可得。」

那老者點頭道：「據我所聞，確是如此。有一件事，要少俠行來恐怕甚難，但英雄豪傑，須當爲人之所不能爲。少林寺有一項絕藝《易筋經》，少俠想來曾聽見過。」

令狐冲道：「正是。聽說這是武林中至高無上的內功，即是少林派當今第一輩的高僧大師，也有未蒙傳授的。」那老者道：「少俠這番率人前往少林，只怕此事不易善罷，不論那一邊得勝，雙方都將損折無數高手，實非武林之福。老朽不才，願意居間說項，請少林方丈慈悲爲懷，將《易筋經》傳於少俠，而少俠則向衆人善爲開導，就此散去，將一場大禍消弭於無形。少俠以爲如何？」

令狐冲道：「然則爲少林寺所拘的任氏小姐卻又如何？」那老者道：「任小姐殺害少林弟子四人，又在江湖上興風作浪，爲害人間。方證大師將她幽禁，決不是爲了報復本派私怨，實是出於爲江湖同道造福的菩薩心腸。少俠如此人品武功，豈無名門淑女爲配？何必拋捨不下這魔教妖女，以致壞了聲名，自毀前程？」

令狐冲道：「受人之恩，必當以報。前輩美意，晚輩衷心感激，卻不敢奉命。」

那老者嘆了口氣，搖頭道：「少年人溺於美色，脂粉陷阱，原是難以自拔。」

令狐冲躬身道：「晚輩告辭。」

那老者道：「且慢！老朽和華山派雖少往來，但岳先生多少也要給老朽一點面子，你若依我所勸，老朽與少林寺方丈一同拍胸口擔保，令你重回華山派。你信不信得過我？」

令狐冲不由得心動，重歸華山原是他最大的心願，這老者武功如此了得，聽他言語，必是武當派中一位響噹噹的前輩，他說可和方證方丈一同擔保，相信必能辦成此事。師父向來十分重視同道交誼，少林、武當是當今武林中最大的兩個門派，這兩派的頭面人物出來說項，師父極難不賣這個面子。師父對自己向來情同父子，這次所以傳書武林，將自己逐出門牆，自是因自己與向問天、盈盈等人結交，令師父無顏以對正派同道，但既有少林、武當兩大派出面，師父自然有了最好的交代。但自己回歸華山，日夕和小師妹相見，卻難道任由盈盈在少林寺後山陰寒的山洞之中受苦？想到此處，登時胸口熱血上湧，說道：「晚輩若不能將任小姐救出少林寺，枉自為人。此事不論成敗若何，晚輩若還留得命在，必當上武當山眞武觀來，向冲虛道長和前輩叩謝。」

那老者嘆了口氣，說道：「你不以性命為重，不以師門為重，不以聲名前程為重，一意孤行，便為了這魔教妖女。將來她若對你負心，反臉害你，你也不怕後悔嗎？」

令狐冲道：「晚輩這條性命，是任小姐救的，將這條命還報了她，又有何足惜？」

那老者點頭道：「好，那你就去罷！」

令狐冲又躬身行禮，轉身回向羣豪，說道：「走罷！」

桃實仙道：「那老頭兒跟你比劍，怎麼沒分勝敗，便不比了？」適才二人比劍，確是勝敗未分，只是那老者情知不敵，便即罷手，旁觀衆人都瞧不出其中關竅所在。

令狐冲道：「這位前輩劍法極高，再鬥下去，我也必佔不到便宜，不如不打了。」

桃實仙道：「你這就笨得很了。既然不分勝敗，再打下去你就一定勝了。」令狐冲笑道：「那也不見得。」桃實仙道：「怎不見得？這老頭兒的年紀比你大得多，力氣當然沒你大，時候一長，自然是你佔上風。」令狐冲還沒回答，只聽桃根仙道：「爲甚麼年紀大的，力氣一定不大？」令狐冲登時省悟，桃谷六仙之中，桃根仙是大哥，桃實仙是六弟，桃實仙說年紀大的力氣不大，桃根仙便不答應。

桃幹仙道：「如果年紀越小，力氣越大，那麼三歲孩兒力氣最大了？」桃花仙道：「這話不對，三歲孩兒力氣最大這個『最』字，可用錯了，兩歲孩兒比他力氣更大。」桃幹仙道：「那也錯了，一歲孩兒比兩歲孩兒力氣又要大些。」桃葉仙道：「還沒出娘胎的胎兒，力氣最大。」

羣豪一路向北，到得河南境內，突然有兩批豪士分從東西來會，共有二千餘人，這麼一來，總數已在五千以上。這五千餘人晚上睡覺倒還罷了，不論草地樹林、荒山野嶺，都可倒頭便睡，這吃飯喝酒卻是極大麻煩。接連數日，都是將沿途城鎮上的飯鋪酒店，吃喝得鍋鑊俱爛，桌椅皆碎。羣豪酒不醉，飯不飽，惱起上來，自是將一干飯鋪酒店打得落花流水。

令狐冲眼見這些江湖豪客兇橫暴戾，卻也皆是義氣極重的直性漢子，一旦少林寺不允釋放盈盈，雙方展開血戰，勢必慘不忍睹。他連日都在等待定閒、定逸兩位師太的回音，只盼憑著她二人的金面，方證方丈釋放盈盈，就可免去一場大廝殺的浩劫。屈指算來，距十二月十五只差三日，離少林寺也已不過一百多里，卻始終沒得兩位師太的回音。

這番江湖羣豪北攻少林，大張旗鼓而來，早已遠近知聞，對方卻一直沒任何動靜，倒似有恃無恐一般。令狐冲和祖千秋、計無施等人談起，均也頗感憂慮。

這晚羣豪在一片曠野上露宿，四周都布了巡哨，以防敵人晚間突來偷襲。寒風凜冽，鉛雲低垂，似乎要下大雪。方圓數里的平野上，到處燒起了一堆堆柴火。這些豪士並無軍令部勒，烏合之衆，聚在一起，但聽得唱歌吆喝之聲，震動四野。更有人揮刀比劍，鬥拳摔角，吵嚷成一片。

令狐冲心想：「最好不讓這些人眞的到少林寺去。我何不先去向方證、方生兩位大師相求？要是能接盈盈出來，豈不是天大喜事？」想到此處，全身一熱，但轉念又想：「但若少林僧衆對我一人動手，將我擒住甚或殺死，我死不足惜，無人主持大局，羣豪勢必亂成一團，盈盈固然救不出來，這數千位血性朋友，說不定都會葬身於少室山上。

我只憑一時血氣之勇而誤此大事，如何對得住衆人？」

站起身來，放眼四望，但見一個個火堆烈燄上騰，火堆旁人頭湧湧，心想：「他們不負盈盈，我也不能負了他們。」

兩日之後，羣豪來到少室山上、少林寺外。這兩日中，又有大批豪士來會。當日曾在五霸岡上聚會的豪傑如黃伯流、司馬大、藍鳳凰等盡皆到來，九江白蛟幫史幫主帶著「長江雙飛魚」也到了，還有許許多多是令狐冲從未見過的，少說也有六七千人衆。數百面大皮鼓同時擂起，蓬蓬之聲，當眞驚天動地。

羣豪擂鼓良久，不見有一名僧人出來。令狐冲道：「止鼓！」號令傳下，鼓聲漸輕，終於慢慢止歇。令狐冲提一口氣，朗聲說道：「晚輩令狐冲，會同江湖上一衆朋友，前來參拜如來佛祖和諸位大菩薩，拜訪少林寺方丈和各位前輩大師，敬請賜予接見。」這幾句話以充沛內力傳送出去，聲聞數里。

但寺中寂無聲息，竟沒半點回音。令狐冲又說了一遍，仍無人應答。

令狐冲道：「請祖兄奉上拜帖。」

祖千秋道：「是。」持了事先預備好的拜盒，中藏自令狐冲以下羣豪首領的名帖，來到少林寺大門之前，在門上輕叩數下，傾聽寺中寂無聲息，在門上輕輕一推，大門並未上閂，應手而開，向內望去，空蕩蕩地並無一人。他不敢擅自進內，回身向令狐冲稟報。

令狐冲武功雖高，處事卻無閱歷，更無統率羣豪之才，遇到這等大出意料之外的情境，實不知如何是好，一時呆在當地，說不出話來。

桃根仙叫道：「廟裏的和尚都逃光了？咱們快衝進去，見到光頭的便殺。」桃幹仙道：「你說和尚都逃光了，那裏還有光頭的人給你來殺？」桃根仙道：「尼姑不是光頭的嗎？」桃花仙道：「和尚廟裏，怎會有尼姑？」桃根仙指著游迅，說道：「這個人既不是和尚，也不是尼姑，卻是光頭。」桃幹仙道：「你爲甚麼要殺他？」

計無施道：「咱們進去瞧瞧如何？」令狐冲道：「甚好，請計兄、老兄、祖兄、黃幫主四位陪同在下，進寺察看。請各位傳下令去，約束屬下弟兄，不得我的號令，誰也不許輕舉妄動，不得對少林僧人有任何無禮言行，亦不可毀損少室山上的一草一木。」桃枝仙道：「當眞拔一根草也不可以嗎？」

令狐冲心下焦慮，掛念盈盈，大踏步向寺中走去。計無施等四人跟隨其後。進得山門，走上一道石級，過前院，經前殿，來到大雄寶殿，但見如來佛寶相莊嚴，地下和桌上卻都積了一層薄薄的灰塵。祖千秋道：「難道寺中僧人當眞都逃光了？」令狐冲道：「祖兄別說這個『逃』字。」跪下向如來佛佛像禮拜。五個人靜了下來，側耳傾聽，所聽到的只是廟外數千豪傑的喧嘩，廟中卻無半點聲息。

計無施低聲道：「得防少林僧布下機關埋伏，暗算咱們。」令狐冲心想：「方證方丈、方生大師都是有道高僧，怎會行使詭計？但咱們這些旁門左道大舉來攻，少林僧跟我們鬥智不鬥力，也非奇事。」眼見偌大一座少林寺竟沒一個人影，心底隱隱感到一陣極大的恐懼，不知他們將如何對付盈盈。

五人眼觀四路，耳聽八方，一步步向內走去，穿過兩重院子，到得後殿，突然之間，令狐冲和計無施同時停步，打個手勢。老頭子等一齊止步。令狐冲向西北角的一間廂房一指，輕輕掩將過去。老頭子等跟著過去。隨即聽到廂房中傳出一聲極輕的呻吟。

令狐冲走到廂房之前，拔劍在手，伸手在房門上輕推，身子側在一旁，以防房中發出暗器。那房門呀的一聲開了，房中又是一聲低呻。令狐冲探頭向房中看時，不由得大吃一驚，只見兩位老尼躺在地下，側面向外的正是定逸師太，眼見她臉無血色，雙目緊閉，似已氣絕身亡。他一個箭步搶了進去。祖千秋叫道：「盟主，小心！」跟著進內。令狐冲繞過躺在地下的定逸師太身子，去看另一人時，果然便是恆山掌門定閒師太。

令狐冲俯身叫道：「師太，師太！」定閒師太緩緩睜眼，初時神色呆滯，但隨即目光中閃過一絲喜色，嘴唇動了幾動，卻發不出聲音。

令狐冲身子俯得更低，說道：「是晚輩令狐冲。」

定閒師太嘴唇又動了幾下，發出幾下極低的聲音，令狐冲只聽到她說：「你……你……你……」眼見她傷勢十分沉重，一時不知如何才好。定閒師太運了口氣，說道：

「你……你答允我……」令狐冲忙道：「是，是。師太但有所命，令狐冲縱然粉身碎骨，也當爲師太辦到。」想到兩位師太爲了自己，只怕要雙雙命喪少林寺中，心中悲慟，不由得淚水直滾而下。

定閒師太低聲說道：「你……你一定能答允……答允我？」令狐冲道：「一定能答允！」定閒師太眼中又閃過一道喜悅的光芒，說道：「請你……請你答允接掌……接掌恆山派門戶……」說了這幾個字，已上氣不接下氣。

令狐冲大吃一驚，說道：「晚輩是男子之身，不能作貴派掌門。不過師太放心，貴派不論有何艱巨危難，晚輩自當盡力擔當。恆山派的事，便是晚輩的事！」

定閒師太緩緩搖了搖頭，說道：「不，不是。我……我傳你令狐冲，爲恆山派……恆山派掌門人，你若……你若不答允，我死……死不瞑目。」

祖千秋等四人站在令狐冲身後，面面相覷，均覺定閒師太這遺命太也匪夷所思。

令狐冲心神大亂，只覺這實在是件天大難事，但眼見定閒師太命在頃刻，心頭熱血上湧，說道：「好，晚輩應允師太便是。」

定閒師太嘴角露出微笑，低聲道：「多……多謝！恆山派門下數百弟……弟子，今後都要累……累你令狐少俠了。」

令狐冲又驚又怒，又是傷心，說道：「少林寺如此不講情理，何以竟對兩位師太痛下毒手，晚輩……」只見定閒師太將頭一側，閉上了眼睛。令狐冲大驚，伸手去探她鼻息時，已然氣絕。他心中傷痛，回身去摸了摸定逸師太的手，著手冰涼，早死去多時，心中憤激難過，忍不住痛哭失聲。

老頭子道：「令狐公子，咱們必當爲兩位師太報仇。少林寺的禿驢逃得一個不賸，咱們一把火將少林寺燒了。」

令狐冲悲憤塡膺，拍腿道：「正是！咱們一把火將少林寺燒了。」

計無施忙道：「不行！不行！倘若聖姑仍囚在寺中，豈不燒死了她？」令狐冲登時恍然，背上出了一陣冷汗，說道：「我魯莽胡塗，若不是計兄提醒，險些誤了大事。眼前該當如何？」計無施道：「少林寺千房百舍，咱們五人難以遍查，請盟主傳下號令，召喚二百位弟兄進寺搜查。」令狐冲道：「對，便請計兄出去召人。」計無施道：「是！」轉身出外。祖千秋叫道：「可千萬別讓桃谷六怪進來。」

令狐冲將兩位師太的屍身扶起，放在禪床之上，跪下磕了幾個頭，心下默祝：「弟子必當盡力，爲兩位師太報仇雪恨，光大恆山派門戶，以慰師太在天之靈。」站起身來，察看二人屍身上的傷痕，不見有何創傷，亦無血跡，卻不便揭開二人衣衫詳查，料想是中了少林派高手的內功掌力，受內傷而亡。

只聽得腳步聲響，二百名豪士擁將進來，分往各處查察。

忽聽得門外有人說道：「令狐冲不讓我們進來，我們偏要進來，他又有甚麼法子？」正是桃枝仙的聲音。令狐冲眉頭一皺，裝作沒聽見。只聽桃幹仙道：「來到名聞天下的少林寺，不進來逛逛，豈不冤枉？」桃葉仙道：「進了少林寺，沒見到名聞天下的少林和尚，那更加冤枉。」桃枝仙道：「見不到少林寺和尚，便不能跟名聞天下的少林派武功較量較量，那可冤枉透頂，無以復加了。」桃花仙道：「大名鼎鼎的少林寺中，居然看不到一個和尚，眞是奇哉怪也。」桃實仙道：「沒一個和尚，倒也不奇，奇在卻有兩個尼姑。」桃根仙道：「有兩個尼姑，倒也不奇，奇在兩個尼姑不但是老的，而且是死的。」六兄弟各說各的，走向後院。

令狐冲和祖千秋、老頭子、黃伯流三人走出廂房，帶上了房門。但見羣豪此來彼往，在少林寺中到處搜查。過得一會，便有人不斷來報，說道寺中和尚固然沒見一個，便廚子雜工也都不知去向。有人報道：寺中藏經、簿籍、用具都已移去，連碗盞也沒一隻。有人報道：寺中柴米油鹽，空無所有，連菜園中所種的蔬菜也拔得乾乾淨淨。

令狐冲每聽一人稟報，心頭便低沉一分，尋思：「少林寺僧人布置得如此周詳，甚至青菜也不留下一條，自然早將盈盈移往別處。天下如此之大，卻到那裏去找？」

不到一個時辰，二百名豪士已將少林寺的千房百舍都搜了個遍，即令神像座底，匾額背後，也都查過了，便一張紙片也沒找到。有人得意洋洋的說道：「少林派是武林中第一名門大派，一聽到咱們來到，竟然逃之夭夭，那是千百年來從所未有之事。」有人說道：「咱們這一下大顯威風，從此武林中人，再也不敢小覷了咱們。」有人卻道：「趕跑少林寺和尚固然威風，可是聖姑呢？咱們是來接聖姑，卻不是來趕和尚的。」羣豪均覺有理，有的垂頭喪氣，有的望著令狐冲聽他示下。

令狐冲道：「此事大出意料之外，誰也想不到少林僧人竟會捨寺而去。眼前之事如何辦理，在下可沒了主意。一人計短，二人計長，還請衆位各抒高見。」

黃伯流道：「依屬下之見，找聖姑難，找少林僧易。少林寺僧衆不下千人，這些人總不會躲將起來，永不露面。咱們找到了少林僧，著落在他們身上，說出聖姑芳駕的所在。」祖千秋道：「黃幫主之言不錯。咱們便住在這少林寺中，難道少林派弟子竟會捨得這千百年的基業，任由咱們佔住？只要他們想來奪回此寺，便可向他們打聽聖姑的下落了。」有人道：「打聽聖姑的下落？他們又怎肯說？」老頭子道：「所謂打聽，只是說得客氣些而已，其實便是逼供。所以啊，咱們見到少林僧，須得只擒不殺，但教能捉得十個八個來，還怕他們不說嗎？」

又一人道：「要是這些和尚倔強到底，偏偏不說，那又如何？」老頭子道：「那倒容易。請藍教主放些神龍、神物在他們身上，怕他們不吐露眞相？」衆人點頭稱是。大家均知所謂「藍教主的神龍、神物」，便是五毒教教主藍鳳凰的毒蛇、毒蟲，這些毒物放在人身，咬嚙起來，可比任何苦刑都更厲害。藍鳳凰微微一笑，說道：「少林寺和尚久經修練，我的神龍、神物制他們不了，也未可知。」

令狐冲卻想：「如此濫施刑罰，倒也不必。咱們卻只管儘量捉拿少林僧人，捉到一百個後，以百換一，他們總得釋放盈盈了。」

突然間一個粗魯的聲音說道：「這半天沒吃肉，可餓壞我了。偏生廟裏沒和尚，否則捉個細皮白肉的和尚蒸他一蒸，倒也妙得很！」說話之人身材高大，正是「漠北雙熊」中的大個子白熊。羣豪知他和另一個和尚黑熊都愛吃人肉，他這幾句話雖聽來令人作嘔，但來到少室山上已有好幾個時辰，無飲無食，均感飢渴，有的肚子中已咕咕咕的響了起來。

黃伯流道：「少林派使的是堅甚麼淸甚麼之計。」祖千秋道：「堅壁淸野。」黃伯流道：「正是。他們盼望咱們在寺中挨不住，就此乖乖的退下山去，可是天下那有這麼容易的事？」令狐冲道：「不知黃幫主有何高見？」黃伯流道：「咱們一面派遣兄弟，下山打探少林僧的去向，一面派人採辦糧食，大夥兒便在寺中守……甚麼待兔，以便大和尚們自投……自投甚麼網，咱們便來個……甚麼中捉鱉。」這位黃幫主愛用成語，只不大記得淸楚，用起來也往往並不貼切。

令狐冲道：「這個甚是。便請黃幫主傳下令去，派遣五百位精明幹練的弟兄們下山，打聽少林僧衆的下落。採購糧食之事，也請黃幫主一手辦理。」黃伯流答應了，轉身出去。藍鳳凰笑道：「黃幫主可得趕著辦，要不然白熊、黑熊兩位餓得狠了，甚麼東西都會吃下肚去。」黃伯流笑道：「老朽理會得。但漠北雙熊就算餓癟了肚子，也不敢碰藍教主的一根手指頭兒。」

祖千秋道：「寺中和尚是走清光的了，請各位朋友辛苦一番，再到各處瞧瞧，且看有何異狀，說不定能找到甚麼線索。」羣豪轟然答應，又到各處察看。

令狐冲坐在大雄寶殿的一個蒲團之上，見如來佛像寶相莊嚴，一副憐憫慈悲的神情，心想：「方證方丈固然是有道高僧，得知我們大舉而來，寧可自墮少林派威名，也不願率衆出戰，終於避開了這場大殺戮、大流血的浩劫。但他們何以又將定逸、定閒兩位師太害死？料想害死兩位師太的多半是寺中的兇悍僧人，決非出於方丈大師之意。我當體念方證大師的善意，不可去找少林僧人爲難，須得另行設法相救盈盈才是。」

突然之間，一陣朔風從門中直捲進來，吹得神座前的帷子揚了起來，風勢猛烈，香爐中的香灰飛得滿殿都是。令狐冲步到殿口，只見天上密雲如鉛，北風甚緊，心想：「這早晚便要下大雪了。」心中剛轉過這個念頭，半空已有一片片雪花飄下，又忖：「天寒地凍，不知盈盈身上可有寒衣？少林派人多勢衆，部署又如此周密。咱們這些人都是一勇之夫，要想救盈盈出來，只怕是千難萬難了。」負手背後，在殿前長廊上走來走去，一片片細碎的雪花飄在頭上、臉上、衣上、手上，迅即融化。

又想：「定閒師太臨死之時，受傷雖重，神智仍很清醒，絲毫無迷亂之象，她卻何以要我去當恆山派的掌門？恆山派門下沒一個男人，聽說上一輩的掌門人也都是女尼，我一個大男人怎能當恆山派掌門？這話傳將出去，豈不教江湖上好漢都笑掉了下巴？哼，哼！我既已答允了她，大丈夫豈能食言？我行我素，旁人恥笑，又理他怎地？」想到此處，胸中豪氣頓生。

忽聽得半山隱隱傳來一陣喊聲，過不多時，寺外的羣豪都喧嘩起來。令狐冲心頭一驚，搶出寺門，只見黃伯流滿臉鮮血，奔將過來，肩上中了一枝箭，箭桿兀自不住顫動，叫道：「盟主，敵……敵人把守了下山的道路，咱們這……這可是自投那個網了。」

令狐冲驚道：「是少林寺僧人嗎？」黃伯流道：「不是和尙，是俗家人。他奶奶的，咱們下山沒夠三里，便給一陣急箭射了回來，死了十幾名弟兄，傷的怕有七八十人，那眞是全軍那個沒了。」

只見數百人狼狽退回，中箭的著實不少。羣豪喊聲如雷，都要衝下去決一死戰。

令狐冲又問：「敵人是甚麼門派，黃幫主可瞧出些端倪麼？」

黃伯流道：「我們沒能跟敵人近鬥，他奶奶的，弓箭厲害得很，還沒瞧淸楚這些王八蛋的模樣，一枝枝箭便射了過來。當眞是遠交近攻，箭無虛發。」

祖千秋道：「看來少林派是故意布下陷阱，乃是個甕中捉鼈之計。」老頭子道：「甚麼甕中捉鼈？豈不自長敵人志氣，滅自己威風？這是個……這是個誘敵深入之計。」祖千秋道：「好，就算是誘敵深入，咱們來都來了，還有甚麼可說的？這些和尚要將咱們都活生生的餓死在這少室山上，要咱們坐困危城！」

白熊大聲叫道：「那一個跟我衝下去殺了這些王八蛋？」登時有千餘人轟然答應。

令狐冲道：「且慢！對方弓箭了得，咱們須得想個對付之策，免得枉自損傷。」計無施道：「這和尚廟中別的沒有，蒲團倒有數千個之多。」這一言提醒了衆人，都道：「當作盾牌，當眞是再好不過。」當下便有數百人衝入寺中，搬了許多蒲團出來。

令狐冲叫道：「以此擋箭，大夥兒便衝下山去。」計無施道：「盟主，下山之後在何處聚會，以後作何打算，如何設法搭救聖姑，現下都須先作安排。」令狐冲道：「正是。你瞧我臨事毫無主張，那裏能作甚麼盟主？我想下山之後，大夥兒暫且散歸原地，各自分別訪查聖姑的下落，互通聲氣，再定救援之策。」

計無施道：「那也只好如此。」當即將令狐冲之意大聲說了。

那吃人肉的和尚黑熊叫道：「少林寺的禿驢們如此可惡，大夥兒把這鬼廟一把火燒了，再衝下去，跟他們拚個死活。」他自己也是和尚，但罵人「禿驢」，卻也毫無避忌。羣豪轟然叫好。令狐冲連連搖手，說道：「聖姑眼下還受他們所制，大家可魯莽不得，免得聖姑吃了眼前虧。」衆人一想不錯，都道：「好，那就便宜了他們。」

令狐冲道：「計兄，如何分批衝殺，請你分派。」

計無施見令狐冲確無統率羣豪以應巨變之才，便也當仁不讓，朗聲說道：「衆位朋友聽了，盟主有令，大夥兒分八路下山，東南西北四路，東南、西南、東北、西北又是四路。咱們只求突圍而出，卻也不須多所殺傷。」當下分派各幫各派，從那一方下山，每一路或六七百人，或八九百人不等。

計無施道：「正南方是上山大路，想必敵人最多，盟主，咱們先從正南下山，牽制敵人，好讓其餘各路兄弟從容突圍。」令狐冲拔劍在手，也不持蒲團，大踏步便向山下奔去。羣豪齊聲吶喊，分從八方衝下山去。上山的道路本無八條之多，衆人奔躍而前，初時還分八路，到後來漫山遍野，蜂擁而下。

令狐冲奔出數里，便聽得幾聲鑼響，前面樹林中一陣箭雨，急射而至。他使開獨孤九劍中的「破箭式」，撥挑拍打，將迎面射來的羽箭一一撥開，腳下絲毫不停，向前衝去。

忽聽得身後有人「啊」的一聲，卻是藍鳳凰左腿、左肩同時中箭，倒在地下。令狐冲急忙轉身，將她扶起，說道：「我護著你下山。」藍鳳凰道：「你別管我，你……你……自己下山要緊。」這時羽箭仍如飛蝗般攢射而至，令狐冲信手揮洒，盡數擋開，卻見四下裏羣豪紛紛中箭倒地。

令狐冲左手攬住了藍鳳凰，向山下奔去，羽箭射來，便揮劍撥開。只覺來箭勢道勁急，發箭之人竟皆武功高強，來箭又密，以致羣豪手中雖有蒲團，也難盡數擋開，中箭之人越來越多。令狐冲一時拿不定主意，該當衝下山去，還是回去接應衆人。

計無施叫道：「盟主，敵人弓箭厲害，弟兄們衝不下去，傷亡已衆，還是叫大夥兒暫且退回，再作計較。」

令狐冲知敗勢已成，若給對方衝殺上來，更加不可收拾，縱聲叫道：「大夥兒退回少林寺！大夥兒退回少林寺！」他內力充沛，這一叫喊，雖在數千人高呼酣戰之時，仍四處皆聞。計無施、祖千秋等數十人齊聲呼喚：「盟主有令，大夥兒退回少林寺。」

羣豪聽得呼聲，陸續退回。

少林寺前但聞一片咒駡聲、呻吟聲、叫喚聲，地下東一攤，西一片，盡是鮮血。計無施傳下號令，命八百名完好無傷之人分爲八隊，守住了八方，以防敵人衝擊。來到少林寺的數千人衆，其中大半數分屬門派幫會，各有統屬，還能遵守規矩號令，其餘二千餘人卻皆是烏合之衆，這一仗敗了下來，亂成一團，各說各的，誰都不知下一步該當如何。

令狐冲道：「大夥兒快去爲受傷的弟兄們敷藥救治。」心想：「可惜恆山派的女弟子們不在山上，缺了治傷靈藥。」又想：「倘若恆山派衆人在此，是幫我呢，還是幫他們正教各派？嗯，兩位師太遭害，恆山派眾弟子一定幫我。」

耳聽得羣豪喧擾不已，不由得心亂如麻，若是他獨自一人被困山上，早已衝了下去，死也好，活也好，也不放在心上，但自己是這羣人的首領，這數千人的生死安危，全在自己一念之間，偏生束手無策，這可真爲難了。

眼見天色將暮，突然間山腰裏擂起鼓來，喊聲大作。令狐冲拔出長劍，搶到路口。羣豪也各執兵刃，要和敵人決一死戰。只聽得鼓聲越敲越響，敵人卻並不衝上。

過了一會，鼓聲同時止歇，羣豪紛紛議論：「鼓聲停了，要上來了。」「衝上來倒好，便殺他們一個落花流水，免得在這裏等死。」「他奶奶的，這些王八蛋便是要咱們在這裏餓死、渴死。」「龜兒子不上來，咱們便衝下去。」「只要衝得下去，那還用你多說？」

計無施悄聲對令狐冲道：「咱們今晚要是不能脫困，再餓得一日一晚，大夥兒可沒力氣再戰了。」令狐冲道：「不錯。咱們挑選二三百位武功高強的朋友開路，黑夜中敵人射箭沒準頭，只消打亂了敵人的陣腳，大家便可一擁而下。」計無施道：「也只有如此。」

便在此時，山腰裏鼓聲響起，跟著便有百餘名頭纏白布之人衝上山來。羣豪大聲呼喝，擁上去接戰。但攻上來的這百餘人只鬥得片刻，一聲唿哨，便都退下山去。羣豪放下兵刃休息。跟著鼓聲又起，另有一批頭纏白布之人攻上山來，殺了一陣，又即退去。敵人雖退，擂鼓聲、吶喊聲此伏彼起，始終不息。

計無施道：「盟主，敵人使的顯是疲兵之計，要擾得咱們難以休息。」令狐冲道：「正是。請計兄安排。」計無施傳下令去，若再有敵人衝上，只由把守山口的數百人接戰，餘人只管休息，不可理會。祖千秋道：「在下倒有個計較，咱們選定三百名好手，也都頭纏白布，敵人再來進攻，這三百人便乘勢衝下，攻入敵陣混戰。王八羔子們便不能放箭，大夥兒就乘勢下山。爲今之計，只有先攪得天下大亂，才能乘亂脫身。」令狐冲道：「極好，請祖兄去分別挑選，囑咐衆朋友，只待勢頭一亂，便即猛衝。」

不到半個時辰，祖千秋回報三百人已挑選定當，都是江湖上的一流好手，以此精銳奮力下衝，敵人縱有數千人列隊攔阻，也未必擋得住這三百頭猛虎。令狐冲精神一振，跟著祖千秋走到西首山邊，只見那三百人頭纏白布，排得整整齊齊，便道：「衆位請坐下稍息，待到天色全黑，大夥兒下去決個死戰。」羣豪轟然答應。

這時候雪下得更大了，雪花一大片一大片的飄將下來，地下已積了薄薄的一層，羣豪頭上、衣上都飄滿了雪花。寺中所有水缸固已倒得滴水不存，連水井也都用泥土填滿。各人抓起地下積雪，捏成一團，送入口中解渴。天色越來越黑，到後來即是兩人相對，面目也已模糊。祖千秋道：「幸好今晚下雪，否則剛好十五，月光可亮得很呢。」

突然之間，四下裏萬籟無聲。少林寺寺內寺外聚集豪士數千之衆，少室山自山腰以至山腳，正教中人至少也有三四千人，竟不約而同的誰都沒出聲，便有人想說話的，也爲這寂靜的氣氛所懾，話到嘴邊都縮了回去。似乎只聽到雪花落在樹葉和叢草之上，發出輕柔異常的聲音。令狐冲心中忽想：「小師妹這時候不知在幹甚麼？」

驀地裏山腰間傳上來一陣嗚嗚嗚的號角聲，跟著四面八方喊聲大作。這一次敵人似是乘黑全力進攻，再不如適才那般虛張聲勢。

令狐冲長劍一揮，低聲道：「衝！」向西北方的山道搶先奔下，計無施、祖千秋、漠北雙熊，以及那三百名精選的豪士跟著衝了下去。

三百餘人一路衝下，前途均無阻攔。奔出里許後，祖千秋取出一枚大炮仗，晃火熠點燃了，砰的一聲響，射入半空，跟著火光一閃，啪的一聲巨響，炸了開來。這是通知山上羣豪的訊號，寺中羣豪也即殺出。

令狐冲正奔之際，忽覺腳底一痛，踹著了一枚尖釘，心知不妙，急忙提氣上躍，落在一株樹上，只聽得祖千秋等紛紛叫了起來：「啊喲，不好，地下有鬼！」各人腳底都踹到了聳起的尖釘，有的尖釘直穿過腳背，痛不可當。數十人繼續奮勇下衝，突然啊啊大叫，跌入一個大陷坑中，樹叢中伸出十幾枝長槍，往坑中戳去，一時慘呼之聲，響遍山野。

計無施叫道：「盟主快傳號令，退回山上！」

令狐冲見這等情勢，顯然正教門派在山下布滿了陷阱，若再貿然下衝，非全軍覆沒不可，當即縱聲高叫：「大夥兒退回少林寺！大夥兒退回少林寺！」

他從一株樹頂躍到另一株樹頂，將到陷坑之邊，長劍下掠，刺倒了三名長槍手，縱身下地，落在一名長槍手身邊，料想此人立足處必無尖釘，霎時間刺倒了七八人。其餘的長槍手發一聲喊，四下退走。落在陷坑中的四十餘人才一一躍起，但已有十餘人喪身坑中。羣豪望出去漆黑一片，地下雖有積雪反光，卻不知何處布有陷阱，各人垂頭喪氣，一跛一拐的回到山上，幸好敵人並不乘勢來追。

羣豪回入寺中，在燈燭光下檢視傷勢，十人中倒有九人的足底給刺得鮮血淋漓，人人破口大罵，顯然對方這幾個時辰中擂鼓吶喊，乃是遮掩在山腰裏挖坑布釘的聲音。這些鐵釘長達一尺，有七寸埋在土中，三寸露在地面，釘頭尖利，倘若滿山都布滿了，怕不有數十萬枚？這許多利釘當然是事先預備好了的，敵人如此處心積慮，羣豪中凡稍有見識的，思之無不駭然。

計無施將令狐冲拉在一邊，悄聲說道：「令狐公子，大夥兒要一齊全身而退，勢已萬萬不能。咱們日思夜想，只是盼望救聖姑脫險，這件大事，只好請公子獨力承擔了。」

令狐冲驚道：「你……你……是甚麼意思？」

計無施道：「我自然知道公子義薄雲天，決不肯捨衆獨行。但人人在此就義，將來由誰來爲大夥兒報此大仇？聖姑困於苦獄，又有誰去救她重出生天？」

令狐冲嘿嘿一笑，說道：「原來計兄要我獨自下山逃命，此事再也休提。大夥兒死就死了，又怎能理會得這許多？世人有誰不死？咱們一起死了，聖姑困在獄中，將來也就死了。正教門派今日雖然得勝，過得數十年，他們還不是一個個都死了？勝負之分，也不過早死遲死之別而已。」

計無施眼見勸他不聽，情知多說也無用，但如今晚不乘黑逃走，明日天一亮，敵人大舉來攻，那可再也沒脫身之機了，不由得攤手長嘆。

忽聽得幾個人嘻嘻哈哈的大笑，越笑越歡暢。羣豪大敗之餘，坐困寺中，性命便在旦夕之間，居然還有人笑得這麼開心，令狐冲和計無施一聽，便知是桃谷六仙，均想：「世上也只這六個怪物，死到臨頭，還能如此嘻笑。」

只聽桃谷六仙中一人說道：「天下竟有這樣的傻子！把好好一雙腳，踏到鐵釘上去，哈哈哈，眞笑死我也。」另一人道：「你們這些笨蛋，定是要試試到底腳板厲害，還是鐵釘了得，哈哈，鐵釘穿足，味道可舒服得很罷？」又一人笑道：「你們要嘗嘗鐵釘穿足的滋味，何不用個大鐵鎚，將鐵釘從腳背上自己鎚下去？哈哈哈，嘿嘿嘿，呵呵呵！」六兄弟笑得上氣不接下氣，似乎天下滑稽之事莫過於此。

羣豪給鐵釘穿足的，本已痛得叫苦連天，偏生有如此不識趣之人在旁嘲笑，無不破口大罵。可是和桃谷六仙對罵，那是艱難無比之事，每一句話他都要和你辯個明白。你罵他「直娘賊」，他就問你爲甚麼是「直娘」而不是「彎娘」；你罵他「王八蛋」，他就苦苦追問爲何不是「王七蛋、王九蛋」，而定要「王八蛋」。

一時殿上嘈聲四起，有人抄起兵刃，便要動手。

令狐冲見事情鬧得不可收拾，突然叫道：「咦，這是甚麼東西？有趣啊有趣，古怪之極了！」桃谷六仙一聽，一齊奔了過來，問道：「甚麼東西如此有趣？」令狐冲道：「我瞧見六隻老鼠咬住一隻貓，從這裏奔了過去。」桃谷六仙大喜，都道：「老鼠咬貓，我們可從來沒見過。走向那裏去了？」令狐冲隨手一指，道：「向那邊過去了。」桃根仙拉住他手腕，道：「去，去！大夥兒都去瞧瞧。」羣豪知道令狐冲繞彎兒罵他們六兄弟是六隻老鼠，他們居然信以爲眞，都縱聲大笑。桃谷六仙卻簇擁著令狐冲，逕向後殿奔去。

令狐冲笑道：「咦！那不是嗎？」桃實仙道：「我怎地沒瞧見？」令狐冲有意將他們遠遠引開，免得和羣豪爭鬧相鬥，當下信手亂指，七人越走越遠。

桃幹仙砰的一聲，推開一間偏殿之門，裏面黑漆漆地一無所見。令狐冲笑道：「啊喲，六隻老鼠抬了一隻大貓，鑽進洞裏去啦。」桃根仙道：「你可別騙人。」晃亮火熠，但見房中空盪盪地一無所有，只一尊菩薩石像面壁而坐。

桃根仙過去點燃了供桌上的油燈，說道：「那裏有洞？咱把老鼠趕出來。」拿了油燈四下照看，卻一個洞穴也無。

桃枝仙道：「只怕是在菩薩的背後？」桃幹仙道：「菩薩的背後，就是咱們七人，難道咱們是老鼠麼？」桃枝仙道：「菩薩對著牆壁，他的背後，就是前面。」桃幹仙道：「你明明說錯了，偏不承認！背後怎麼會就是前面？」桃花仙道：「是背後也好，前面也好，咱們拉開來瞧瞧。」桃葉仙、桃實仙齊道：「正是。」三人伸手便去拉動石像。

令狐冲叫道：「使不得，這是達摩老祖。」他知達摩老祖乃少林寺的祖師，少林寺武學領袖羣倫，歷千餘年而不衰，便是自達摩老祖一脈相承。達摩當年曾面壁九年，終於大徹大悟，因此寺中所供奉的達摩像，也是面向牆壁。達摩老祖又是中土禪宗之祖，不論在武林或在佛教，地位均甚尊崇。此番來到少林寺，羣豪均遵從他的告誡，對寺中各物並無損毀，這達摩老祖的石像，決不可對之稍有輕侮。

但桃花仙等野性已發，那去理會令狐冲的呼喚，三人一齊使勁，力逾千斤，只聽得軋軋連聲，已將達摩石像扳了轉來。突然之間，七人齊聲大叫，只見眼前一塊鐵板緩緩升起，露出了一個大洞。鐵板的機括日久生鏽，糾結甚固，在桃花仙等三人的大力拉扯之下，發出嘰嘰格格之聲，聞之耳刺牙酸。

桃枝仙叫道：「果然有個洞！」桃根仙道：「去瞧瞧六隻老鼠抬貓。」頭一低，已從洞中鑽了進去。桃幹仙等五人誰肯落後，紛紛鑽進。洞內似乎極大，六人進去之後，但聽得腳步之聲。但片刻之間，六人哇哇叫喊，又奔了出來。桃枝仙叫道：「裏面黑漆漆地，深不見底。」桃葉仙道：「既是黑漆漆地，又怎知一定很深？說不定再走幾步，便到了盡頭呢。」桃枝仙道：「你既知再走幾步便到盡頭，幹麼不再走幾步，以便知道盡頭所在？」桃葉仙道：「我說的是『說不定』，卻不是『一定』。『說不定』與『一定』之間，大有分別。」桃枝仙道：「你既知是『說不定』，又何必多說？」桃根仙道：「吵甚麼？快點兩根火把，進去瞧瞧。」桃實仙道：「爲甚麼只點兩根，點三根不可以麼？」桃花仙道：「既然點得三根，爲甚麼便點不得四根？」

六人口中不停，手下卻也十分迅捷，頃刻間已扳下桌腿，點起了四根火把，六人你爭我奪，搶了火把，鑽入洞中。

令狐冲尋思：「瞧這模樣，分明是少林寺的一條秘密地道。當日我在孤山梅莊被困，也是經過一條長長的地道。說不定盈盈便囚在其中。」思念及此，一顆心怦怦大跳，當即鑽入洞中，加快腳步，追上桃谷六仙。這地道甚是寬敞，與梅莊地道的狹隘潮濕全然不同，只洞中霉氣甚重，呼吸不暢。

桃實仙道：「那六隻老鼠還是不見？只怕不是鑽到這洞裏來的。咱們回去吧，到別的地方找找。」桃幹仙道：「到了盡頭再回去，也還不遲。」

七人又行一陣，突然間呼的一聲響，半空中一根禪杖當頭直擊下來。桃花仙走在最前，急忙後躍，重重撞在桃實仙胸前。只見一名僧人手執禪杖，迅速閃入右邊山壁之中。桃花仙大怒，喝道：「你奶奶的，賊禿驢，卻躲在這裏暗算老爺。」伸手往山壁中抓去，呼的一聲響，左邊山壁中又有一條禪杖擊了出來。這一杖將桃花仙的退路盡數封死，他無可退避，只得向前縱出，左足剛落地，右側又有一條禪杖飛出。

這時令狐冲已看得清楚，使禪杖的並非活人，黃澄澄地乃是機括操縱的銅人，但裝置得極妙，只要有人踏中了地下機括，便有禪杖擊出，而且進退呼應，每一杖都是極精妙厲害之著。桃花仙抽出短鐵棒擋架，噹的一聲大響，短鐵棒登時給震得脫手飛出。

桃花仙叫聲「啊喲」，著地滾倒，又有一柄鐵禪杖摟頭擊落。桃根仙、桃枝仙各抽短鐵棒，搶過去相救兄弟，雙棒齊上，這才擋住。但一杖甫過，二杖又至，桃幹仙、桃葉仙、桃實仙三人撲將進去。五根短鐵棒使開，與兩壁不斷擊到的禪杖鬥了起來。

使禪杖的銅和尚雖是死物，但當時裝置之人卻是心思機靈之極的大匠，若非本人身具少林絕藝，便是有少林高僧在旁指點，是以這些銅和尚每一杖擊出，盡屬妙著，更有一椿極厲害處，銅和尚的手臂和禪杖均係鑌鐵所鑄，近百斤的重量再加機括牽引，下擊力道之強，不遜大力高手。桃谷六仙武功雖強，可是短鐵棒實在太短，難以擋架禪杖的撞擊。六兄弟叫苦連天，只想退出，後路呼呼風響，盡是禪杖影子，但每向前踏出一步，又增添了幾個銅和尚參與夾擊。

令狐冲眼見勢危，又看出這些銅和尚招數固然極精，每一招中均具極大破綻，當即抽出長劍，刺向兩個銅和尚的手腕，噹噹兩聲，劍尖都刺中銅和尚的手腕穴道，火花微濺，長劍卻彈了轉來。便在此時，猛聽得桃根仙一聲大叫，已給禪杖擊中，倒在地下。令狐冲本已心下驚惶，這一來神智更亂，眼見禪杖晃動，想也不想，又是兩劍刺出，錚錚兩聲，仍刺中了銅和尚的要害，但這兩下劍術中的至精至妙之著，只刮去了銅和尚胸口和小腹上的一些銅綠，頭頂風響，鐵杖罩將下來。令狐冲大驚，踏前閃避，左前方又有一根鐵禪杖擊到。

驀地裏眼前一黑，接著甚麼也看不到了。原來桃谷六仙攜入四根火把，搶前接戰銅和尚時都拋在地下，這些火把是燃著的桌腳，橫持在手時可以燒著，一拋落地，不久便即熄滅。令狐冲搶上之時，已有三根火把熄滅，避得幾杖時連第四根火把也熄滅了。他目不見物，登時手足無措，接著左肩一陣劇痛，俯跌了下去，但聽得「啊喲！」「哼！」「我的媽啊！」喊叫連連，桃谷六仙一一都給擊倒。

令狐冲俯伏在地，只聽得背後呼呼風響，盡是禪杖掃掠之聲，便如身在夢魘之中，心下惶怖已達極點，卻全然的無能爲力。但不久風聲漸輕，嘰嘰格格之聲不絕，似是各個銅和尚回歸了原位。

忽然間眼前一亮，有人叫道：「令狐公子，你在這裏麼？」令狐冲大喜，叫道：

「我……我在這裏……」伏在地下，不敢稍動，腳步聲響，幾個人走了進來，聽得計無施「咦」的一聲，甚是驚奇。令狐冲道：「別……別過來……機關……機關厲害得緊。」

計無施等久候令狐冲不歸，心下掛念，十餘人一路尋將過來，在達摩堂中發現了地道的入口，眼見令狐冲和桃谷六仙橫臥於地，身上盡是鮮血，無不駭然。祖千秋叫道：「令狐公子，你怎麼了？」令狐冲道：「站住別動，一動便觸發了機關。」祖千秋道：「是！我用軟鞭拖你們出來可好？」令狐冲道：「最好不過！」祖千秋軟鞭甩出，捲住桃枝仙的左足，將他著地拖出。

桃枝仙躺在地道的最外處，祖千秋先將他拉了出來，這才用軟鞭捲住令狐冲右足，叫聲：「得罪了！」又將他拉出。如此陸續將餘下桃谷五仙都拉了出來，並未觸動機括，那些裝在兩壁的銅製和尚也就沒再躍出傷人。

令狐冲搖搖晃晃的站起，忙去察看桃谷六仙。六人肩頭、背上都爲禪杖擊傷，幸好六人皮粗肉厚，又以深厚內力相抗，受的都只皮肉之傷。

桃根仙便即吹牛：「這些銅做鐵打的和尚好生厲害，可都教桃谷六仙給破了。」桃花仙覺得不便盡居其功，說道：「令狐公子也有一點功勞，只不過功勞及不上我六兄弟而已。」令狐冲強忍肩頭疼痛，笑道：「這個自然，誰又及得上桃谷六仙了？」

祖千秋問道：「令狐公子，到底是怎麼一會事？」令狐冲將情形簡略說了，說道：

「多半聖姑便給囚在其內。咱們怎生想個計較，將這些銅和尚破了？」祖千秋向桃谷六仙瞧了一眼，道：「原來銅和尚還沒破去。」

桃幹仙道：「要破銅和尚，又有何難？我們只不過一時還不想出手而已。」桃實仙道：「是啊，桃谷六仙所到之處，無堅不摧，無敵不克。」計無施道：「不知這些銅和尚到底怎樣厲害法，請桃谷六仙再衝進去引動機括，讓大夥兒開開眼界如何？」

桃谷六仙適才吃過苦頭，那肯再上前去領略那禪杖飛舞、無處可避的困境。桃幹仙道：「衆位，貓捉老鼠，大家都見過了，可是老鼠咬貓，有人見過沒有？」桃葉仙道：「我們七個人，適才便見了，當眞是大開眼界，從來沒見過。」他六兄弟另有一項絕技，遇上難題無法對答，便即顧左右而言他，扯開話題。

令狐冲道：「請那一位去搬幾塊大石來，都須一二百斤的。」當下便有三人出外，搬了三塊大石進來，都是少林寺庭院中的假山石筍。令狐冲端起一塊，運起內力，著地滾去。只聽得轟隆隆一聲響，引發機括，兩壁軋軋連聲，銅和尚一個個閃將出來，眼前杖影晃動，呼呼風聲不絕，一柄柄鐵杖橫掃豎擊，過了良久，一個個銅和尚才縮回石壁。

羣豪只瞧得目眩神馳，撟舌不下。

計無施道：「公子，這些銅和尚有機括牽引，機括之力有時而盡，須得以絞盤絞緊機簧鐵鍊，銅人方能再動。只須再用大石滾動幾次，機簧力道一盡，銅和尚便不能動了。」

令狐冲急於要救盈盈脫險，說道：「我看銅和尙出杖之勢毫不緩慢，不知要再舞幾次，機簧力道方盡，再試得七八次，天也亮了。那一位兄長有寶刀寶劍，請借來一用。」

當即有人越衆而前，拔刀出鞘，道：「盟主，在下這口兵刃頗爲鋒利。」令狐冲見那人高鼻深目，頦下一部黃鬚，似是西域人氏。接過那口刀來，果然冷氣森森，大非尋常，說道：「多謝了！要借兄長寶刀，去削銅人鐵杖，若有損傷莫怪。」那人笑道：「爲接聖姑，大夥兒性命尙且不惜，刀劍是身外之物，何足道哉！」

令狐冲點點頭，向前踏出。桃谷六仙齊叫：「小心！」令狐冲又踏出兩步，呼的一聲，一柄禪杖當頭擊下。這招式他已是第三次見到，毫不思索的舉刀一揮，嗤的一聲，銅和尙右腕應聲而斷，鐵手和鐵杖掉在地下。和尙雖是銅製，臉孔和身子都黃澄澄地，手臂和禪杖卻爲鑌鐵所鑄。令狐冲讚道：「好寶刀！」

他初時尙恐這口刀不夠鋒利，不能一舉削斷銅和尙的手腕，待見此刀削鐵如泥，登時精神大振，唰唰兩聲，又已削斷了兩隻銅和尙的手腕。他以刀作劍，所使的全是「獨孤九劍」中的招數。銅和尙不絕從兩壁進攻，但手腕一斷，禪杖跌落，兩隻手臂雖仍上下左右的不絕揮舞，但既無禪杖，也就全無威脅之力了。令狐冲眼見越向前行，銅和尙所出的招數越是精妙，心下暗暗佩服，但畢竟是銅鑄鐵打的死物，一招既出，破綻大露，手腕既斷之後，機括雖仍不住作響，卻全成廢物了。

羣豪高舉火把跟隨，替他照明，削斷了百餘隻鐵手之後，石壁中再無銅和尚躍出。有人一數，銅和尚共是一百零八名。羣豪在地道中齊聲歡呼，震得人人耳中嗡嗡作響。

令狐冲亟盼及早見到盈盈，接過一個火把，搶前而行，一路上小心翼翼，生恐又觸上甚麼機關，地道不住向下傾斜，越走越低，直行出三里外，地道通入了幾個天生的洞穴，始終沒再遇到甚麼機關陷阱。突然之間，前面透過來淡淡的光芒，令狐冲快步搶前，一步踏出，足底一軟，竟是踏在一層積雪之上，同時一陣清新的寒氣灌入胸臆，身子竟然已在空處。

他四下張望，黑沉沉的夜色之中，大雪紛飛飄落，跟著聽得淙淙水響，卻是處身在一條山溪之畔。霎時之間，心下好生失望，原來這地道並非通向囚禁盈盈之處。

卻聽計無施在身後說道：「大家傳話下去，千萬別出聲，多半咱們已在少室山下。」令狐冲問道：「難道咱們已然脫險？」計無施道：「公子，隆冬之際，山上的溪流早已結冰，不會有水，看來咱們通過地道，已到了山腳。」祖千秋喜道：「是了，咱們誤打誤撞，找到了少林寺的秘密地道。」

令狐冲驚喜交集，將寶刀還給了那西域豪士，說道：「那就快快傳話進去，要大夥兒從地道中出來。」

計無施命衆人散開探路，再命數十人遠遠守住地道的出口，以防敵人陡然來攻，倘若地道的前後都給堵死，未及出來的兄弟可就生生困死了。

過不多時，已有探路的人回報，確是到了少室山山腳，處身之所是在後山，抬頭可望到山頂的寺院。羣豪此時未曾脫險，誰也不敢大聲說話。從地道中出來的豪士漸漸增多，跟著連傷者和死者的屍體也都抬了出來。

羣豪死裏逃生，雖不縱聲歡呼，但竊竊私議，無不喜形於色。

漠北雙熊中的黑熊說道：「盟主，那些王八羔子只道咱們仍在寺中，不如就去攻他們的屁股，斬斷王八蛋的尾巴，也好出一口胸中惡氣。」桃幹仙插口道：「王八有尾巴，那不錯！可是王八蛋是個蛋，蛋有尾巴嗎？」

令狐冲道：「咱們來到少林寺是爲迎接聖姑，聖姑既然接不到，當再繼續尋訪，不必多所殺傷。」白熊道：「哼，好歹我要捉幾個王八蛋來吃了，管它有沒有尾巴，否則給他們欺負得太過厲害。」

令狐冲道：「請各位傳下號令，大夥兒分別散去，遇到正教門下，最好不要打鬥動粗。有誰聽到聖姑的消息，務須廣爲傳布。我令狐冲有生之日，不論經歷多大艱險，便自己性命不在，也要救聖姑脫困。寺中的兄弟可都出來了麼？」

計無施走到地道出口之處，向內叫了幾聲，隔了半晌，又叫了幾聲，裏面無人答應，這才回報：「都出來了！」

令狐冲童心忽起，說道：「咱們一齊大叫三聲，好教正教中人嚇一大跳。」

祖千秋笑道：「妙極！大夥兒跟著盟主齊聲大叫。」

令狐冲運起內力叫道：「大家跟著呼叫，一、二、三！『喂，我們下山來啦！』」數千人跟著齊聲大叫：「喂，我們下山來啦！」令狐冲又叫：「你們便在山上賞雪罷！」羣豪跟著大叫：「你們便在山上賞雪罷！」令狐冲再叫：「青山不改，綠水長流，後會有期。」羣豪也都大叫：「青山不改，綠水長流，後會有期。」令狐冲笑道：「走罷！」

忽然有人大聲叫道：「你們這批烏龜兒子王八蛋，去你奶奶的祖宗十八代！」羣豪跟著大叫：「你們這批烏龜兒子王八蛋，去你奶奶的祖宗十八代！」這等粗俗下流的罵人之聲，由數千人齊聲喊了出來，聲震山谷，當眞是前所未有。

令狐冲大聲叫道：「好啦，不用叫了，大夥兒走罷！」

羣豪喊得興起，跟著又叫：「好啦，不用叫了，大夥兒走罷！」

衆人叫嚷了一陣，眼見半山裏並無動靜，天色漸明，便紛紛告別散去。

令狐冲心想：「眼前第一件大事，是要找到盈盈的所在，其次是須得查明定閒、定逸兩位師太是何人所害，要辦這兩件大事，該去何處才是？」腦海中忽然閃過一個念頭：「少林僧和正教中人已知我們都下了少室山，旣然圍殲不成，自然都會回入少林寺去。說不定他們將盈盈帶在身邊。辦此二事，須回少林。」又想：「要混入少林寺中，人越少越好，可不能讓計無施他們同行。」

當下向計無施、老頭子、祖千秋、藍鳳凰、黃伯流等一干人作別，說道：「大家分頭努力，迎到聖姑之後，再行歡聚痛飲。」計無施問道：「公子，你要到那裏去？」令狐冲道：「小弟要捨命去尋訪聖姑，日後自當詳告。」

眾人不敢多問，當下施禮作別。

方證大師掌法變幻莫測，每一掌擊出，甫到中途，已變爲好幾個方位。任我行的掌法卻單純質樸，出掌收掌，似乎顯得有些窒滯生硬。

二七　三戰

令狐冲竄入樹林，隨即縱身上樹，藏身在枝葉濃密之處，過了好半晌，耳聽得羣豪喧嘩聲漸歇，終於寂然無聲，料想各人已然散去，當下緩步回向地道的出口處，果然已無一人。出口處隱藏在兩塊大石之後，長草掩映，不知內情之人即使到了其旁，亦決不會發現。

他回入地道，快步前行，回到達摩堂中，只聽得前殿隱隱已有人聲，想來正教中人行事持重，緩緩查將過來，只怕中了陷阱機關。令狐冲凝力雙臂，將達摩石像慢慢推回原處，尋思：「該去那裏偷聽正教領袖人物議事，設法查知囚禁盈盈的所在？少林寺中千房百舍，可不知他們將在那一間屋子中聚會。」

想起當日方生大師引著自己去見方丈，依稀記得方丈禪房的所在，當即奔出達摩堂，逕向後行。少林寺中房舍實在太多，奔了一陣，始終找不到方丈的禪房。耳聽得腳步聲響，外邊有十餘人走近，他處身之所是座偏殿，殿上懸著一面金字木匾，寫著「清涼境界」四字，四顧無處可以藏身，縱身便鑽入了木匾之後。

腳步聲漸近，有七八人走進殿來。一人說道：「這些邪魔外道本事也真不小，咱們四下裏圍得鐵桶也似，居然還是給他們逃了下山。」另一人道：「看來少室山上有甚麼地道秘徑通向山下，否則他們怎逃得出去？」又一人道：「地道秘徑是決計沒有的。小僧在少林寺出家二十餘年，從來沒聽說過有甚麼秘密的下山路徑。」先前那人道：「既然說是秘徑，自不會有多少人知道啦。」那少林僧道：「就算小僧不知，難道我們當家方丈也不知道？寺中若有此秘徑地道，敝寺方丈事先自會知照各派首領，怎能容這些邪魔外道從容脫身？」

忽聽得一人大聲喝道：「甚麼人？給我出來！」

令狐冲大吃一驚：「原來我蹤跡給他們發見了？」正想縱身躍出，忽聽得東側的木匾之後傳出哈哈一笑，一人說道：「老子透了口大氣，吹落了幾片灰塵，居然給你們見到了。眼光倒厲害得很哪！」聲音清亮，正是向問天的口音。

令狐冲又驚又喜，心道：「原來向大哥早就躲在這兒，他屏息之技甚是了得，我在這裏多時，卻沒聽出來。若不是灰塵跌落，諒來這些人也決不會知覺……」

便在這心念電轉之際，忽聽得嗒嗒兩聲，東西兩側各有一人躍下，跟著有三人齊聲呼喝：「甚……」「你……」「幹……」這三人的呼喝聲都只吐得一個字，隨即啞了。

令狐冲忍不住探頭出去，只見大殿中兩條黑影飛舞，一人是向問天，另一人身材高大，卻是任我行。這兩人出掌無聲，每出一掌，殿中便有一人倒下，頃刻之間，殿中便倒下了八人，其中五人俯伏不動，三人仰面向天，都雙目圓睜，神情可怖，臉上肌肉一動不動，顯然均已給任、向二人出掌擊斃。

任我行雙手在身側一擦，說道：「盈兒，下來罷！」

西首木匾中一人飄然而落，身形婀娜，正是多日不見的盈盈。

令狐冲腦中一陣暈眩，但見她身穿一身粗布衣衫，容色憔悴。他正想躍下相見，任我行向著他藏身處搖了搖手。令狐冲尋思：「他們先到，我藏身木匾之後，他們自然都見到了。任老先生叫我不可出來，卻是何意？」但刹那之間，便明白了任我行的用意。

只見殿門中幾個人快步搶進，一瞥之下，見到了師父師娘岳不羣夫婦和少林寺方丈方證大師，其餘尚有不少人衆。他不敢多看，立即縮頭匾後，一顆心劇烈跳動，心想：「盈盈他們陷身重圍，我……我縱然粉身碎骨，也要救她脫險。」

只聽得方證大師說道：「阿彌陀佛！三位施主好厲害的掌力。女施主既已離去少林，卻何以去而復回？這兩位想必是黑木崖的高手了，恕老衲眼生，無緣識荊。」

向問天道：「這位是日月神教任教主，在下向問天。」

他二人的名頭一出口，當眞如雷貫耳，便有數人輕輕「咦」的一聲。

方證說道：「原來是任教主和向右使，確然久仰大名。兩位光臨，有何見教？」

任我行道：「老夫不問世事已久，江湖上的後起之秀都不識得了，不知這幾位小朋友都是何方高人。」

方證道：「待老衲爲兩位引見。這一位是武當派掌門道長，道號上冲下虛。」

一個蒼老的聲音說道：「貧道年紀或許比任先生還大著幾歲，但執掌武當門戶，確是任先生退隱之後的事。後起是後起，這個『秀』字，可不敢當了，呵呵。」

令狐冲一聽他聲音，心想：「這位武當掌門道長口音好熟。」隨即恍然：「啊喲！我在武當山下遇到三人，一個挑柴，一個挑菜，另一位騎驢的老先生，劍法精妙無比，原來竟然便是武當派掌門。」霎時間心頭湧起了一陣自得之情，手心中微微出汗。武當派和少林派齊名數百年，一柔一剛，各擅勝場。冲虛道長劍法之精，向來衆所推崇。令狐冲突然得知自己居然曾戰勝冲虛道長，實是意外之喜。

卻聽任我行道：「這位左大掌門，咱們以前是會過的。左師傅，近年來你的『大嵩陽神掌』又精進不少了罷？」令狐冲又微微一驚：「原來嵩山派掌門左師伯也到了。」

只聽一個冷峻的聲音道：「聽說任先生爲屬下所困，蟄居多年，此番復出，實是可喜可賀。在下的『大嵩陽神掌』已有十多年未用，只怕倒有一半忘記了。」任我行笑道：「江湖上那可寂寞得很啊。老夫一隱，就沒一人再能和左兄對掌，可嘆啊可嘆！」左冷禪道：「江湖上武功與任先生相埒的，數亦不少。只是如方證大師、冲虛道長這些有德之士，決不會無緣無故的來教訓在下就是了。」任我行道：「很好。幾時有空，要再試試你的新招。」左冷禪道：「自當奉陪！」聽他二人對答，顯然以前曾有過一場劇鬥，誰勝誰敗，從言語中卻聽不出來。

方證大師道：「這位是泰山派掌門天門道長，這位是華山派掌門岳先生，這位岳夫人，便是當年的寧女俠，任先生想必知聞。」

任我行道：「華山派寧女俠我是知道的，岳甚麼先生，可沒聽見過。」

令狐冲心下不快：「我師父成名在師娘之先，他倘若二人都不知，那也罷了，卻決無只知寧女俠、不知岳先生之理。他受困西湖湖底，也不過是近十年之事，那時我師父早就名滿天下。顯然他是在故意向我師父招惹。」

岳不羣淡然道：「晚生賤名，原不足以辱任先生淸聽。」任我行道：「岳先生，我向你打聽一個人，不知可知他下落。聽說此人從前是你華山派門下。」岳不羣道：「任先生要問的是誰？」任我行道：「此人武功旣高，人品又世所罕有。有些睜眼瞎子妒忌於他，出力將他排擠，我姓任的卻跟他一見如故，覺得他是個少年英雄，一心一意要將我這寶貝女兒許配給他……」

令狐冲聽他說到這裏，心中怦怦亂跳，隱隱覺得即將有件十分為難之事出現。

只聽任我行續道：「這年輕人有情有義，聽說我這個寶貝女兒給囚在少林寺中，便率領了數千位英雄豪傑，來到少林寺迎妻。只一轉眼間卻不知了去向，我做泰山的心下焦急之極，因此上要向你打聽打聽。」

岳不羣仰天哈哈一笑，說道：「任先生神通廣大，怎地連自己的好女婿也弄得不見了？任先生所說的少年，便是敝派棄徒令狐冲這小賊麼？」

任我行笑道：「明明是珠玉，你卻當是瓦礫，老弟的眼光可也真差勁得很了。我說的這少年，正是令狐冲。哈哈，你罵他是小賊，不是罵我為老賊麼？」

岳不羣正色道：「這小賊行止不端，貪戀女色，為了一個女子，竟鼓動江湖上一批旁門左道，狐羣狗黨，來到天下武學之源的少林寺大肆搗亂，若不是嵩山左師兄安排巧計，這千年古剎倘若給他們燒成了白地，豈不是萬死莫贖的大罪？這小賊昔年曾在華山派門下，在下有失教誨，思之汗顏無地。」

向問天接口道：「岳先生此言差矣！令狐兄弟來到少林，只是迎接任大姑娘，他們張開大旗，書明『江湖羣豪上少林，拜佛參僧迎任姑』，用意恭敬得很哪，決無妄施搗亂之心。你且瞧瞧，這許多朋友們在少林寺中一日一夜，可曾損毀了一草一木？連白米也沒吃一粒，淸水也沒喝一口。」

忽然有人說道：「這些豬朋狗友們一來，少林寺中反而多了些東西。」令狐冲聽這人聲音尖銳，辨出是青城派掌門余滄海，心道：「這人也來了。」

向問天道：「請問余觀主，少林寺多了些甚麼？」

余滄海道：「牛矢馬溺，遍地黃白之物。」當下便有幾個人笑了起來。

令狐冲心下微感歉仄：「我只約束衆兄弟不可損壞物事，卻沒想到叮囑他們不得隨地便溺。這些粗人拉開褲子便撒，可污穢了這淸淨佛地。」

方證大師道：「令狐公子率領衆人來到少林，大旗上的口號確是客氣，老衲中心銘感，『拜佛』是要拜的，『參僧』可不敢當了。這幾日來，老衲不免憂心忡忡，唯恐眼前出現火光燭天的慘狀。但衆位朋友於少林物事不損毫末，定是令狐公子菩薩心腸，極力約束所致，合寺上下，無不感激。日後見到令狐公子，自當親謝。余觀主戲謔之言，向先生不必介意。」

向問天讚道：「究竟人家是有道高僧，氣度胸襟，何等不凡？和甚麼僞君子、甚麼眞小人，那是全然不同了。」

方證又道：「老衲卻有一事不明，恆山派的兩位師太，何以竟會在敝寺圓寂？」

盈盈淒然道：「定閒、定逸兩位師太慈和有德，突然圓寂，令人神傷……」

方證道：「她兩位的遺體在寺中發見，推想她兩位圓寂之時，正是衆位江湖朋友進入敝寺的時刻。難道令狐公子未及約束屬下，以致兩位師太衆寡不敵，命喪於斯麼？阿彌陀佛，阿彌陀佛！」跟著一聲長嘆。

盈盈道：「那日小女子在貴寺後殿與兩位師太相見，蒙方丈大師慈悲，說道瞧在兩位師太金面，放小女子離寺……」

令狐冲心下又感激，又難過：「兩位師太向方丈求情，原來方丈果眞是放了盈盈出去，她二位卻在這裏送了性命。那是爲了我和盈盈而死。到底害死她們的兇手是誰？我非爲她們報仇不可。」

只聽盈盈道：「這些日子來，不少江湖上的朋友，爲了想救小女子脫身，前來少林寺滋擾，給少林派擒住了一百多人。方丈大師慈悲爲懷，說道要向他們說十天法，盼望能消解他們的戾氣，然後盡數恭送出寺。但小女子受禁已久，可以先行離去。」

令狐冲心道：「這位方證大師當眞是個大大的好人，只不過未免有點迂腐。盈盈手下那些江湖豪客，又怎能聽你說十天法，便即化除了戾氣？」

只聽盈盈續道：「小女子感激無已，拜謝了方丈大師後，隨同兩位師太離開少室山，第三日上，便聽說令狐……令狐公子率領江湖上朋友，到少林寺來迎接小女子。定閒師太言道：須得兼程前往，截住衆人，以免驚擾了少林寺的衆位高僧。這天晚上，我們又遇上一位江湖朋友，他說衆人從四面八方分道而來，定十二月十五聚集少林。兩位師太便即計議，說道江湖豪士人多口雜，而且來自四方，無所統屬，未必都聽令狐公子的號令。當下定閒師太吩咐小女子趕著去和他……和令狐公子相見，請衆人立即散去。兩位師太則重上少林，要在方丈大師座下效一臂之力，維護佛門福地的清淨。」

她娓娓說來，聲音清脆，吐屬優雅，說到兩位師太時，帶著幾分傷感悼念之意，說到「令狐公子」之時，卻又掩不住靦腆之情。令狐冲在木匾之後聽著，不由得心情一陣陣激盪。

方證道：「阿彌陀佛！兩位師太一番好意，老衲感激之至。少林寺有警的訊息一傳出，正教各門派的同道，不論識與不識，齊來援手，敝派實不知如何報答才好。幸得雙方未曾大動干戈，免去了一場浩劫。唉，兩位師太妙悟佛法，慈悲有德，我佛門中少了兩位高人，可惜，可嘆！」

盈盈又道：「小女子和兩位師太分手之後，當天晚上便受嵩山派劫持，寡不敵衆，爲左先生的門下所擒，不知何故，又給囚禁了數日，待得爹爹和向叔叔將我救出，衆位江湖上的朋友卻已進了少林寺。向叔叔和我父女三人，來到少林寺還不到半個時辰，也是剛發覺兩位師太圓寂，卻不知衆人如何離去。」

方證說道：「如此說來，兩位師太不是任先生和向右使所害了。」盈盈道：「兩位師太於小女子有相救的大德，小女子只有感恩圖報。倘若我爹爹和向叔叔遇上了兩位師太，雙方言語失和，小女子定當從中調解，決不會不加勸阻。」方證道：「那也說得是。」

余滄海突然插口道：「魔教中人行逕與常人相反，常人是以德報德，奸邪之徒卻是恩將仇報。」向問天道：「奇怪，奇怪！余觀主是幾時入的日月神教？」余滄海怒道：「誰說我入了魔教？」向問天道：「你說我神教中人恩將仇報。但福建福威鏢局林總鏢頭，當年救過你全家性命，每年又送你一萬兩銀子，你青城派卻反去害死林總鏢頭。余觀主恩將仇報之名播於天下，無人不知。如此說來，余觀主必是我教的教友了。很好，很好，歡迎之至！」余滄海怒道：「胡說八道，亂放狗屁！」向問天道：「我說歡迎之至，乃是一番好意。余觀主卻罵我亂放狗屁，這不是恩將仇報，卻是甚麼？可見江山易改，本性難移，一個人一生一世恩將仇報，便在一言一動之中也流露了出來。」

方證怕他二人多作無謂爭執，便道：「兩位師太到底是何人所害，咱們向令狐公子查詢，必可水落石出。但三位來到少林寺中，一出手便害了我正教門下八名弟子，卻不知又是何故？」任我行道：「老夫在江湖上縱橫來去，從沒一人敢對老夫無禮。這八人對老夫大聲呼喝，叫老夫從藏身之處出來，豈非死有餘辜？」方證道：「阿彌陀佛，原來只不過他八人呼喝了幾下，任先生就下此毒手，那豈不是太過了嗎？」

任我行哈哈一笑，道：「方丈大師說是太過，就算太過好了。你對小女沒加留難，老夫很承你的情，本來是要謝謝你的，這一次不跟你多辯，道謝也免了，雙方就算扯直。」

方證道：「任先生既說扯直，就算扯直便了。只是三位來到敝寺，殺害八人，此事卻又如何了斷？」任我行道：「那又有甚麼了斷？我日月神教教下徒眾甚多，你們有本事，儘管也去殺八人來抵數就是。」方證道：「阿彌陀佛。胡亂殺人，大增罪業。左施主，被害八人之中，有兩位是貴派門下的，你說該當如何？」

左冷禪尚未答話，任我行搶著道：「人是我殺的。爲甚麼你去問旁人該當如何，卻不來問我？聽你口氣，你們似是恃著人多，想把我三人殺來抵命，是也不是？」

方證道：「豈敢？只是任先生復出，江湖上從此多事，只怕將有無數人命傷在任先生手下。老衲有意屈留三位在敝寺盤桓，誦經禮佛，教江湖上得以太平，三位意下如何？」任我行仰天大笑，說道：「妙，妙，這主意甚是高明。」

方證續道：「令愛在敝寺後山駐足，本寺上下對她禮敬有加，供奉不敢有缺。老衲所以要屈留令愛，倒不在爲本派已死弟子報仇。唉，寃寃相報，糾纏不已，豈是佛門弟子之所當爲？少林派那幾名弟子死於令愛手下，也是前生的業報，只是……只是女施主殺業太重，動輒傷人，若在敝寺修心養性，於大家都有好處。」任我行笑道：「如此說來，方丈大師倒是一番美意了。」方證道：「正是。不過此事竟引得江湖上大起風波，卻又非老衲始料之所及了。再說，令愛當日背負令狐少俠來寺求救，言明只須老衲肯救令狐少俠的性命，她甘願爲所殺本寺弟子抵命。老衲說道，抵命倒不必了，但須在少室山上幽居，未得老衲許可，不可自行離山。她一口答允。任小姐，這話可是有的？」

盈盈低聲道：「不錯。」

令狐沖聽方證大師親口說及當日盈盈背負自己上山求救的情景，心下好生感激，此事雖早已聽人說過，但從方證大師口中說出，而盈盈又直承其事，比之聞諸旁人之口，又自不同，不由得眼眶濕潤。

余滄海冷笑道：「倒是有情有義得緊。只可惜這令狐沖品行太差，當年在衡山城中嫖妓宿娼，貧道親眼所見，卻辜負任大小姐一番恩情了。」向問天笑問：「是余觀主在妓院中親眼目睹，並沒看錯？」余滄海道：「當然，怎會看錯？」向問天低聲道：「余觀主，原來你常逛窯子，倒是在下的同道。你在那妓院裏的相好是誰？相貌可不錯罷？下次我作東道，請你一起再去逛逛如何？」余滄海大怒，喝道：「放屁，放屁！」向問天道：「我請你逛窯子，你卻罵我。當眞是恩將仇報，臭不可當！」

方證道：「任先生，你們三位便在少室山上隱居，大家化敵爲友。只須你們三位不下少室山一步，老衲擔保沒人敢來向三位招惹是非。從此樂享清淨，豈不皆大歡喜？」

令狐沖聽方證大師說得十分誠摯，心想：「這位佛門高僧不通世務，當眞迂得厲害。

這三人殺人不眨眼，你想說得他們自願給拘禁在少室山上，可眞異想天開之至了。」

任我行微笑道：「方丈的美意，想得面面俱到，在下原該遵命才是。」方證喜道：「那麼施主是願意留在少室山了？」任我行道：「不錯。」方證喜道：「老衲這就設齋款待，自今而後，三位是少林寺的嘉賓。」任我行道：「只不過我們最多只能留上三個時辰，再多就不行了。」方證大為失望，說道：「三個時辰？那有甚麼用？」任我行笑道：「在下本來也想多留數日，向方丈大師請教佛法，跟諸位朋友盤桓傾談，只不過在下的名字取得不好，這叫做無可如何。」

方證茫然道：「老衲這可不明白了。為甚麼與施主的大號有關？」

任我行道：「在下姓得不好，名字也取得不好。我既姓了個『任』，又叫作『我行』。早知如此，當年叫作『你行』，那就方便得多了。現下已叫作『我行』，只好任著我自己性子，喜歡走到那裏，就走到那裏。」

方證佛然道：「原來任先生是消遣老衲來著。」

任我行道：「不敢，不敢。老夫於當世高人之中，心中佩服的沒幾個，數來數去只有三個半，大和尚算得是一位。還有三個半，是老夫所不佩服的。」

他這幾句話說得甚是誠懇，絕無譏嘲之意。方證道：「阿彌陀佛，老衲可不敢當。」

令狐冲聽他說於當世高人之中，佩服三個半，不佩服三個半，甚是好奇，亟盼知道他所指的，除方證之外更有何人。

只聽一個聲音洪亮之人問道：「任先生，你還佩服那幾位？」適才方證只爲任我行等引見到岳不羣夫婦，雙方便即爭辯不休，餘人一直不及引見。令狐冲聽下面呼吸之聲，方證等一行共有十人，除了方證大師、師父、師娘、冲虛道長、左冷禪、天門道長、余滄海，此外尚有三人。這聲音洪亮之人，便不知是誰。

任我行笑道：「抱歉得很，閣下不在其內。」那人道：「在下如何敢與方證大師比肩？自然是任先生所不佩服了。」任我行道：「我不佩服的三個半人之中，你也不在其內。你再練三十年功夫，或許會讓我不佩服一下。」那人嘿然不語。

令狐冲心道：「原來要叫你不佩服，卻也不容易。」

方證道：「任先生所言，倒頗爲新穎。」任我行道：「大和尚，你想不想知道我佩服的是誰，不佩服的又是誰？」方證道：「正要恭聆施主的高論。」任我行道：「大和尚，你精研易筋經，內功外功俱臻化境，但心地慈祥，爲人謙退，不像老夫這樣嚣張，那是我向來眞正佩服的。」方證道：「不敢當。」

任我行道：「不過在我所佩服的人中，大和尚的排名還不是第一。我所佩服的當世第一位武林人物，是篡了我日月神教教主之位的東方不敗。」

衆人都「啊」的一聲，顯然大出意料之外。令狐冲幸而將這「啊」字忍住了，心想他為東方不敗所算，遭囚多年，定然恨之入骨，那知竟然對之不勝佩服。

任我行道：「老夫武功既高，心思又機敏之極，只道普天下已無抗手，不料竟會著了東方不敗的道兒，險些葬身湖底，永世不得翻身。東方不敗如此厲害的人物，老夫對他怎不佩服？」方證道：「那也說得是。」

任我行道：「第三位我所佩服的，乃當今華山派的絕頂高手。」令狐冲又大出意料之外，他適才言語之中，對岳不羣不留半分情面，那知他內心竟會對之頗為佩服。

岳夫人道：「你不用說這等反語，譏刺於人。」

任我行笑道：「哈哈，岳夫人，你還道我說的是尊夫麼？他……他可差得遠了。我所傾倒佩服的，乃是劍術通神的風清揚風老先生。風老先生劍術比我高明得多，非老夫所及，我是衷心佩服，決無虛假。」

方證問道：「岳先生，難道風老先生還在人世麼？」

岳不羣道：「風師叔於數十年前便已……便已歸隱，與本門始終不通消息。他老人家倘若尚在人世，那可眞是本門的大幸。」

任我行冷笑道：「風老先生是劍宗，你是氣宗。華山派劍氣二宗勢不兩立。他老人家仍在人世，於你何幸之有？」岳不羣給他這幾句搶白，默然不語。

令狐冲早就猜到風清揚是本派劍宗中的人物，此刻聽任我行一說，師父並不否認，那麼此事自確然無疑。

任我行笑道：「你放心。風老先生是世外高人，你還道他希罕你這華山派掌門，會來搶你的寶座麼？」岳不羣道：「在下才德庸駑，若得風師叔耳提面命，眞是天大的喜事。任先生，你可能指點一條明路，讓在下去拜見風師叔。華山門下盡感大德。」說得甚是懇切。

任我行道：「第一，我不知風老先生在那裏。第二，就算知道，也決不跟你說。明槍易躲，暗箭難防。眞小人容易對付，僞君子可叫人頭痛得很。」岳不羣不再說話。

令狐冲心道：「我師父是彬彬君子，自不會跟任先生惡言相向。」

任我行側身過來，對著武當派掌門冲虛道長道：「老夫第四個佩服的，是牛鼻子老道。你武當派太極劍頗有獨到之處，精絕妙絕，非常之了不起，你老道卻也潔身自愛，不去多管江湖上的閒事。只不過你不會教徒弟，武當門下沒甚麼傑出人材，等你牛鼻子鶴駕西歸，太極劍法的絕藝只怕要失傳。再說，你的太極劍法雖高，未必勝得過老夫，因此我只佩服你一半，算是半個。」

冲虛道人笑道：「能得任先生佩服一半，貧道已臉上貼金，多謝了！」

任我行道：「不用客氣。」轉頭向左冷禪道：「左大掌門，你倒不必臉上含笑，肚裏生氣，你雖不屬我佩服之列，但在我不佩服的三個半高人之中，閣下卻居其首。」左冷禪笑道：「在下受寵若驚。」任我行道：「你武功了得，心計也深，很合老夫的脾胃。你想合併五嶽劍派，要與少林、武當鼎足而三，才高志大，也算了不起。可是你鬼鬼祟祟，安排下種種陰謀詭計，不是英雄豪傑的行逕，可教人十分的不佩服。」

左冷禪道：「在下所不佩服的當世三個半高人之中，閣下卻只算得半個。」

任我行道：「拾人牙慧，全無創見，因此你就不令人佩服了。你所學嵩山派武功雖精，卻全是前人所傳。依你的才具，只怕這些年中，也不見得有甚麼新招創出來。」

左冷禪哼了一聲，冷笑道：「閣下東拉西扯，是在拖延時辰呢，還是在等救兵？」

任我行冷笑道：「你說這話，是想倚多爲勝，圍攻我們三人嗎？」

左冷禪道：「閣下來到少林，戕害良善，今日再想全身而退，可太把我們這些人不放在眼裏了。你說我們倚多爲勝也好，不講武林規矩也好。你殺了我嵩山派門下弟子，眼放著左冷禪在此，今日正要領教閣下高招。」

任我行向方證道：「方丈大師，這裏是少林寺呢，還是嵩山派的下院？」方證道：「施主明知故問了，這裏自然是少林寺。」任我行道：「然則此間事務，是少林方丈作主，還是嵩山派掌門作主？」方證道：「雖是老衲作主，但衆位朋友若有高見，老衲自當聽從。」

任我行仰天打了個哈哈，說道：「不錯，果然是高見，明知單打獨鬥是輸定了的，便要羣毆爛打。姓左的，你今日攔得住任我行，姓任的不用你動手，在你面前橫劍自刎。」

左冷禪冷冷的道：「我們這裏十個人，攔你或許攔不住，要殺你女兒，卻也不難。」方證道：「阿彌陀佛，殺人可使不得。」

令狐冲心中怦怦亂跳，知左冷禪所言確是實情，下面十人中雖不知餘下三人是誰，但料想必與方證、冲虛等身分相若，不是一派掌門，便是絕頂高手。任我行武功再強，最多不過全身而退。向問天是否能夠保命脫困，已所難言，盈盈是更加沒指望了。

任我行道：「那妙得很啊。左大掌門有個兒子，名叫『天外寒松』左挺，聽說武功差勁，腦筋不大靈光，殺起來挺容易。岳君子有個女兒。余觀主好像有幾個愛妾，還有三個小兒子。天門道長沒兒子女兒，心愛徒弟卻不少。莫大先生有老父、老母在堂。崑崙派乾坤一劍震山子有個一脈單傳的孫子。還有這位丐幫的解大幫主呢，向左使，解幫主世上有甚麼捨不得的人啊？」

令狐冲心道：「原來莫大師伯也到了。任先生其實不用方證大師引見，於對方十人不但均早知形貌，而且他們的身世眷屬也都已查得清清楚楚。」

向問天道：「聽說丐幫中的青蓮使者、白蓮使者兩位，雖然不姓解，卻都是解幫主的私生兒子。」任我行道：「你沒弄錯罷？咱們可別錯殺了好人？」向問天道：「錯不了，屬下已查問清楚。」任我行點頭道：「就算殺錯了，那也沒法子，咱們殺他丐幫中三四十人，總有幾個殺對了的。」向問天道：「教主高見！」

他一提到各人的眷屬，左冷禪、解幫主等無不凜然，情知此人言下無虛，衆人攔他是攔不住的，但若殺了他的女兒，他必以毒辣手段相報，自己至親至愛之人，只怕個個難逃他毒手，思之不寒而慄。一時殿中鴉雀無聲，人人臉上變色。

隔了半晌，方證說道：「冤冤相報，無有已時。任施主，我們決計不傷任大小姐，卻要屈三位大駕，在少室山居留十年。」

任我行道：「不行，我殺性已動，忍不住要將左大掌門的兒子斷其四肢、毀其雙目，再將余觀主那幾個愛妾和兒子一併殺了。岳先生的令愛，更加不容她活在世上。」令狐冲大驚，不知這喜怒難測的大魔頭只不過虛聲恫嚇，還是眞的要大開殺戒。

冲虛道人說道：「任先生，咱們來打個賭，你瞧如何？」

任我行道：「老夫賭運不佳，打賭沒把握，殺人卻有把握。殺高手沒把握，殺高手的父母子女、大老婆小老婆卻挺有把握。」冲虛道人道：「那些人沒甚麼武功，殺之不算英雄。」任我行道：「雖然不算英雄，卻可教我的對頭一輩子傷心，老夫就開心得很了。」冲虛道人道：「你自己沒了女兒，也沒甚麼開心。沒有女兒，連女婿也沒了。你女婿不免去做人家的女婿，你也不見得有甚麼光采。」任我行道：「沒有法子，沒有法子。我只好將他們一古腦兒都殺了，誰教我女婿對不住我女兒呢？」

冲虛道人道：「這樣罷，我們不倚多爲勝，你也不可胡亂殺人。大家公公平平，以武功決勝敗。你們三位，和我們之中的三個人比鬥三場，三戰兩勝。」

方證忙道：「是極，冲虛道兄高見大是不凡。點到爲止，不傷人命。」

任我行道：「我們三人倘若敗了，便須在少室山上居留十年，不得下山，是也不是？」冲虛道人道：「正是。要是三位勝了兩場，我們自然服輸，任由三位下山。這八名弟子也只好算是白死了。」

任我行道：「我心中對你牛鼻子有一半佩服，覺得你所說的話，也有一半道理。那你們這一方是那三位出場？由我挑選成不成？」

左冷禪道：「方丈大師是主，他是非下場不可的。老夫的武功擱下了十幾年，也想試上一試。至於第三場嗎？這場賭賽既是冲虛道長的主意，他終不成袖手旁觀，出個難題讓人家頂缸？只好讓他的太極劍法露上一露了。」他們這邊十人之中，雖然個個不是庸手，畢竟以方證大師、冲虛道人、和他自己三人武功最高。他一口氣便舉了這三人出來，可說已立於不敗之地。盈盈不過十八九歲年紀，武功再高，修爲也必有限，不論和那一位掌門相鬥，注定是要輸的。

岳不羣等一齊稱是。方證、冲虛、左冷禪三人是正教中的三大高手，任誰一人的武功都不見得會在任我行之下，比之向問天只怕尚可稍勝半籌，三戰兩勝，贏面佔了七八成，甚至三戰三勝，也是五五之數。各人所躭心的，只是怕擒不住任我行，給他逃下山去，以陰險毒辣手段戕害各人的家人弟子，只要是正大光明決戰，那就無所畏懼了。

任我行道：「三戰兩勝，這個不妥，咱們只比一場。你們挑一位出來，我們這裏也挑一人，乾乾脆脆只打一場了事。」

左冷禪道：「任兄，今日你們勢孤力單，處在下風。別說我們這裏十個人，已比你方多了三倍有餘，方丈大師一個號令出去，單是少林派一等一的高手，便有二三十位，其餘各派好手還不計在內。」任我行道：「因此你們要倚多為勝。」左冷禪道：「不錯，正是要倚多為勝。」任我行道：「不要臉之至。」左冷禪道：「無故殺人，才不要臉。」

任我行道：「殺人一定要有理由？左大掌門，你吃葷還是吃素？」左冷禪哼了一聲道：「在下殺人也殺，幹麼吃素？」任我行道：「你每殺一人，死者都是罪有應得的了？」左冷禪道：「這個自然。」任我行道：「你吃牛吃羊，牛羊又有甚麼罪？」

方證大師道：「阿彌陀佛，任施主這句話，大有菩薩心腸。」左冷禪道：「方丈大師別上他的當。他將咱們這八個無辜喪命的弟子比作了牛羊。」任我行道：「蟲蟻牛羊，菩薩凡人，都是衆生。」方證又道：「是，是。阿彌陀佛！」

左冷禪道：「任兄，你一意遷延時刻，今日是不敢一戰的了？」

任我行突然一聲長嘯，只震得屋瓦俱響，供桌上的十二枝蠟燭一齊暗了下來，待他嘯聲止歇，燭光這才重明。衆人聽了他這一嘯聲，都不禁心頭怦怦而跳，臉上變色。

任我行道：「好，姓左的，咱們就比劃比劃。」左冷禪道：「大丈夫一言既出，駟馬難追。三戰兩勝，你們之中若有三個人輸了兩個，三人便都得在少室山停留十年。」

任我行道：「也罷！三戰兩勝，我們這一夥人中，若有三個人輸了兩個，我們三人便在少室山上停留十年。」

正教中人聽他受了左冷禪之激，居然答允下來，無不欣然色喜。

任我行道：「我就跟你再打一場，向左使鬥余矮子，我女兒女的鬥女的，便向寧女俠請教。」左冷禪道：「不行。我們這邊由那三人出場，由我們自己來推舉，豈能由你指定。」任我行道：「一定要自己來選，不能由對方指定？」

左冷禪道：「正是。少林、武當兩大掌門，再加上區區在下。」任我行道：「憑你的聲望、地位和武功，又怎能和少林、武當兩大掌門相提並論？」左冷禪哼了一聲，說道：「在下自不敢和少林、武當兩大掌門相提並論，卻勉強可跟閣下鬥鬥。」

任我行哈哈大笑，說道：「方證大師，在下向你討教少林神拳，配得上嗎？」

方證道：「阿彌陀佛，老衲功夫荒疏已久，不是施主對手。但老衲亟盼屈留大駕，只好拿幾根老骨頭來挨挨施主的拳腳。」

左冷禪見他竟向方證大師挑戰，固是擺明了輕視自己，心下卻是一喜，暗想：「我本來躭心你跟我鬥，讓向問天跟冲虛鬥，卻叫你女兒去鬥方證。向問天武功了得，冲虛道人若有疏虞，我又輸了給你，那就糟了。」當下不再多言，向旁退開了幾步。

餘人將地下的八具屍體搬在一旁，空出殿中的戰場。

任我行道：「方丈大師請。」雙袖一擺，抱拳爲禮。方證合什還禮，說道：「施主請先發招。」任我行道：「在下使的是日月教正宗功夫，大師使的是少林派正宗武藝。咱們正宗對正宗，這一架原是要打的。」

余滄海道：「呸！你魔教是甚麼正宗了？也不怕醜！」任我行道：「方丈，讓我先殺了余矮子，再跟你鬥。我殺余矮子，不過瞧著他討厭，今天不殺，遲早要殺，這不算一場比武。」方證忙道：「不可。」知此人出手似電，一擊如雷霆，說不定余滄海眞的給他殺了，當下更不躭擱，輕飄飄拍出一掌，叫道：「任施主，請接掌。」

這一掌招式尋常，但掌到中途，忽然微微搖晃，登時一掌變兩掌，兩掌變四掌，四掌變八掌。任我行脫口叫道：「千手如來掌！」心知只須遲得頃刻，他便八掌變十六掌，進而幻化爲三十二掌，當即呼的一掌拍出，攻向方證右肩。方證左掌從右掌掌底穿出，仍微微晃動，一變二、二變四的掌影飛舞。任我行身子躍起，呼呼還了兩掌。

令狐冲居高臨下，凝神細看，見方證大師掌法變幻莫測，每一掌擊出，甫到中途，已變爲好幾個方位，掌法如此奇幻，直是生平所未睹。任我行的掌法卻單純質樸，出掌收掌，似乎顯得有些窒滯生硬，但不論方證的掌法如何離奇莫測，一當任我行的掌力送到，他必隨之變招，看來兩人旗鼓相當，功力悉敵。

令狐冲拳腳功夫造詣甚淺，因之獨孤九劍中那「破掌式」一招便也學不到家，既看不出對方拳腳中的破綻，便沒法乘虛而入。這兩大高手所施展的乃當世最高深的掌法，他看得莫名其妙，渾不明其中精奧，尋思：「劍法上我可勝得冲虛道長，與任先生相鬥，也不輸於他。但遇到眼前這兩位的拳掌功夫，我只好用利劍一味搶攻。風太師叔說，我要練得二十年後，方可與當世高手一爭雄長，主要當是指『破掌式』而言。」

看了一會，見任我行突然雙掌平平推出，方證大師連退三步，令狐冲一驚，暗叫：「啊喲，糟糕，方證大師要輸。」接著便見方證大師左掌劃了幾個圈子，右掌急拍，上拍下拍，左拍右拍，拍得幾拍，任我行便退了一步，再拍幾拍，任我行又退一步。

令狐冲心道：「還好，還好！」他輕吁一口氣，忽想：「爲甚麼我見方證大師要輸，便即心驚，見他扳回，則覺寬慰？是了，方證大師是有道高僧，任教主畢竟是左道之士，我心中總還有善惡是非之念。」轉念又想：「可是任教主若輸，盈盈便須在少室山上囚禁十年，豈是我心中所願？」一時之間，連自己也不明白到底盼望誰勝誰敗，內心只隱隱覺得，任我行父女與向問天一入江湖，世上便即風波大作，但心中又想：「風波大作，又有甚麼不好？那不是挺熱鬧麼？」

他眼光慢慢轉過去，只見盈盈倚在柱上，嬌怯怯地一副弱不禁風模樣，秀眉微蹙，若有深憂，突然間憐念大盛，心想：「我怎忍讓她在此再給囚禁十年？她怎經得起這般折磨？」想到她爲了相救自己，甘願捨生，自己一生之中，師友厚待者雖也不少，可沒一個人竟能如此甘願把性命來交託給了自己。胸口熱血上湧，只覺別說盈盈不過是魔教教主的女兒，縱然她萬惡不赦、天下人皆欲殺之而甘心，自己寧可性命不在，也決計要維護她平安周全。

殿上的十一對目光，卻都注視在方證大師和任我行的掌法之上，心下無不讚嘆。左冷禪心想：「幸虧任老怪挑上了方證大師，否則他這似拙實巧的掌法，我便不知如何對付才好。本門的大嵩陽神掌與之相比，顯得招數太繁，變化太多，不如他這掌法的攻其一點，不及其餘。」向問天卻想：「少林派武功享名千載，果然非同小可。方證大師這『千手如來掌』掌法雖繁，功力不散，那確是千難萬難。倘若讓我遇上了，只好跟他硬拚內力，掌法是比他不過的。」岳不羣、余滄海等各人心中，也均以本身武功與二人的掌法相印證。

任我行酣鬥良久，漸覺方證大師的掌法稍形緩慢，心中暗喜：「你掌法雖妙，終究年紀老了，難以持久。」當即急攻數掌，劈到第四掌時，猛覺收掌時右臂微微一麻，內力運轉，不甚舒暢，不由得大驚，知是自身內力的干擾，心想：「這老和尚所練的易筋經內功竟如此厲害，掌力沒和我掌力相交，卻已在剋制我的內力。」心知再鬥下去，對方深厚的內力發將出來，自己勢須處於下風，眼見方證大師左掌拍到，一聲呼喝，左掌迅捷無倫的迎了上去，啪的一聲響，雙掌相交，兩人各退一步。

任我行只覺對方內力雖然柔和，卻渾厚無比，自己使出了「吸星大法」，竟吸不到他絲毫內力，心下更加驚訝。方證大師道：「善哉！善哉！」跟著右掌擊到。

任我行又出右掌與之相交。兩人身子一晃，任我行但覺全身氣血都晃了一晃，當即疾退兩步，陡地轉身，右手已抓住了余滄海胸口，左掌往他天靈蓋疾拍下去。

這一下兔起鶻落，實是誰都料想不到的奇變，眼見任我行與方證大師相鬥，情勢漸居不利，按理說他力求自保尚且不及，那知竟會轉身去攻擊余滄海。這一著變得太奇太快，否則余滄海也是一代武學宗匠，若與任我行相鬥，雖最後必敗，卻決不致在一招之間便爲他所擒。衆人「啊」的一聲，齊聲呼叫。

方證大師身子躍起，猶似飛鳥般撲到，雙掌齊出，擊向任我行後腦，這是武學中「圍魏救趙」之策，攻敵之不得不救，旨在逼得任我行撤回擊向余滄海頭頂的左掌，反手擋架。

衆高手見方證大師在這瞬息之間使出這一掌，都大爲欽服，卻來不及喝采，情知余滄海這條性命是有救了。豈知任我行左掌固是撤了回來，卻不反手擋架，一把便抓住了方證大師的「膻中穴」，跟著右手一指，點中了他心口。方證大師身子一軟，摔倒在地。

眾人大驚之下，紛紛呼喝，一齊擁了上去。

左冷禪突然飛身而上，發掌猛向任我行後心擊到。任我行反手回擊，喝道：「好，這是第二場。」左冷禪忽拳忽掌，忽指忽抓，片刻間已變了十來種招數。

任我行給他陡然一輪急攻，一時只能勉力守禦。他適才和方證大師相鬥，最後這三招雖是用智，卻也已竭盡平生之力，否則以少林派掌門人如此深厚的內功，如何能讓他一把抓住「膻中穴」？一指點中心口？這幾招全力以搏，實是孤注一擲。

任我行所以勝得方證大師，純是使詐。他算準對方心懷慈悲，自己突向余滄海痛下殺手，一來餘人相距較遠，縱欲救援也所不及，二來各派高手與余滄海無甚交情，決不會干冒大險，捨生相救，只方證大師卻定會出手。當此情境，這位少林方丈唯有攻擊自己，以解余滄海之困，但他對方證大師擊來之掌偏又不擋不格，反拿對方要穴。這一著又險到了極處。方證大師雙掌擊他後腦，不必擊實，掌風所及，便能令他腦漿迸裂。他反擒余滄海之時，便已拿自己性命來作此大賭，賭的是這位佛門高僧菩薩心腸，眼見雙掌可將自己後腦擊碎，便會收回掌力。但方證身在半空，雙掌擊出之後隨即全力收回，縱是絕頂高手，胸腹之間內力亦必不繼。他一拿一點，果然將方證大師點倒。只是方證渾厚的掌力所及，已掃得他後腦劇痛欲裂，一口丹田之氣竟轉不上來。

冲虛道人忙扶起方證大師，拍開他被封的穴道，嘆道：「方丈師兄一念之仁，反遭奸人所算。」方證道：「阿彌陀佛。任施主心思機敏，鬥智不鬥力，老夫是輸了。」

岳不羣大聲道：「任先生行奸使詐，勝得毫不光明正大，非正人君子之所為。」向問天笑道：「我日月神教之中，也有正人君子麼？任教主若是正人君子，早就跟你同流合污了，還比試甚麼？」岳不羣為之語塞。

任我行背靠木柱，緩緩出掌，將左冷禪的拳腳一一擋開。左冷禪向來自負，若在平時，決不會當任我行力鬥少林派第一高手之後，又去向他索戰。明佔這等便宜，絕非一派宗師之所為，未免為人所不齒。但任我行適才點倒方證大師，純是利用對方一片好心，勝得奸詐之極，正教各人無不為之扼腕大怒。他奮不顧身的上前急攻，旁人均道他是激於義憤，已顧不到是否車輪戰。在左冷禪卻正是千載難逢的良機。

向問天見任我行一口氣始終緩不過來，搶到柱旁，說道：「左大掌門，你撿這便宜，可要臉麼？我來接你的。」左冷禪道：「待我打倒了這姓任的匹夫，再跟你鬥，老夫還怕你車輪戰麼？」呼的一拳，向任我行擊出。

任我行左手撩開，冷冷的道：「向兄弟，退開！」

向問天知教主極爲要強好勝，不敢違拗，說道：「好，我就暫且退開。只是這姓左的無恥卑鄙，我踢他屁股。」飛起一腳，便往左冷禪後臀踢去。

左冷禪怒道：「兩個打一個嗎？」斜身避讓。豈知向問天雖作飛腿之狀，這一腿竟沒踢出，只右腳抬起，微微一動，乃是一招虛招。他見左冷禪上當，哈哈一笑，說道：「孫子王八蛋剛說過要倚多爲勝。」一縱向後，站在盈盈身旁。

左冷禪這麼一讓，攻向任我行的招數緩了一緩。高手對招，相差原只一線，任我行得此餘暇，深深吸一口氣，內息暢通，登時精神大振，砰砰砰三掌劈出。左冷禪奮力化解，心下暗暗吃驚：「這老兒十多年不見，功力大勝往昔，今日若要贏他，可須全力相拚。」

兩人此番二度相逢，這一次相鬥，乃在天下頂尖高手之前一決雌雄。兩人都將勝敗之數看得極重，可不像適才任我行和方證大師較量之時那樣和平。任我行一上來便使殺著，雙掌便如刀削斧劈一般；左冷禪忽拳忽掌，忽抓忽拿，更極盡變化之能事。

兩人越鬥越快，令狐冲在木匾之後瞧得眼也花了。他看任我行和方證大師相鬥，只不過看不懂二人的招式精妙所在，但此刻二人身形招式快極，竟連一拳一掌如何出，如何收，也都看不明白。他轉眼去看盈盈，只見她臉色雪白，雙眼長長的睫毛垂了下來，臉上卻無驚異或躭心的神態。向問天的臉色卻忽喜忽憂，一時驚疑，一時惋惜，一時攢眉怒目，一時咬牙切齒，倒似比他親自決戰猶爲要緊。令狐冲心想：「向大哥的見識自比盈盈高明得多，他如此著緊，只怕任先生這一仗很是難贏。」

慢慢斜眼過去，見到那邊廂師父和師娘並肩而立，其側是方證大師和沖虛道人。兩人身後一個是泰山派掌門天門道人，一個是衡山派掌門莫大先生。莫大先生來到殿中之後，始終未曾出過半分聲息，令狐沖一見到他瘦瘦小小的身子，胸中登時感到一陣溫暖，隨即心想：「儀琳師妹她們這羣恆山弟子沒了師父，可不知怎樣了。」青城派掌門余滄海獨個兒站在牆後，手按劍柄，滿臉怒色。站在西側的是一個滿頭白髮的老者，身穿乞丐裝束，當是丐幫幫主解風。另一人穿一襲青衫，模樣頗為瀟洒，當是崑崙派掌門乾坤一劍震山子了。

這九人乃當今正教中最強的高手，若不是九人都在全神貫注的觀戰，自己在木匾後藏身這麼久，雖竭力屏氣凝息，多半還是早已給下面諸人發覺了。他暗想：「下面聚集著這許多高人，尤其有師父、師娘在內，而方證大師、沖虛道長、莫大先生這三位，更是我十分尊敬的前輩。我在這裏偷聽他們說話，委實不敬之極，雖說是我先到而他們後至，但不論如何，總之是我在這裏竊聽，倘若給他們發覺，我可當眞無地自容了。」只盼任我行儘快再勝一場，三戰兩勝，便可帶著盈盈從容下山，一等方證大師他們退出後殿，自己便趕下山去和盈盈相會。

一想到和盈盈對面相晤，不由得胸口一熱，連耳根子也熱烘烘地，自忖：「自今而後，我眞的要和盈盈結爲夫妻嗎？她待我情深義重，可是我……可是我……」這些日子來，雖時時想到盈盈，但每次念及，總是想到要報她相待之恩，要助她脫卻牢獄之災，要在江湖上大肆宣揚，是自己對她傾心，並非她對己有意，免得江湖豪士譏嘲於她，令她尷尬羞慚。每當盈盈的倩影在腦海中出現之時，心中卻並不感到喜悅不勝之情、溫馨無限之意，和他想到小師妹岳靈珊時溫柔纏綿的心意大不相同，對於盈盈，內心深處竟似乎有些懼怕。

他和盈盈初遇，一直當她是個年老婆婆，心中對她有七分尊敬，三分感激；其後見她舉手殺人，指揮羣豪，尊敬之中不免摻雜了幾分懼怕，直至得知她對自己頗有情意，這幾分厭憎之心才漸漸淡了；及後得悉她爲自己捨身少林，那更是深深感激。然而感激之意雖深，卻並無親近之念，只盼能報答她的恩情；聽到任我行說自己是他女婿，心底竟頗感爲難。這時見到她的麗色，只覺和她相距極遠極遠。

他向盈盈瞧了幾眼，不敢再看，只見向問天雙手握拳，兩目圓睜，順著他目光看任我行和左冷禪時，見左冷禪已縮在殿角，任我行一掌一掌向他劈將過去，每一掌都似開山大斧一般，威勢驚人。左冷禪全處下風，雙臂出招極短，攻不到一尺便即縮回，顯似只守不攻。突然之間，任我行一聲大喝，雙掌疾向對方胸口推去。四掌相交，蓬的一聲大響，左冷禪背心撞向牆壁，頭頂泥沙灰塵簌簌而落，四掌卻不分開。令狐冲只感身子搖動，藏身的那張木匾似乎便要跌落。他一驚之下，便想：「左師伯這番可要糟了。他二人比拚內力，任先生使出『吸星大法』吸他內力，時刻一長，左師伯非輸不可。」

卻見左冷禪右掌一縮，竟以左手單掌抵禦對方掌力，右手伸出食中二指向任我行戳去。任我行一聲怪叫，急速躍開。左冷禪右手跟著點了過去。他連點三指，任我行連退三步。

方證大師、冲虛道長等均大爲奇怪：「素聞任我行的『吸星大法』擅吸對方內力，何以適才他二人四掌相交，左冷禪竟安然無恙？難道他嵩山派的內功居然不怕吸星妖法？」

旁觀衆高手固覺驚異，任我行心下更是駭然。

十餘年前任我行與左冷禪劇鬥，未曾使用「吸星大法」，已然佔上風，眼見便可制住了左冷禪，突感心口奇痛，眞力幾乎難以使用，心下驚駭無比，自知這是修練「吸星大法」的反擊之力，若在平時，自可靜坐運功，慢慢化解，但其時勁敵當前，如何有此餘裕？正徬徨無計之際，忽見左冷禪身後出現了兩人，乃左冷禪的師弟托塔手丁勉和大陰陽手樂厚。任我行立即跳出圈子，哈哈一笑，說道：「說好單打獨鬥，原來你暗中伏有幫手，君子不吃眼前虧，咱們後會有期，今日爺爺可不奉陪了。」

左冷禪敗局已成，對方竟自願罷戰，自是求之不得，他也不敢討嘴頭上便宜，說甚麼「要人幫手的不是好漢」之類，只怕激惱了對方，再鬥下去，丁勉與樂厚又不便插手相助，自己一世英名不免付於流水，當即說道：「誰教你不多帶幾名魔教的幫手來？」

任我行冷笑一聲，轉身就走。

這一場拚鬥，面子上似乎未分勝敗，但任左二人內心均知，自己的武功之中具有極大弱點，當日不輸，實乃僥倖，自此分別苦練。

尤其任我行更知「吸星大法」之中伏有莫大隱患，便似附骨之疽一般。他不斷以「吸星大法」吸取對手功力，但對手門派不同，功力有異，諸般雜派功力吸在自身，無法融而爲一，作爲己用，往往會出其不意的發作出來。他本身內力甚強，一覺異派內功作怪，立時將之壓服，從未遇過凶險，但這一次對手是極強高手，激鬥中自己內力消耗甚巨，用於壓制體內異派內功的便相應減弱，大敵當前之時，既有外患，復生內憂，自不免狼狽不堪。此後潛心思索，要揣摩出一個法門來融合體內的異派內功，心無二用，乃致聰明一世的梟雄，竟連變生肘腋亦不自知，終於爲東方不敗所困。他在西湖湖底一囚十二年，心無旁騖，這才悟出了融匯體內異派內功的妥善法門，修習這「吸星大法」才不致有慘遭反噬之危。

此番和左冷禪再度相逢，一時未能取勝，當即運出「吸星大法」，與對方手掌相交，豈知一吸之下，竟發現對方內力空空如也，不知去向。任我行這一驚非同小可。對方內力凝聚，一吸不能吸到，那並不奇，適才便吸不到方證的內力；但左冷禪在瞬息間竟將內力藏得無影無蹤，教他的「吸星大法」無力可吸，別說生平從所未遇，連做夢也沒想到過有這等奇事。

他又連吸了幾下，始終沒摸到左冷禪內力的半點邊兒，眼見左冷禪指法凌厲，於是退了三步，隨即變招，狂砍狠劈，威猛無儔。左冷禪改取守勢。兩人又鬥了二三十招，任我行左手一掌劈將過去，左冷禪無名指彈他手腕，右手食指戳向他左肋。任我行見他這一指勁力狠辣，心想：「難道你這一指之中，竟又沒有內力？」當下微微斜身，似是閃避，其實卻故意露出空門，讓他戳中胸肋，同時將「吸星神功」布於胸口，心想：「你有本事深藏內力，不讓我吸星大法吸到，但你以指攻我，指上若無內力，那麼刺在我身上只當是給我搔癢。但若有分毫內力，便非盡數給我吸來不可。」

便在心念電閃之際，噗的一聲響，左冷禪的手指已戳中他左胸「天池穴」。

旁觀眾人「啊」的一聲，齊聲呼叫。

左冷禪的手指在任我行的胸口微一停留。任我行立即全力運功，果然對方內力猶如河堤潰決，從自己「天池穴」中直湧進來。他心下大喜，加緊施爲，吸取對方內力越快。

突然之間，他身子一晃，一步步的慢慢退開，一言不發的瞪視著左冷禪，身子發顫，手足不動，便如是給人封了穴道一般。

盈盈驚叫：「爹爹！」撲過去扶住，只覺他手上肌膚冰涼徹骨，轉頭道：「向叔叔！」向問天縱身上前，伸掌在任我行胸口推拿了幾下。任我行嘿的一聲，回過氣來，臉色鐵青，說道：「很好，這一著棋我倒沒料到。咱們再來比比。」

左冷禪緩緩搖了搖頭。

岳不羣道：「勝敗已分，還比甚麼？任先生適才難道不是給左掌門封了『天池穴』？」

任我行呸的一聲，喝道：「不錯，是我上了當，這一場算我輸便是。」

原來左冷禪適才這一招大是行險，他以修練了十餘年的「寒冰眞氣」注於食指之上，拚著大耗內力，將計就計，便讓任我行吸了過去，不但讓他吸去，反加催內力，急速注入對方穴道。左冷禪所練的「寒冰眞氣」，和梅莊黑白子所練的「玄天指」乃是一路，都是至陰至寒的功夫，不過左冷禪的內力更深厚得多，一瞬之間，任我行全身爲之凍僵。左冷禪乘著他「吸星大法」一窒的頃刻之間，內力一催，就勢封住了他的穴道。穴道被封之舉，原只見於第二三流武林人物動手之時，高手過招，決不使用這一類平庸招式。左冷禪卻捨得大耗功力，竟以第二三流的手段制勝，這一招雖是使詐，但若無極厲害的內力，卻也決難辦到。

向問天知左冷禪雖然得勝，卻已大損眞元，只怕非花上幾個月時光，沒法復元，便上前說道：「適才左掌門說過，你打倒了任教主之後，再來打倒我。現下便請動手！」

方證大師、沖虛道人等都看得明白，左冷禪自點中任我行之後，臉色慘白，始終不敢開聲說話，可見內力消耗之重，此刻二人倘若動手，不但左冷禪非敗不可，而且數招之間便會給向問天送了性命。但這一句話左冷禪剛才確是說過了的，眼見向問天挑戰，難道是自食前言不成？

衆人正躊躇間，岳不羣道：「咱們說過，這三場比試，那一方由誰出馬，由該方自行決定，卻不能由對方指名索戰。這一句話，任教主是答應過了的，是不是？任教主是大英雄、大豪傑，說過了的話豈能不算？」

向問天冷笑道：「岳先生能言善辯，令人好生佩服，只不過和『君子』二字，未免有些不稱。這般東拉西扯，倒似個反覆無常的小人了。」

岳不羣淡淡的道：「自君子的眼中看出來，天下滔滔，皆是君子。自小人的眼中看來，世上無一而非小人。」

左冷禪慢慢挨了幾步，將背脊靠到柱上，以他此時的情狀，簡直要站立不倒也十分爲難，更不用說和人動手過招了。

武當掌門冲虛道人走上兩步，說道：「素聞向右使人稱『天王老子』，實有驚天動地的能耐。貧道忝居武當掌門，於正教諸派與貴教之爭始終未能出甚麼力，常感慚愧，今日有幸，若能以『天王老子』爲對手，實感榮寵。」

他武當掌門何等身分，對向問天說出這等話來，那是將對方看得極重了。向問天在情在理，實難推卻，便道：「恭敬不如從命。久仰冲虛道長的『太極劍法』天下無雙，在下捨命陪君子，只好獻醜。」抱拳行禮，退了幾步。冲虛道人寬袍大袖雙手一擺，躬身還禮。兩人相對而立，凝目互視，一時卻均不拔劍。

冲虛道人與向問天在武林中均享大名已久，卻全無跡象不知誰高誰下，這一戰決定少林寺是否能留住任我行等一行，事關重大，可是誰也看不出勝負之數。旁觀衆人均和冲虛及向問天一般的心情，都所謂「提心吊膽」。

任我行突然說道：「且慢！向兄弟，你且退下。」一伸手，從腰間拔出了長劍。

衆人盡皆駭然：「他已連鬥兩位高手，內力顯已大爲耗損，竟然要連鬥三陣，再來接冲虛道長。」左冷禪更爲驚詫，心想：「我苦練十多年的寒冰眞氣傾注於他『天池穴』中，縱是武功高他十倍之人，只怕也得花三四個時辰方能化解。難道此人一時三刻之間便又能與人動手？」衆人怎知此刻任我行丹田之中，猶似有數十把小刀在亂攢亂刺，他使盡了力氣，才將這幾句話說得平平穩穩，沒洩出半點痛楚之情。

冲虛道人微笑道：「任教主要賜教麼？咱們先前說過，雙方由那一位出手，由每一方自定，任教主若要賜教，原也不違咱們約定之議。只是貧道這個便宜，卻佔得太大了。」

任我行道：「在下拚鬥了兩位高手之餘，再與道長動手，未免小覷了武當派享譽數百年的神妙劍法，在下雖然狂妄，卻還不致於如此。」

沖虛道人心下甚喜，點頭道：「多謝了。」他一見到任我行拔劍，心下便大爲躊躇，以車輪戰勝得任我行，說不上有何光采，但此仗若敗，武當派在武林中可無立足之地了，聽說不是他自己出戰，這才寬心。

任我行道：「沖虛道長在貴方是生力軍，我們這一邊也得出一個生力軍才是。」抬頭叫道：「令狐沖小兄弟，你下來罷！」

衆人大吃一驚，都順著他目光向頭頂的木匾望去。

令狐沖更爲驚訝，一時手足無措，狼狽之極，當此情勢，沒法再躲，只得踴身跳下，向方證大師跪倒在地，納頭便拜，說道：「小子擅闖寶刹，罪該萬死，謹領方丈責罰。」

方證呵呵笑道：「原來是令狐少俠。我聽得少俠呼吸勻淨，內力深厚，心下正在奇怪，不知是那一位高人光臨敝寺。請起，請起，行此大禮，可不敢當。」說著合什還禮。

令狐沖心想：「原來他早知我藏在匾後了。」

丐幫幫主解風忽道：「令狐沖，你來瞧瞧這幾個字。」

令狐沖站起身來，順著他手指向一根木柱後看去，見柱上刻著三行字。第一行是：「匾後有人。」第二行是：「我揪他下來。」第三行是：「且慢，此人內功亦正亦邪，未知是友是敵。」每一字都深入柱內，木質新露，自是方證大師和解風二人以指力在柱上所刻。

令狐冲甚是驚佩，心想：「方證大師從我極微弱的呼吸之中，能辨別我武功家數，眞乃神人。」隨即抱拳躬身，團團行禮，說道：「衆位前輩來到殿上之時，小子心虛，未敢下來拜見，還望恕罪。」料想此刻師父的臉色必定難看之極，那敢和他目光相接？

解風笑道：「你作賊心虛，到少林寺偷甚麼來啦？」令狐冲道：「小子聞道任大小姐留居少林，斗膽前來接她出去。」解風笑道：「原來是偷老婆來著，哈哈，這不是賊膽心虛，這叫做色膽包天。」令狐冲正色道：「任大小姐有大恩於我，小子縱爲她粉身碎骨，亦所甘願。」解風嘆了口氣，說道：「可惜，可惜。好好一個年輕人，一生前途卻爲女子所誤。你若不墮邪道，這華山派掌門的尊位，日後還會逃得出你手掌麼？」

任我行大聲道：「華山掌門，有甚麼希罕？將來老夫一命歸天，日月神教教主的尊位，難道還逃得出我這乘龍快婿的手掌麼？」

令狐冲吃了一驚，顫聲道：「不……不……不能……」

任我行笑道：「好啦。閒話少說。冲兒，你就領教一下這位武當掌門的神劍。冲虛道長的劍法以柔克剛，圓轉如意，世間罕有，可要小心了。」他改口稱他爲「冲兒」，當眞是將他當作女婿了。

令狐冲默察眼前情勢，雙方已各勝一場，這第三場的勝敗，將決定是否能救盈盈下山；自己曾和冲虛道人比過劍，劍法上可以勝得過他，要救盈盈，那是非出場不可，當下轉過身來，向冲虛道人跪倒在地，叩首爲禮。

冲虛道人忙伸手相扶，說道：「不敢當！少俠何以行此大禮？」令狐冲道：「道長高義，愛護小子，小子好生感激相敬。現下迫於情勢，要向道長領教，心中不安。」冲虛道人哈哈一笑，道：「小兄弟忒也多禮了。」

令狐冲站起身來，任我行遞過長劍。令狐冲接劍在手，劍尖指地，側身站在下首。冲虛道人舉目望著殿外天井中的天空，呆呆出神，心下盤算令狐冲的劍招。

衆人見他始終不動，似是入定一般，都覺十分奇怪。

過了良久，冲虛道人長吁一口氣，說道：「這一場不用比了，你們四位下山去罷。」此言一出，衆人盡皆駭然。令狐冲大喜，激動之餘，又欲跪倒，冲虛忙伸手攔住。解風道：「道長，你這話是甚麼意思？」冲虛道：「我想不出破解他的劍法之道，這場比試，貧道認輸。」解風道：「兩位可還沒動手啊。」冲虛道：「數日之前，在武當山腳下，貧道曾和他拆過三百餘招，那次是我輸了。今日再比，貧道仍然要輸。」方證等都問：「有這等事？」冲虛道：「令狐小兄弟深得風淸揚風前輩劍法眞傳，貧道不是他對手。」說著微微一笑，退在一旁。

任我行呵呵大笑，說道：「道長虛懷若谷，令人好生佩服。老夫本來只佩服你一半，現下可佩服你七分了。」說是七分，畢竟還沒十足。他向方證大師拱了拱手，說道：「方丈大師，咱們後會有期。」

令狐冲走到師父、師娘跟前，跪倒磕頭。岳不羣側身避開，冷冷的道：「可不敢當！」岳夫人心中一酸，淚水盈眶。令狐冲又過去向莫大先生行禮，知他不願旁人得悉兩人之間過去的交往，只磕了三個頭，卻不說話。莫大先生作揖還禮。

任我行一手牽了盈盈，一手牽了令狐冲，笑道：「走罷！」大踏步走向殿門。解風、震山子、余滄海、天門道人等自知武功不及冲虛道人，既然冲虛自承非令狐冲之敵，他們心下雖將信將疑，卻也不敢貿然上前挑戰，自取其辱。

任我行正要出殿，忽聽得岳不羣喝道：「且慢！」任我行回頭道：「怎麼？」岳不羣道：「冲虛道長大賢不和小人計較，這第三場可還沒比。令狐冲，我來跟你比劃比劃。」

令狐冲大吃一驚，不由得全身皆顫，囁嚅道：「師父，我……我……我……怎能……」

岳不羣卻泰然自若，說道：「人家說你蒙本門前輩風師叔指點，劍術已深得華山派神髓，看來我也已不是你對手。雖然你已被逐出本門，但在江湖上揚名立萬，使的仍是華山派劍法。我管教不善，使得正教中各位前輩，都爲你這不肖少年嘔氣，倘若我不出手，難道讓別人來負此重任？我今天如殺不了你，你就將我殺了罷。」說到後來，已聲色俱厲，唰的一聲，抽出長劍，喝道：「你我已無師徒之情，亮劍！」

令狐冲退了一步，道：「弟子不敢！」

岳不羣嗤的一劍，當胸平刺。令狐冲側身避過。岳不羣接著又刺出兩劍，令狐冲又避開了，長劍始終指地，並不出劍擋架。岳不羣道：「你已讓我三招，算得已盡了敬長之義，這就拔劍！」

任我行道：「冲兒，你再不還招，當眞要將小命送在這兒不成？」

令狐冲應道：「是。」橫劍當胸。這場比試，是讓師父得勝呢，還是須得勝過師父？倘若故意容讓，輸了這一場，縱然自己身受重傷，也不打緊，可是任我行、向問天、盈盈三人卻得在少室山上苦受十年囚禁。方證大師固是有道高僧，但左冷禪和少林寺中其他僧衆，難保不對盈盈他們三人毒計陷害，說是囚禁十年，但是否能保性命，挨得過這十年光陰，卻難說得很。若說不讓罷，自己自幼孤苦，得蒙師父、師娘教養成材，直與親生父母一般，大恩未報，又怎能當著天下英雄之前，將師父打敗，令他面目無光，聲名掃地？

便在他躊躇難決之際，岳不羣已急攻了二十餘招。令狐冲只以師父從前所授的華山劍法擋架，「獨孤九劍」每一劍都攻人要害，一出劍便是殺著，當下不敢使用。他自從習得「獨孤九劍」後，見識大進，加之內力渾厚之極，雖使的只尋常華山劍法，劍上所生的威力自然與儔昔大不相同。岳不羣連連催動劍力，始終攻不到他身前。

旁觀衆人見令狐冲如此使劍，自均知他有意相讓。任我行和向問天相對瞧了一眼，都深有憂色。兩人不約而同的想起，那日在杭州孤山梅莊，任我行邀令狐冲投身日月神敎，許他擔當光明右使之位，日後還可出任敎主，又允授他秘訣，用以化解「吸星大法」中異種內力反噬的惡果。但這年輕人絲毫不爲所動，足見他對師門甚爲忠義。此刻更見他對舊日的師父、師娘神色恭謹之極，直似岳不羣便要一劍將他刺死，也是心所甘願。他所使招式全爲守勢，如此鬥下去焉有勝望？令狐冲顯然決不肯勝過師父，更不肯當著這許多成名的英雄之前勝過師父。若不是他明知這一仗輸了之後，盈盈等三人便要在少室山囚禁，只怕拆不上十招，便已棄劍認輸了。任、向二人徬徨無計，相對又望了一眼，目光中便只三個字：「怎麼辦？」

任我行轉過頭來，向盈盈低聲道：「你到對面去。」盈盈明白父親意思，他是怕令狐冲顧念昔日師門之恩，這一場比試要故意相讓，他叫自己到對面去，是要令狐冲見到自己之後，想到自己待他的情義，便會出力取勝。她輕輕嗯了一聲，卻不移動腳步。

過了片刻，任我行見令狐冲不住後退，更加焦急，又向盈盈道：「到對面去。」盈盈仍然不動，連「嗯」的那一聲也不答應。她心中在想：「我待你如何，你早已知道。你如以我爲重，決意救我下山，你自會取勝。你如以師父爲重，我便拉住你衣袖哀哀求告，也是無用。我何必站到你的面前來提醒你？」深覺兩情相悅，貴乎自然，倘要自己有所示意之後，令狐冲再為自己打算，那可無味之極了。

令狐冲隨手揮洒，將師父攻來的劍招一一擋開，所使已不限於華山劍法。他若還擊一招半式，早便已逼得岳不羣棄劍認輸，雖見師父劍招破綻大露，卻始終不出手攻擊。岳不羣自已明白他的心意，運起紫霞神功，將華山劍法發揮得淋漓盡致。他既知令狐冲不會還手，每一招便全是進手招數，不再顧及自己劍法中是否留有破綻。這麼一來，劍法威力何止大了一倍。

旁觀眾人見岳不羣劍法精妙，又佔盡了便宜，卻始終沒法刺中令狐冲；又見令狐冲出劍有時有招，有時無招，而無招之時，長劍似乎亂擋亂架，卻曲盡其妙，輕描淡寫的便將岳不羣極盡巧妙的劍招化解了，越看越佩服，均想：「冲虛道長自承劍術不及，當非虛言。」

岳不羣久戰不下，心下焦躁，突然想起：「啊喲，不好！這小賊不願負那忘恩負義的惡名，卻如此跟我纏鬥。他雖不來傷我，卻總叫我難以取勝。這裏在場的個個都是目光如炬的高手，便在此時，也早已瞧出這小賊是在故意讓我。我不斷的死纏爛打，成甚麼體統？那裏還像是一派掌門的模樣？這小賊是要逼我知難而退，自行認輸。」

他當即將紫霞神功都運到了劍上，呼的一劍，當頭直劈。令狐冲斜身閃開。岳不羣圈轉長劍，攔腰橫削。令狐冲縱身從劍上躍過。岳不羣長劍反撩，疾刺他後心，這一劍變招快極，令狐冲背後不生眼睛，勢在難以躲避。衆人「啊」的一聲，都叫了出來。

令狐冲身在半空，隱隱感到後心來劍，既已無處借勢再向前躍，回劍擋架也已不及，他只得長劍挺出，拍在身前數尺外的木柱之上，這一借力，身子便已躍到了木柱之後。只聽得噗的一聲響，岳不羣長劍刺入木柱。劍刃柔韌，但他內勁所注，長劍竟穿柱而過，劍尖和令狐冲身子相距不過數寸。

衆人又都「啊」的一聲。這一聲叫喚，聲音中充滿了喜悅、欣慰和讚嘆之情，人人都不禁為令狐冲歡喜，既佩服他這一下躲避巧妙之極，又慶幸岳不羣終於沒刺中他。

岳不羣施展平生絕技，連環三擊，仍奈何不了令狐冲，又聽得衆人的叫喚，竟然都在同情對方，心下大為懊怒。

這「奪命連環三仙劍」是華山派劍宗的絕技，他氣宗弟子原本不知。當年兩宗自殘，劍宗弟子曾以此劍法殺了好幾名氣宗好手。後來氣宗弟子將劍宗的弟子屠戮殆盡、奪得華山派掌門，氣宗好手仔細參研這三式高招「奪命連環三仙劍」。諸人想起當日拚鬥時這三式連環的威力，心下猶有餘悸，參研之時，各人均說這三招劍法入了魔道，但求劍法精妙，卻忘了本派「以氣馭劍」的不易至理，大家嘴裏說得漂亮，內心深處對這劍法卻無不佩服。

當岳不羣與令狐冲兩人出劍相鬥，岳夫人就已傷心欲涕，見丈夫突然使出這三招，心頭大震：「當年兩宗同門相殘，便因重氣功、重劍法的紛爭而起。師哥是華山氣宗的掌門人，在這時居然使用劍宗絕技，若給外人識破了，豈不令人輕視齒冷？唉，他既用此招，自是迫不得已，其實他非沖兒敵手，早已昭然，又何必苦苦纏鬥？」有心上前勸阻，但此事關涉實在太大，並非單是本門一派之事，欲前又卻，手按劍柄，憂心如焚。

岳不羣右手一提，從柱中拔出長劍。令狐沖站在柱後，並不轉出。岳不羣只盼他就此躲在木柱之後，不再出來應戰，算是怕了自己，也就顧全了自己顏面。兩人相對而視。令狐沖低頭道：「弟子不是你老人家敵手。咱們不用再比試了罷？」岳不羣哼了一聲。

任我行道：「他師徒二人動手，沒法分出勝敗。方丈大師，咱們這三場比試，雙方就算不勝不敗。老夫向你賠個罪，咱們就此別過如何？」

岳夫人暗自舒了口長氣，心道：「這一場比試，我們明明是輸了。任教主如此說，總算顧全到我們面子，如此了事，那就再好不過。」

方證說道：「阿彌陀佛！任施主這等說，大家不傷和氣，足見高明，老衲自無異……」這個「議」字尚未出口，左冷禪忽道：「那麼我們便任由這四人下山，從此為害江湖，屠殺無辜？任由他們八隻手掌沾滿千千萬萬人的鮮血，任由他們殘殺天下良善？岳師兄以後還算不算是華山派掌門？」方證遲疑道：「這個……」

嗤的一聲響，岳不羣繞到柱後，挺劍向令狐沖刺去。

令狐冲閃身避過，數招之間，二人又已鬥到了殿心。岳不羣快劍進擊，令狐冲或擋或避，又成了纏鬥悶戰之局。

再拆得二十餘招，任我行笑道：「這場比試，勝敗終究是會分的，且看誰先餓死，再打得七八天，相信便有分曉了。」

衆人覺得他這番話雖是誇張，但如此打法，只怕幾個時辰之內，也的確難有結果。

任我行心想：「這岳老兒倘若老起臉皮，如此胡纏下去，他是立於不敗之地，說甚麼也不會輸的。可是冲兒只須有一絲半分疏忽，那便糟了，久戰下去，可於咱們不利。須得以言語激他一激。」便道：「向兄弟，今日咱們來到少林寺中，當眞是大開眼界。」

向問天道：「不錯。武林中頂兒尖兒的人物，盡集於此……」任我行道：「其中一位，更加了不起。」向問天道：「是那一位？」任我行道：「此人練就了一項神功，令人嘆為觀止。」向問天道：「請問是甚麼神功？」任我行道：「此人練的是金臉罩、鐵面皮神功。」向問天道：「屬下只聽過金鐘罩、鐵布衫，卻沒聽過金臉罩、鐵面皮。」任我行道：「人家金鐘罩、鐵布衫功夫是周身刀槍不入，此人的金臉罩、鐵面皮神功，卻只練硬一張臉皮。」向問天道：「這金臉罩、鐵面皮神功，不知是那一門那一派的功夫？」任我行道：「這功夫說來非同小可，乃西嶽華山、華山派掌門人、江湖上鼎鼎大名的君子劍岳不羣岳先生所創。」向問天道：「素聞君子劍岳先生氣功蓋世，劍術神妙，果然不是浪得虛名之輩。這金臉罩、鐵面皮神功，將一張臉皮練得刀槍不入，不知有何用途？」任我行道：「這用處可說之不盡。我們不是華山派門下弟子，其中訣竅，難以了然。」向問天道：「岳先生創下這路神功，從此名揚江湖，永垂不朽的了。」任我行道：「這個自然。咱們以後遇上華山派的人物，對他們這路鐵面皮神功，可得千萬小心在意。」向問天道：「是，屬下牢記在心。練得臉皮老，誰也沒法搞！」

他二人一搭一檔，便如說相聲一般，儘量的譏刺岳不羣。余滄海聽得嘻笑不絕，大爲幸災樂禍。岳夫人一張粉臉脹得通紅。

岳不羣卻似一句話也沒聽進耳中。他提劍刺出，令狐冲向左閃避，岳不羣側身向右，長劍斜揮，突然回頭，劍鋒猛地倒刺，正是華山劍法中一招妙著，叫作「浪子回頭」。令狐冲舉劍擋格，岳不羣劍勢從半空中飛舞而下，卻是一招「蒼松迎客」。令狐冲揮劍擋開。

岳不羣唰唰兩劍，令狐冲一怔，急退兩步，不由得滿臉通紅，叫道：「師父！」岳不羣哼的一聲，又一劍刺將過去，令狐冲再退一步。

旁觀衆人見令狐冲神情忸怩，狼狽萬狀，都大惑不解，均想：「他師父這三劍平平無奇，有甚麼了不起？何以竟使令狐冲難以抵擋？」

衆人自均不知，岳不羣所使的這三劍，乃是令狐冲和岳靈珊二人練劍時私下所創的

「冲靈劍法」。當時令狐冲一片痴心，只盼日後能和小師妹共締鴛盟，岳靈珊對他也是極好。二人心中都有個孩子氣的念頭，心想岳不羣夫婦所傳的武功，其餘同門都會，這一套「冲靈劍法」，天下卻只他二人會使，因此使到這套劍法時，內心都有絲絲甜意。

不料岳不羣竟在此時將這三招劍法使了出來，令狐冲登時手足無措，既覺羞慚，又感傷心，心道：「小師妹對我早已情斷義絕，你卻使出這套劍法來，叫我觸景生情，心神大亂。你要殺我，便殺好了。」只覺活在世上了無意趣，不如一死了之，反而爽快。

岳不羣長劍跟著刺到，這一招卻是「弄玉吹簫」。令狐冲熟知此招，迷迷糊糊中順手擋架。岳不羣跟著使出下一式「蕭史乘龍」。這兩式相輔相成，姿勢曼妙，尤其「蕭史乘龍」這一式，長劍矯矢飛舞，直如神龍破空一般，卻又瀟洒蘊藉，頗有仙氣。

相傳春秋之時，秦穆公有女，小字弄玉，最愛吹簫。有一青年男子蕭史，乘龍而至，奏簫之技精妙入神，前來教弄玉吹簫。秦穆公便將愛女許配他爲妻。「乘龍快婿」這典故便由此而來。後來夫妻雙雙仙去，居於華山中峯。華山玉女峯有「引鳳亭」，中峯有玉女祠、玉女洞、玉女洗頭盆、梳裝台，皆由此傳說得名。這些所在，令狐冲和岳靈珊不知曾多少次並肩同遊，蕭史和弄玉這故事中的綢繆之意，逍遙之樂，也不知曾多少次繚繞在他二人心底。

此刻眼見岳不羣使出這招「蕭史乘龍」，令狐冲心下亂成一片，隨手擋架，只想：

「師父為甚麼要使這一招？他要激得我神智錯亂，以便乘機殺我麼？」

只見岳不羣使完這一招後，又使一招「浪子回頭」，一招「蒼松迎客」，三招「冲靈劍法」，接著又是一招「弄玉吹簫」，一招「蕭史乘龍」。高手比武，即令拚到千餘招以上，招式也不會重複，這一招既能為對方所化解，再使也必無用，反令敵方熟知了自己的招式之後，乘隙而攻。岳不羣卻將這幾招第二次重使，旁觀眾人均大惑不解。

令狐冲見岳不羣第二次「蕭史乘龍」使罷，又使出三招「冲靈劍法」時，突然之間，腦海中靈光一閃，登時恍然：「原來師父是以劍法點醒我。只須我棄邪歸正，浪子回頭，便可重歸華山門下。」

華山上有數株古松，枝葉向下伸展，有如張臂歡迎上山的遊客一般，稱為「迎客松」。這招「蒼松迎客」，便是從這幾株古松的形狀上變化而出。他想：「師父是說，我若重歸華山門牆，不但師父、師娘與眾同門歡迎，連山上的松樹也會歡迎我了。」驀地裏心頭大震：「師父是說，不但我可重入華山門戶，他還可將小師妹配我為妻。師父使那數招『冲靈劍法』，明明白白的說出了此意，只是我胡塗不懂，他才又使『弄玉吹簫』、『蕭史乘龍』這兩招。」

重歸華山和娶岳靈珊為妻，那是他心中兩個最大的願望，突然之間，師父當著天下高手之前，將這兩件事向他允諾了，雖非明言，但在這數招劍法之中，已說得明白無比。令狐冲素知師父最重然諾，說過的話決無反悔，他既答允自己重列門牆，又將女兒許配自己為妻，自是言出如山，一定會做到的事。霎時之間，喜悅之情充塞胸臆。

他自知岳靈珊和林平之情愛正濃，對自己不但已無愛心，且大有恨意。但男女婚配，全憑父母之命，做兒女的不得自主，千百年來皆是如此。岳不羣既允將女兒許配於他，岳靈珊決計無可反抗。令狐冲心想：「我得重回華山門下，已然謝天謝地，更得與小師妹為偶，那實是喜從天降了。小師妹初時定然不樂，但我處處將順於她，日子久了，定會感於我的至誠，慢慢的回心轉意。」岳靈珊向他大發嬌嗔，他終於哄得她轉嗔為喜，過往已不知有幾十百次，而他深知小師妹性情，有把握必能辦到。

他心下大喜，臉上自也笑逐顏開。岳不羣又是一招「浪子回頭」，一招「蒼松迎客」，兩招連綿而至。劍招漸急，若不可耐。令狐冲猛地省悟：「師父叫我浪子回頭，當然不是口說無憑，是要我立刻棄劍認輸，這才將我重行收歸門下。我得重返華山，再和小師妹成婚，人生又復何求？但盈盈、任教主、向大哥卻又如何？這場比試一輸，他們三人便得留在少室山上，說不定尚有殺身之禍。我貪圖一己歡樂，卻負人一至於斯，那還算是人麼？」言念及此，不由得背上出了一陣冷汗，眼中瞧出來也模模糊糊，只見岳不羣長劍橫過，在他自己口邊掠過，跟著劍鋒便推將過來，正是一招「弄玉吹簫」。

令狐冲心中又是一動：「盈盈甘心為我而死，我竟可捨之不顧，天下負心薄倖之人，還有更比得上我令狐冲嗎？無論如何，我可不能負了盈盈對我的恩義。」突然腦中一暈，只聽得錚的一聲響，一柄長劍落在地下。

旁觀衆人「啊」的一聲，叫了出來。

令狐冲身子晃了晃，睜開眼來，只見岳不羣正向後躍開，滿臉怒容，右腕上鮮血涔涔而下，再看自己長劍時，劍尖上鮮血點點滴滴的掉將下來。他大吃一驚，才知適才心神混亂之際，隨手擋架攻來的劍招，不知如何，竟使出了「獨孤九劍」中的劍法，刺中了岳不羣右腕。他立即拋去長劍，跪倒在地，說道：「師父，弟子罪該萬死。」

岳不羣一腿飛出，正中他胸膛。這一腿力道好不凌厲，令狐冲登時身子飛起，身在半空之時，便只覺眼前一團漆黑，直挺挺的摔將下來，耳中隱約聽得砰的一聲，身子落地，卻已不覺疼痛，就此人事不知了。

岳靈珊道：「我要在這四個雪人身上寫幾個字。」拔出長劍，用劍尖在雪人上劃字。

二八　積雪

也不知過了多少時候，令狐冲漸覺身上寒冷，慢慢睜開眼來，只覺火光耀眼，又即閉上，聽得盈盈歡聲叫道：「你……你醒轉來啦！」

令狐冲再度睜眼，見盈盈一雙妙目正凝視著自己，滿臉都是喜色。令狐冲便欲坐起，盈盈搖手道：「躺著再歇一會兒。」令狐冲一看周遭情景，見處身在一個山洞之中，洞外生著一堆大火，這才記得是給師父踢了一腳，問道：「我師父、師娘呢？」

盈盈扁扁嘴道：「你還叫他作師父嗎？天下也沒這般不要臉的師父。你一味相讓，他卻不知好歹，終於弄得下不了台，還這麼狠心踢你一腿。震斷了他腿骨，才真活該。」

令狐冲驚道：「我師父斷了腿骨？」盈盈微笑道：「沒震死他是客氣的呢？爹爹說，你對吸星大法還不會運用，否則也不會受傷。」令狐冲喃喃的道：「我刺傷了師父，又震斷了他腿骨，眞是……眞是……」盈盈道：「你懊悔嗎？」令狐冲心下惶愧已極，說道：「我實是大大的不該。當年若不是師父、師娘撫養我長大，說不定我早已死了，焉能得有今日？我恩將仇報，眞是禽獸不如。」

盈盈道：「他幾次三番的痛下殺手，想要殺你。你如此忍讓，實已報了師恩。像你這樣的人，到那裏都不會死，就算岳氏夫婦不養你，你在江湖上做小叫化，也決計死不了。他把你逐出華山派，師徒間的情義早已斷了，還想他作甚？」說到這裏，慢慢放低了聲音，道：「冲哥，你爲了我而得罪師父、師娘，我……我心裏……」說著低下了頭，暈紅雙頰。

令狐冲見她露出了小兒女的靦腆神態，洞外熊熊火光照在她臉上，直是明艷不可方物，不由得心中一蕩，伸出手去握住了她左手，嘆了口氣，不知說甚麼才好。

盈盈柔聲道：「你爲甚麼嘆氣？你後悔識得我嗎？」令狐冲道：「沒有，沒有！我怎會後悔？你爲了我，寧肯把性命送在少林寺裏，我以後粉身碎骨，也報不了你的大恩。」盈盈凝視他雙目，道：「你爲甚麼說這等話？你直到現下，心中還是在將我當作外人。」

令狐冲內心一陣慚愧，在他心中，確然總對她有一層隔膜，說道：「是我說錯了，自今而後，我要死心塌地的對你好。」這句話一出口，不禁想到：「小師妹呢？小師妹呢？難道我從此忘了小師妹？」

盈盈眼光中閃出喜悅的光芒，道：「冲哥，你這是眞心話呢，還是哄我？」

令狐冲當此之時，再也不自計及對岳靈珊銘心刻骨的相思，全心全意的道：「我如是哄你，教我天打雷劈，不得好死！」

盈盈的左手慢慢翻轉，也將令狐冲的手握住了，只覺一生之中，實以這一刻光陰最是難得，全身都暖烘烘地，一顆心卻又如在雲端飄浮，但願天長地久，永恆如此。過了良久，緩緩說道：「咱們武林中人，只怕是注定要不得好死的了。你日後倘若對我負心，我也不盼望你天打雷劈，我……我……我寧可親手一劍刺死了你。」

令狐冲心頭一震，萬料不到她竟會說出這句話來，怔了一怔，笑道：「我這條命是你救的，早就歸於你了。你幾時要取，隨時來拿去便是。」盈盈微微一笑，道：「人家說你是個浮滑無行的浪子，果然說話這般油腔滑調，沒點正經。也不知是甚麼緣份，我就是……就是喜歡了你這輕薄浪子。」令狐冲笑道：「我幾時對你輕薄過了？你這麼說我，我可要對你輕薄了。」說著坐起身來。

盈盈雙足一點，身子彈出數尺，沉著臉道：「我心中對你好，咱們可得規規矩矩的。你若當我是個水性女子，可以隨便欺我，那可看錯人了。」令狐冲一本正經的道：「我怎敢當你是水性女子？你是一位年高德劭、不許我回頭瞧一眼的婆婆。」

盈盈噗哧一笑，想起初識令狐冲之時，他一直叫自己爲「婆婆」，神態恭謹之極，不由得笑靨如花，坐了下來，卻和令狐冲隔著有三四尺遠。

令狐冲笑道：「你不許我對你輕薄，今後我仍一直叫你婆婆好啦。」盈盈笑道：「好啊，乖孫子。」令狐冲道：「婆婆，我心中有……」盈盈道：「不許叫婆婆啦，待過得六十年，再叫不遲。」令狐冲道：「若從現下叫起，能一直叫你六十年，這一生可也不枉了。」盈盈心神盪漾，尋思：「當眞得能和他廝守六十年，便天上神仙，也是不如。」

令狐冲見到她的側面，鼻子微聳，長長睫毛低垂，容顏嬌嫩，臉色柔和，心想：「這樣美麗的姑娘，爲甚麼江湖上成千成萬桀傲不馴的豪客，竟會對她又敬又畏，又甘心爲她赴湯蹈火？」想要詢問，卻覺在這時候說這等話未免大煞風景，欲言又止。

盈盈道：「你想說甚麼話，儘管說好了。」令狐冲道：「我一直心中奇怪，爲甚麼老頭子、祖千秋他們，會對你怕得這麼厲害。」盈盈嫣然一笑，說道：「我知道你若不問明白這件事，總是不放心。只怕在你心中，始終當我是個妖魔鬼怪。」令狐冲道：「不，不，我當你是位神通廣大的活神仙。」

盈盈微笑道：「你說不了三句話，便會胡說八道。其實你這人，也不見得眞的是浮薄無行，只不過愛油嘴滑舌，以致大家說你是個浪蕩子弟。」令狐冲道：「我叫你作婆婆之時，可曾油嘴滑舌嗎？」盈盈道：「那你一輩子叫我婆婆好了。」令狐冲道：「我要叫你一輩子，只不過不是叫婆婆。」

盈盈臉上浮起紅雲，心下甚甜，低聲道：「只盼你這句話，不是油嘴滑舌才好。」令狐冲道：「你怕我油嘴滑舌，這一輩子你給我煮飯，菜裏不放豬油豆油。」盈盈微笑道：「我可不會煮飯，連烤青蛙也烤焦了。」

令狐冲想起那日二人在荒郊溪畔烤蛙，只覺此時此刻，又回到了當日的情景，心中滿是纏綿之意。

盈盈低聲道：「只要你不怕我煮的焦飯，我便煮一輩子飯給你吃。」令狐冲笑道：「只要是你煮的，每日我便吃三大碗焦飯，卻又何妨？」盈盈輕輕的道：「你愛說笑，儘管說個夠好了。其實，你說話逗我歡喜，我也開心得很呢。」

兩人四目交投，半晌無語。隔了好一會，盈盈緩緩道：「我爹爹本是日月神教的教主，你是早知道的。後來東方叔叔……不，東方不敗，我一直叫他叔叔，可叫慣了，他行使詭計，把爹爹囚禁起來，欺騙大家，說爹爹在外逝世，遺命要他接任教主。當時我年紀還小，東方不敗又機警狡猾，這件事做得不露半點破綻，我也就沒絲毫疑心。東方不敗爲了掩人耳目，對我異乎尋常的優待客氣，我不論說甚麼，他從來沒一次駁回。因此我在教中，地位甚爲尊榮。」令狐冲道：「那些江湖豪客，都是日月神教屬下的了？」盈盈道：「他們並非全都是正式教衆，大多數是掛名的，一向歸我教統屬，他們的首領也大都服過我教的『三尸腦神丹』。」

令狐冲哼了一聲。當日他在孤山梅莊，曾見魔教長老鮑大楚、桑三娘等人一見任我行那幾顆火紅色的「三尸腦神丹」，登即嚇得魂不附體，想到當日情景，不由得眉頭微皺。

盈盈續道：「這『三尸腦神丹』服下之後，每年須服一次解藥，否則毒性發作，死得慘不堪言。東方不敗對那些江湖豪士十分嚴厲，小有不如他意，便扣住解藥不發，每次總是我去求情，討得解藥給了他們。」令狐冲道：「那你可是他們的救命恩人了。」

盈盈道：「也不是甚麼恩人。他們來向我磕頭求告，我可硬不了心腸，置之不理。原來這也是東方不敗掩人耳目之策，他是要使人人知道，他對我十分愛護尊重。這樣一來，自然再也無人懷疑他的教主之位是篡奪來的。」

令狐冲點頭道：「此人也當眞工於心計。」盈盈道：「不過老是要我向東方不敗求情，實在太煩。再者，教裏的情形也跟以前大不相同了。人人見了東方不敗都要滿口諛詞，肉麻無比。前年春天，我叫師姪綠竹翁陪伴，出來遊山玩水，見到洛陽城綠竹巷鬧中有靜，住下來挺好，便隱居了一段時日，既免再管教中的閒事，也不必向東方不敗說那些無恥言語。想不到竟撞到了你。」她向令狐冲瞧了一眼，想起綠竹巷中初遇的情景，輕輕嘆息一聲，心中充滿了柔情。過了好一會，說道：「來到少林寺的這數千豪客，當然並非都曾服過我求來的解藥。但只要有一人受過我的恩惠，他的親人好友、門下弟子、所屬幫衆等等，自然也都承我的情了。再說，他們到少室山來，也未必眞的是爲了我，多半還是應令狐大俠的召喚，不敢不來。」說到這裏，抿嘴一笑。

令狐冲嘆道：「你跟著我沒甚麼好處，這油嘴滑舌的本事，倒也長進了三分。」

盈盈噗哧一聲，笑了出來。她一生下地，日月神教中人人便當她公主一般，誰也不敢違拗她半點，待得年紀愈長，更加頤指氣使，要怎麼便怎麼，從沒一人敢和她說一句笑話。此刻和令狐冲如此笑謔，當眞是生平從無此樂。

過了一會，盈盈將頭轉向山壁，說道：「你率領衆人到少林寺來接我，我自然歡喜。那些人貧嘴貧舌，背後都說我……說我眞心對你好，而你卻是個風流浪子，到處留情，壓根兒沒將我放在心上……」說到這裏，聲音漸漸低了下來，幽幽的道：「你這般大大的胡鬧一場，總算是給足了我面子，我……我就算死了，也不枉擔了這虛名。」

令狐冲道：「你負我到少林寺求醫，我當時一點也不知道，後來又給關在孤山梅莊的西湖底牢，待得脫困而出，又遇上了恆山派的事。好容易得悉情由，再來接你，已累你受了不少苦啦。」

盈盈道：「我在少林寺後山，也沒受甚麼苦。我獨居一間石屋，每隔十天，便有個老和尚給我送柴送米，平時有個傭婦給我煮飯洗衣。那老和尚與傭婦甚麼都不知道，也就甚麼都沒說。直到定閒、定逸兩位師太來到少林，方丈要我去相見，才知道他沒傳你易筋經。我發覺上了當，生氣得很，便罵了方丈。定閒師太勸我不用著急，說你平安無恙，又說是你求她二位師太來向少林方丈求情的。」
令狐冲道：「你聽她這麼說，才不罵方丈大師了？」
盈盈道：「少林寺方丈聽我罵他，只是微笑，也不生氣，說道：『女施主，老衲當日要令狐少俠歸入少林門下，算是我的弟子，老衲便可將本門易筋經內功相授，助他驅除體內的異種眞氣。但他堅決不允，老衲也沒法相強。再說，你當日揹負他上……當日他上山之時，朝不保夕，奄奄一息，下山時內傷雖然未愈，卻已能步履如常，少林寺對他總也不無微功。』我想這話也有道理，便說：『那你爲甚麼留我在山上？出家人不打誑語，那不是騙人麼？』」
令狐冲道：「是啊，他們可不該瞞著你。」盈盈道：「方丈說起來卻又是一片道理。他說留我在少室山，是盼望以佛法化去我的甚麼暴戾之氣，當眞胡說八道之至。」令狐冲道：「是啊，你又有甚麼暴戾之氣了？」盈盈道：「你不用說好話討我歡喜。我暴戾之氣當然是有的，不但有，而且相當不少。不過你放心，我不會對你發作。」令狐冲道：「承你另眼相看，那可多謝了。」
盈盈道：「當時我對方丈說：『你年紀這麼大了，卻來欺侮我們年紀小的，也不怕醜。』方丈道：『那日你自願在少林寺捨身，以換令狐少俠這條性命。我們雖沒治愈令狐少俠，可也沒要了你的性命。聽恆山派兩位師太說，令狐少俠近來在江湖上著實做了不少行俠仗義的好事，老衲也代他歡喜。衝著恆山兩位師太的金面，你這就下山去罷。』他還答允釋放我百餘名江湖朋友，我很承他的情，向他拜了幾拜。就這麼著，我跟恆山派兩位師太下山來了。後來在山下聽到消息，說你已率領了數千人到少林寺來接我。兩位師太言道：少林寺有難，她們不能袖手。於是和我分手，要我來阻止你。不料兩位心地慈祥的前輩，竟會死在少林寺中。」說著長長的嘆了口氣，不禁泫然欲泣。

令狐冲嘆道：「不知是誰下的毒手。兩位師太身上並沒傷痕，連如何喪命也不知。」

盈盈道：「怎麼沒傷痕？我和爹爹、向叔叔在寺中見到兩位師太的屍身，我曾解開她們衣服察看，見到二人心口都有一粒針孔大的紅點，是給人用鋼針刺死的。」

令狐冲「啊」的一聲，跳了起來，道：「毒針？武林之中，有誰是使毒針的？」

盈盈搖頭道：「爹爹和向叔叔見聞極廣，可是他們也不知道。爹爹說，這針並非毒針，其實是件兵刃，刺入要害，致人死命，只是刺入定閒師太心口那一針，略略偏斜了些。」令狐冲道：「是了。我見到定閒師太之時，她還沒斷氣。這針既是當心刺入，那就並非暗算，而是正面交鋒。那麼害死兩位師太的，定是武功絕頂的高手。」盈盈道：「我爹爹也這麼說。既有了這條線索，要找到兇手，想亦不難。」

令狐冲伸掌在山洞的洞壁上用力一拍，大聲道：「盈盈，我二人有生之年，定當爲兩位師太報仇雪恨。」盈盈道：「正是。」

令狐冲扶著石壁坐起身來，但覺四肢運動如常，胸口也不疼痛，竟似沒受過傷一般，說道：「這可奇了，我師父踢了我這一腿，好似沒傷到我甚麼。」

盈盈道：「我爹爹說，你已吸到不少別人的內力，內功高出你師父甚遠。只因你不肯運力和你師父相抗，這才受傷，但有深厚內功護體，受傷甚輕。向叔叔給你推拿了幾次，激發你自身的內力療傷，很快就好了。只是你師父的腿骨居然會斷，那可奇怪得很。爹爹想了半天，難以索解。」令狐冲道：「我內力既強，師父這一腿踢來，我內力反震，害得他老人家折斷腿骨，爲甚麼奇怪？」盈盈道：「不是的。爹爹說，吸自外人的內力雖可護體，但必須自加運用，方能傷人，比之自己練成的內力，畢竟還是遜了一籌。」

令狐冲道：「原來如此。」他不大明白其中道理，也就不去多想，只是想到害得師父受傷，更當著天下衆高手之前失盡了面子，實是負咎良深。

一時之間，兩人相對默然，偶然聽到洞外柴火燃燒時的輕微爆裂之聲，但見洞外大雪飄揚，比在少室山上之時，雪下得更大了。

突然之間，令狐冲聽得山洞外西首有幾下呼吸粗重之聲，當即凝神傾聽，盈盈內功不及他，沒聽到聲息，見了他神情，便問：「聽到了甚麼？」令狐冲道：「剛才我聽到一陣喘氣聲，有人來了。但喘聲急促，那人武功低微，不足爲慮。」又問：「你爹爹呢？」

盈盈道：「爹爹和向叔叔說出去溜躂溜躂。」說這句話時，臉上一紅，知道父親故意避開，好讓令狐冲醒轉之後，和她細敘離情。

令狐冲又聽到了幾下喘息，道：「咱們出去瞧瞧。」兩人走出洞來，見向任二人踏在雪地裏的足印已給新雪遮了一半。令狐冲指著那兩行足印道：「喘息聲正是從那邊傳來。」兩人順著足跡，行了十餘丈，轉過山坳，突見雪地之中，任我行和向問天並肩而立，卻一動也不動。兩人吃了一驚，同時搶過去。

盈盈叫道：「爹！」伸手去拉任我行的左手，剛和父親的肌膚相接，全身便是一震，只覺一股冷入骨髓的寒氣，從他手上直透過來，驚叫：「爹，你……你怎麼……」一句話沒說完，已全身戰慄，牙關震得格格作響，心中卻已明白，父親中了左冷禪的「寒冰眞氣」後，一直強自抑制，此刻終於鎭壓不住，寒氣發作了出來，向問天是在竭力助她父親抵擋。任我行在少林寺中如何給左冷禪以詭計封住穴道，下山之後，曾向她簡略說過。

令狐冲卻尚未明白，白雪的反光之下，只見任向二人臉色甚爲凝重，跟著任我行又重重喘了幾口氣，才知適才所聞的喘息聲是他所發。但見盈盈身子顫抖，便伸手去握她左手，立覺一陣寒氣鑽入體內。他登時恍然，任我行中了敵人的陰寒內力，正在全力散發，於是依照西湖底鐵板上所刻散功之法，將鑽進體內的寒氣緩緩化去。

任我行得他相助，心中登時一寬，向問天和盈盈的內功和他所習並非一路，只能助他抗寒，卻不能化散。他自己全力運功，以免全身凍結為冰，已再無餘力散發寒氣，堅持既久，越來越覺吃力。令狐冲這運功之法卻是釜底抽薪，將「寒冰眞氣」從他體內一絲絲的抽將出來，散之於外。

四人手牽手的站在雪地之中，便如僵硬了一般。大雪紛紛落在四人頭上臉上，漸漸將四人的頭髮、眼睛、鼻子、衣服都蓋了起來。

令狐冲一面運功，心下暗自奇怪：「怎地雪花落在臉上，竟不消融？」他不知左冷禪所練的「寒冰眞氣」厲害之極，散發出來的寒氣遠比冰雪寒冷。此時他四人只臟腑血液才保有暖氣，肌膚之冷已若堅冰，雪花落在身上，竟絲毫不融，比之落在地下還積得更快。

過了良久，天色漸明，大雪仍不斷落下。令狐冲擔心盈盈嬌女弱質，受不起這寒氣長期侵襲，只是任我行體內的寒毒並未去盡，雖喘息之聲已不再聞，卻不知此時是否便可罷手，罷手之後是否另有他變。他拿不定主意，只得繼續助他散功，好在從盈盈的手掌中覺到，她肌膚雖冷，身子卻已不再顫抖，自己掌心覺察到她手掌上脈搏微微跳動。這時他雙眼上早已積了數寸白雪，只隱隱覺到天色已明，卻甚麼也看不到了。當下不住加強運功，將任我行體內的陰寒之氣，一絲絲抽將出來，通過奇經八脈，從「少商」、「商陽」等手指上的穴道逼出體外。

又過良久，忽然東北角上遠遠傳來馬蹄聲，漸奔漸近，聽得出是一騎前，一騎後，跟著聽得一人大聲呼叫：「師妹，師妹，你聽我說。」

令狐冲雙耳外雖堆滿了白雪，仍聽得分明，正是師父岳不羣的聲音。兩騎不住馳近，又聽得岳不羣叫道：「你不明白其中緣由，便亂發脾氣，你聽我說啊。」跟著聽得岳夫人叫道：「我自己不高興，關你甚麼事了？又有甚麼好說？」聽兩人叫喚和馬匹奔跑之聲，是岳夫人乘馬在前，岳不羣乘馬在後追趕。

令狐冲甚是奇怪：「師娘生了好大的氣，不知師父如何得罪了她。」

但聽得岳夫人那乘馬筆直奔來，突然間她「咦」的一聲，跟著坐騎噓哩哩一聲長嘶，想必是她突然勒馬止步，那馬人立了起來。不多時岳不羣縱馬趕到，說道：「師妹，你瞧這四個雪人堆得很像，是不是？」岳夫人哼的一聲，似乎餘怒未息，跟著自言自語：「在這曠野之地，怎麼有人來堆了這四個雪人？」

令狐冲剛想：「這曠野間有甚麼雪人？」隨即明白：「我們四人全身堆滿了白雪，臃腫不堪，以致師父、師娘把我們當作了雪人。」師父、師娘便在眼前，情勢尷尬，但這件事卻實在好笑之極。跟著卻又慄慄危懼：「師父一發覺是我們四人，勢必一劍一個。他此刻要殺我們，實是容易之極，用不著花多少力氣。」

岳不羣道：「雪地裏沒足印，這四個雪人堆了有好幾天啦。師妹，你瞧，似乎三個是男的，一個是女的。」岳夫人道：「我看也差不多，又有甚麼男女之別了？」一聲吆喝，催馬欲行。岳不羣道：「師妹，你性子這麼急！這裏左右無人，咱們從長計議，豈不是好？」岳夫人道：「甚麼性急性緩？我自回華山去。你愛討好左冷禪，你獨自上嵩山去罷。」

岳不羣道：「誰說我愛討好左冷禪了？我好端端的華山派掌門不做，幹麼要向嵩山派低頭？」岳夫人道：「是啊！我便是不明白，你爲甚麼要向左冷禪低首下心，聽他指使？雖說他是五嶽劍派盟主，可也管不著我華山派的事。五個劍派合而爲一，武林中還有華山派的字號嗎？當年師父將華山派掌門之位傳給你，曾說甚麼話來？」岳不羣道：「恩師要我發揚光大華山一派的門戶。」岳夫人道：「是啊。你若答應了左冷禪，將華山派歸入嵩山，怎對得住泉下的恩師？常言道得好：寧爲鷄口，毋爲牛後。華山派雖小，咱們儘可自立門戶，不必去依附旁人。」

岳不羣嘆了口氣，道：「師妹，恆山派定閒、定逸兩位師太武功，和咱二人相較，誰高誰下？」岳夫人道：「沒比過。我看也差不多。你問這個又幹甚麼了？」岳不羣道：「我也看是差不多，這兩位師太在少林寺中喪命，顯然是給左冷禪害的。」

令狐冲心頭一震，他本來也早疑心是左冷禪作的手腳，否則別人也沒這麼好的功夫。少林、武當兩派掌門武功雖高，但均是有道之士，決不會幹這害人的勾當。嵩山派數次圍攻恆山三尼不成，這次定是左冷禪親自出手。任我行這等厲害的武功，尚且敗在左冷禪手下，恆山派兩位師太自然非他之敵。

岳夫人道：「是左冷禪害的，那又如何？你如拿到了證據，便當邀集正教中的英雄，齊向左冷禪問罪，為兩位師太伸冤雪恨才是。」岳不羣道：「一來沒證據，二來又強弱不敵。」

岳夫人道：「甚麼強弱不敵？咱們把少林派方證方丈、武當派沖虛道長兩位都請出來主持公道，左冷禪又敢怎麼樣了？」岳不羣道：「就只怕方證方丈他們還沒請到，咱夫妻已如恆山那兩位師太一樣了。」岳夫人道：「你說左冷禪下手將咱二人害了？哼，咱們既在武林立足，又怎顧得了這許多？前怕虎、後怕狼的，還能在江湖上混麼？」

令狐冲暗暗佩服：「師娘雖是女流之輩，豪氣尤勝鬚眉。」

岳不羣道：「咱二人死不足惜，可又有甚麼好處？左冷禪暗中下手，咱二人死得不明不白，結果他還不是開山立派，創成了那五嶽派？說不定他還會捏造個難聽的罪名，加在咱們頭上呢。」岳夫人沉吟不語。岳不羣又道：「咱夫婦一死，華山門下的羣弟子盡成了左冷禪刀下魚肉，那還有反抗的餘地？不管怎樣，咱們總得為珊兒想想。」

岳夫人唔了一聲，似已給丈夫說得心動，隔了一會，才道：「嗯，咱們那就暫且不揭破左冷禪的陰謀，依你的話，面子上跟他客客氣氣的敷衍，待機而動。」

岳不羣道：「你肯答應這樣，那就很好。平之那家傳的《辟邪劍譜》，偏偏又給令狐冲這小賊吞沒了，倘若他肯還給平之，我華山羣弟子大家學上一學，又何懼於左冷禪的欺壓？我華山派又怎致如此朝不保夕、難以自存？」

岳夫人道：「你怎麼仍在疑心冲兒劍術大進，是由於吞沒了平兒家傳的辟邪劍譜？少林寺中這一戰，方證大師、冲虛道長這等高人，都說他的精妙劍法是得自風師叔的眞傳。雖然風師叔是劍宗，終究還是咱們華山派的。冲兒跟魔教妖邪結交，的確大大不對，但無論如何，咱們再不能冤枉他吞沒了辟邪劍譜。倘若方證大師與冲虛道長的話你仍信不過，天下還有誰的話可信？」

令狐冲聽師娘如此爲自己分說，心中感激之極，忍不住便想撲出去抱住她。

突然之間，他頭上震動了幾下，正是有人伸掌在他頭頂拍擊，心道：「不好，咱們的行藏給識破了。」任教主寒毒尚未去盡，師父、師娘又再向我動手，那便如何是好？」只覺盈盈手上傳過來的內力跟著劇震數下，料想任我行也是心神不定。但頭頂給人這麼輕輕拍了幾下後，便不再有甚麼動靜。

只聽得岳夫人道：「昨天你跟冲兒動手，連使『浪子回頭』、『蒼松迎客』、『弄玉吹簫』、『蕭史乘龍』這四招，那是甚麼意思？」岳不羣嘿嘿一笑，道：「這小賊人品雖然不端，畢竟是你我親手教養長大，眼看他誤入歧途，實在可惜，只要他浪子回頭，我便許他重歸華山門戶。」岳夫人道：「這意思我理會得。可是另外兩招呢？」岳不羣道：「你心中早已知道，又何必問我？」岳夫人道：「倘若冲兒肯棄邪歸正，你就答允將珊兒許配他爲妻，是不是？」岳不羣道：「不錯。」岳夫人道：「你這樣向他示意，是一時的權宜之計呢，還是確有此意？」

岳不羣不語。令狐冲又感到頭頂有人輕輕敲擊，當即明白，岳不羣是一面沉思，一面伸手在雪人的頭上輕拍，倒不是識破了他四人。

只聽岳不羣道：「大丈夫言出如山，我既答允了他，自無反悔之理。」岳夫人道：「他對那魔教妖女十分迷戀，你豈有不知？」岳不羣道：「不，他對那妖女感激則有之，迷戀卻未必。平日他對珊兒那般情景，和對那妖女大不相同，難道你瞧不出來？」岳夫人道：「我自然也瞧出了。你說他對珊兒仍未忘情？」岳不羣道：「豈但並未忘情，簡直是……簡直是相思入骨。他一明白了我那幾招劍招的用意之後，你不見他那一股喜從天降、心花怒放的神氣？」岳夫人冷冷的道：「正因爲如此，因此你是以珊兒爲餌，要引他上鉤？要引得他爲了珊兒之故，故意輸了給你？」

令狐冲雖積雪盈耳，仍聽得出師娘這幾句話中，充滿著憤怒和譏刺之意。這等語氣，他從來沒聽到曾出之於師娘之口。岳不羣夫婦向來視他如子，平素說話，在他面前亦無避忌。岳夫人性子較急，在家務細事上，偶爾和丈夫頂撞幾句，原屬常有，但遇上門戶弟子之事，她向來尊重丈夫的掌門身分，絕不違拗其意。此刻如此說法，足見她心中已不滿之極。

岳不羣長嘆一聲，道：「原來連你也不能明白我的用意。我一己的得失榮辱事小，華山派的興衰成敗卻是事大。倘若我終能勸服令狐冲，令他重歸華山，那是一舉四得的大大美事。」岳夫人道：「甚麼一舉四得？」岳不羣道：「令狐冲劍法高強之極，遠勝於我。他是得自辟邪劍譜也好，是得自風師叔的傳授也好，他如能重歸華山，我華山派自必聲威大振，名揚天下，這是第一樁大事。左冷禪吞併華山派的陰謀固難以得逞，連泰山、恆山、衡山三派也得保全，這是第二樁大事。他重歸正教門下，令魔教不但去了一個得力臂助，反而多了一個大敵，正盛邪衰，這是第三樁大事。師妹，你說是不是呢？」

岳夫人道：「嗯，那第四樁呢？」岳不羣道：「這第四樁啊，我夫婦膝下無子，向來當冲兒是親生孩兒一般。他誤入歧途，我實在痛心非凡。我年紀已不小了，這世上的虛名，又何足道？只要他眞能改邪歸正，咱們一家團圓，融融洩洩，豈不是天大的賞心樂事？」

令狐冲聽到這裏，不由得心神激盪，「師父！師娘！」這兩聲，險些便叫出口來。

岳夫人道；「珊兒和平之情投意合，難道你忍心硬生生的將他二人拆開，令珊兒終身遺恨？」岳不羣道：「我這是為了珊兒好。」岳夫人道：「爲珊兒好？平之勤勤懇懇，規規矩矩，有甚麼不好了？」岳不羣道：「平之雖然用功，可是和令狐冲相比，那是天差地遠了，他天資不如，這一輩子拍馬也追人家不上。」岳夫人道：「武功強便是好丈夫嗎？我眞盼冲兒能改邪歸正，重入本門。但他胡鬧任性、輕浮好酒，珊兒倘若嫁了他，勢必給他誤了終身。」

令狐冲心下慚愧，尋思：「師母說我『胡鬧任性，輕浮好酒』，這八字確是的評。可是倘若我眞能娶小師妹爲妻，難道我會辜負她嗎？不，萬萬不會！要我規矩便規矩，戒酒便戒酒！」

岳不羣又嘆了口氣，說道：「反正我枉費心機，這小賊陷溺已深，咱們這些話，也都是白說了。師妹，你還生我氣麼？」岳夫人不答，過了一會，問道：「你腿上痛得厲害麼？」岳不羣道：「那只是外傷，不打緊。咱們這就回華山去罷。」岳夫人「嗯」了一聲。但聽得二騎踏雪之聲，漸漸遠去。

令狐冲心亂如麻，反覆思念師父、師娘適才的說話，竟爾忘了運功，突然一股寒氣從手心中湧來，不禁機伶伶的打個冷戰，只覺全身奇寒徹骨，忙運功抵禦，一時運得急了，忽覺內息在左肩之處阻住，沒法通過。他急忙提氣運功。可是他練這「吸星大法」，只是依據鐵板上所刻要訣，無師自通，種種細微精奧之處，未得明師指點，這時強行衝盪，內息反而岔得更加厲害，先是左臂漸漸僵硬，跟著麻木之感隨著經脈通至左脅、左腰，順而向下，整條左腿也麻木了。令狐冲惶急之下，張口大呼，卻發覺口唇也已無法動彈。

便在此時，馬蹄聲響，又有兩乘馬馳近。有人說道：「這裏蹄印雜亂，爹爹、媽媽曾在這裏停留。」正是岳靈珊的聲音。令狐冲又驚又喜：「怎地小師妹也來了？」聽得另一人道：「師父腿上有傷，別要出了岔子，咱們快隨著蹄印追去。」卻是林平之的聲音。令狐冲心道：「是了，雪地中蹄印清晰。小師妹和林師弟追尋師父、師娘，一路尋了過來。」

岳靈珊忽然叫道：「小林子，你瞧這四個雪人兒多好玩，手拉手的站成一排。」林平之道：「附近好像沒人家啊，怎地有人到這裏堆雪人玩兒？」岳靈珊笑道：「咱們也堆兩個雪人玩玩好不好？」林平之道：「好啊，堆一個男的，一個女的，也要手拉手的。」岳靈珊翻身下馬，捧起雪來便要堆砌。

林平之道：「咱們還是先去找尋師父、師娘要緊。找到他二位之後，慢慢再堆雪人玩不遲。」岳靈珊道：「你便掃人家的興。爹爹腿上雖然受傷，騎在馬上便跟不傷一般無異，有媽媽在旁，還怕有人得罪他們麼？他兩位雙劍縱橫江湖之時，你都還沒生下來呢。」林平之道：「話是不錯。不過師父、師娘還沒找到，咱們卻在這裏貪玩，總是心中不安。」岳靈珊道：「好罷，就聽你的。不過找到了爹媽，你可得陪我堆兩個挺好看的雪人。」林平之道：「這個自然。」

令狐冲心想：「我料他必定會說：『就像你這般好看。』又或是說：『要堆得像你這樣好看，可就難了。』不料他只說『這個自然』，就算了事。」轉念又想：「林師弟穩重厚實，那似我這般輕佻？小師妹倘若要我陪她堆雪人，便有天大的事，我也置之腦後了。偏生小師妹就服他的，雖然不願意，卻半點也不使小性兒，沒鬧別扭，那裏像她平時對我這樣？嗯，林師弟身子是大好了，不知那一劍是誰砍他的，小師妹卻把這筆帳算在我頭上。」

他全神貫注傾聽岳靈珊和林平之說話，忘了自身僵硬，這一來，正合了「吸星大法」行功的要訣：「無所用心，渾不著意。」左腿和左腰的痳木便漸漸減輕。

只聽得岳靈珊道：「好，雪人便不堆，我卻要在這四個雪人身上寫幾個字。」唰的一聲，拔出了長劍。

令狐冲又是一驚：「她要用劍在我們四人身上亂劃亂刺，那可糟了。」要想出聲叫喚，揮手阻止，苦於口不能言，手不能動。但聽得嗤嗤幾聲輕響，她已用劍尖在向問天身外的積雪上劃字，一路劃將過來，劃到了令狐冲身上。幸好她劃得甚淺，沒破雪見衣，更沒傷到令狐冲皮肉。令狐冲尋思：「不知她在我們身上寫了些甚麼字？」

只聽岳靈珊柔聲道：「你也來寫幾個字罷。」林平之道：「好！」接過劍來，也在四個雪人身上劃字，也是自左而右，至令狐冲身上而止。

令狐冲心道：「不知他又寫了甚麼字？」

只聽岳靈珊道：「對了，咱二人定要這樣。」良久良久，兩人默然無語。

令狐冲更是好奇，尋思：「一定要怎麼樣？只有他二人走了之後，任教主身上的寒毒去淨，我才能從積雪中掙出來看。啊喲不好，我身子一動，積雪跌落，他們在我身上刻的字可就毀了。如四人同時行動，更加一個字也沒法看到。」

又過一會，忽聽得遠處隱隱傳來一陣馬蹄之聲，相隔尚遠，但顯是向這邊奔來。令狐冲聽蹄聲共有十餘騎之多，心道：「多半是本派其餘的師弟妹們來啦。」蹄聲漸近，但林岳二人似乎始終未曾在意。聽得那十餘騎從東北角上奔來，到得數里之外，有七八騎向西馳去，列成橫隊後才繼續馳近，顯然要兩翼包抄。令狐冲心道：「來人不懷好意！」

突然之間，岳靈珊驚呼：「啊喲，有人來啦！」蹄聲急響，十餘騎發力疾馳，隨即颼颼兩聲響，兩枝長箭射來，兩匹馬齊聲悲嘶，中箭倒地。令狐冲心道：「來人武功不弱，用意更加歹毒，先射死小師妹和林師弟的坐騎，教他們難以逃走。」

只聽得十餘人大笑吆喝，縱馬逼近。岳靈珊驚呼一聲，退了幾步。只聽一人笑道：「一個小弟弟，一個小妹妹，你們是那一家、那一派的門下啊？」林平之朗聲道：「在下華山門下林平之，這位是我師姊姓岳。眾位素不相識，何故射死了我們的坐騎？」那人笑道：「華山門下？嗯，你們師父，便是那個比劍敗給徒兒的，甚麼君子劍岳先生了？」

令狐冲心頭一痛：「此番羣豪聚集少林，我得罪師父，還只昨日之事，但頃刻間便天下皆知。我累得師父給旁人如此恥笑，當眞罪孽深重。」

林平之道：「令狐冲素行不端，屢犯門規，早在一年之前，便已逐出了華山派門戶。」意思是說，師父雖輸了給他，卻只是輸於外人，並非輸給本門弟子。

那人笑道：「這個小妞兒姓岳，是岳不羣的甚麼人？」岳靈珊怒道：「關你甚麼事了？你射死我的馬，賠我馬來。」那人笑道：「瞧她這副浪勁兒，多半是岳不羣的小老婆。」其餘十餘人轟然大笑。

令狐冲暗自吃驚：「此人吐屬粗鄙，絕非正派人士，只怕對小師妹不利。」

林平之道：「閣下是江湖前輩，何以說話如此不乾不淨？我師姊是我師父的千金。」

那人笑道：「原來是岳不羣的大小姐，當眞是浪得虛名。」旁邊一人問道：「盧大哥，爲甚麼浪得虛名？」那人道：「我曾聽人說，岳不羣的女兒相貌標致，算是後一輩人物中的美女，一見之下，卻也不過如此。」另一人笑道：「這妞兒相貌稀鬆平常，倒也細皮白肉，脫光了瞧瞧，只怕不差。哈哈，哈哈！」十幾個人又都大笑，笑聲中充滿了淫穢之意。

岳靈珊、林平之、令狐冲聽到如此無禮的言語，盡皆怒不可遏。林平之拔出長劍，喝道：「你們再出無恥之言，林某誓死周旋。」

那人笑道：「你們瞧，這兩個奸夫淫婦，在雪人上寫了甚麼字啊？」

林平之大叫：「我跟你們拚了！」令狐冲只聽得嗤的一聲響，知是林平之挺劍刺出，跟著乒乒乓乓聲響，有人躍下馬來，跟他動上了手。隨即岳靈珊挺劍上前。七八名漢子同時叫道：「我來對付這妞兒。」一名漢子笑道：「大家別爭，誰也輪得到。」兵刃撞擊，岳靈珊也和敵人動上了手。猛聽一名漢子大聲怒吼，叫聲中充滿了痛楚，當是中劍受傷。一名漢子道：「這妞兒下手好狠，史老三，我跟你報仇。」

刀劍格鬥聲中，岳靈珊叫道：「小心！」噹的一聲大響，跟著林平之哼了一聲。岳靈珊驚叫：「小林子！」似是林平之受了傷。有人叫道：「將這小子宰了罷！」那帶頭的道：「別殺他，捉活的。拿了岳不羣的女兒女婿，不怕那僞君子不聽咱們的。」

令狐冲凝神傾聽，只聞金刃劈空之聲呼呼而響。突然噹的一聲，又是啪的一響。一名漢子罵道：「他媽的，臭小娘！」令狐冲忽覺有人靠在自己身上，聽得岳靈珊喘息甚促，正是她靠在自己這個「雪人」之上。叮噹數響，一名漢子歡聲叫道：「這還拿不住你？」岳靈珊「啊」的一聲驚叫，不再聽得兵刃相交，衆漢子卻都哈哈大笑起來。

令狐冲感到岳靈珊給人拖開，又聽她叫道：「放開我！放開我！」一人笑道：「閔老二，你說她一身細皮白肉，老子可就不信，咱們剝光了她衣衫瞧瞧。」衆人鼓掌歡呼。林平之罵道：「狗強……」啪的一聲，給人踢了一腳，跟著嗤的一聲響，竟是布帛撕裂之聲。

令狐沖耳聽小師妹為賊人所辱，那裏還顧得任我行的寒毒是否已經驅盡，使力一掙，從積雪中躍出，右手拔出腰間長劍，左手便去抹眼上積雪，豈知左手竟不聽使喚，沒法動彈。

眾人驚呼聲中，他伸右臂在眼上一抹，一見到光亮，長劍遞出，三名漢子咽喉中劍。他迴過身來，唰唰兩劍，又刺倒二人。眼見一名漢子拿住了岳靈珊雙手，將她雙臂反在背後，另一名漢子站在她身前，拔刀欲待迎敵，令狐沖長劍從他左脅下刺入，右腿一抬，將那人踢開，長劍從屍身中拔出，耳聽得背後有人偷襲，側過頭來，反手兩劍，刺中了背後二人的心口，順手挺劍，從岳靈珊身旁掠過，直刺拿住她雙手那人的咽喉。那人雙手一鬆，撲在岳靈珊肩頭，喉頭血如泉湧。

這一下變故突兀之極，令狐沖連殺九人，僅是瞬息間之事。那帶頭的一聲吆喝，舞動雙鐵牌向令狐沖頭頂砸到。令狐沖長劍抖動，從他兩塊鐵牌間的空隙中穿入，直刺他左眼。那人大叫一聲，向後便倒。令狐沖回過頭來，橫削直刺，又殺了三人。餘下四人只嚇得心膽俱裂，發一聲喊，沒命價四下奔逃。

令狐沖叫道：「你們辱我小師妹，一個也休想活命。」追上二人，長劍疾刺，都是從後背穿向前胸。這二人奔行正急，中劍氣絕，腳下未停，兀自奔出十餘步這才倒地。

眼見餘下二人一個向東，一個向西，令狐沖疾奔往東，使勁一擲，長劍幻作一道銀光，從那人後腰插入。令狐冲轉頭向西首那人追去，奔行十餘丈後，已追到那人身後，一伸手，這才發覺手中並無兵刃。他運力於指，向那人背心戳去。那人背上一痛，回刀砍來。令狐冲拳腳功夫平平，適才這一指雖戳中了敵人，但不知運力之法，卻傷不了他，見他舉刀砍到，不由得心下發慌，急忙閃避，見他右脅下是個老大破綻，左手一拳直擊過去，不料左臂只微微一動，抬不起來，敵人的鋼刀卻已砍向面前。

令狐冲大駭之下，急向後躍。那漢子舉刀猛撲。令狐冲手中沒了兵刃，不敢和他對敵，只得轉身而逃。岳靈珊拾起地下長劍，叫道：「大師哥，接劍！」將長劍擲來。令狐冲右手一抄，接住了劍，轉過身子，哈哈一笑。那漢子鋼刀舉在半空，作勢欲待砍下，突然見到他手中長劍閃爍，登時嚇呆了，這一刀竟爾砍不下來。

令狐冲慢慢走近，那漢子全身發抖，雙膝一屈，跪倒在雪地之中。令狐冲怒道：「你辱我師妹，須饒你不得。」長劍指在他咽喉之上，心念一動，走近一步，低聲問道：「寫在雪人上的，是些甚麼字？」那漢子顫聲道：「是……是……『海枯……海枯……石爛，兩……情……情不……不渝』。」自從世上有了「海枯石爛，兩情不渝」這八個字以來，說得如此膽戰心驚、喪魂落魄的，只怕這是破題兒第一遭了。令狐冲一呆，道：「嗯，是海枯石爛，兩情不渝。」心頭酸楚，長劍送出，刺入他咽喉。

回過身來，只見岳靈珊正在扶起林平之，兩人滿臉滿身都是鮮血。

林平之站直身子，向令狐冲抱拳道：「多謝令狐兄相救之德。」令狐冲道：「那算得甚麼？你傷得不重嗎？」林平之道：「還好！」令狐冲將長劍還給了岳靈珊，指著地下兩行馬蹄印痕，說道：「師父、師娘向此而去。」林平之道：「是。」

岳靈珊牽過敵人留下的兩匹坐騎，翻身上馬，道：「咱們找爹爹、媽媽去。」林平之掙扎著上了馬。岳靈珊縱馬馳過令狐冲身邊，將馬一勒，向他臉上望去。

令狐冲見到她的目光，也向她瞧去。岳靈珊道：「大……大師哥，多……多謝你……」一回頭，提起韁繩，兩騎馬隨著岳不羣夫婦坐騎所留下的蹄印，向西北方而去。

令狐冲怔怔的瞧著他二人背影沒在遠處樹林之後，這才慢慢轉過身子，只見任我行、向問天、盈盈三人都已抖去身上積雪，凝望著他。

令狐冲喜道：「任教主，我沒累到你的事？」任我行苦笑道：「我的事沒累到，你自己可糟得很了。你左臂怎樣？」令狐冲道：「臂上經脈不順，氣血不通，竟不聽使喚。」

任我行皺眉道：「這件事有點兒麻煩，咱們慢慢再想法子。你救了岳家大小姐，總算報了師門之德，從此誰也不欠誰的情。向兄弟，盧老大怎地越來越不長進了。幹起這些卑鄙齷齪的事來？」向問天道：「我聽他口氣，似是要將這兩個年輕人擒回黑木崖去。」任我行道：「難道是東方不敗的主意？他跟這僞君子又有甚麼樑子了？」

令狐冲指著雪地中橫七豎八的屍首，問道：「這些人是東方不敗的屬下？」任我行道：「是我的屬下。」令狐冲點了點頭。

盈盈道：「爹爹，他手臂怎麼了？」任我行笑道：「你別心急！乖女婿給爹爹驅除寒毒，泰山老兒自當設法治好他手臂。」說著呵呵大笑，瞪視令狐冲，瞧得他甚感尷尬。

盈盈低聲道：「爹爹，你休說這等言語。冲哥自幼和華山岳小姐青梅竹馬，一同長大，適才冲哥對岳小姐那樣的神情，你難道還不明白麼？」任我行笑道：「岳不羣這僞君子是甚麼東西？他的女兒又怎能和我的女兒相比？再說，這岳姑娘早已另外有了心上人，這等水性的女子，冲兒今後也不會再將她放在心上。小孩子時候的事怎作得準？」盈盈道：「冲哥爲了我大鬧少林，天下知聞，又爲了我而不願重歸華山，單此兩件事，女兒已心滿意足，其餘的話不用提了。」

任我行知女兒十分要強好勝，令狐冲既未提出求婚，此刻就不便多說，反正那也只是遲早間之事，當下又哈哈一笑，說道：「很好，很好，終身大事，慢慢再談。冲兒，打通左臂經脈的秘訣，我先傳你。」將他招往一旁，將如何運氣、如何通脈的法門說了，待聽他複述一遍，記憶無誤，又道：「你助我驅除寒毒，我教你通暢經脈，咱倆仍兩不虧欠。要讓左臂經脈復元，須得七日時光，可不能躁進。」令狐冲應道：「是。」

任我行招招手，叫向問天和盈盈過來，說道：「冲兒，那日在孤山梅莊，我邀你入我日月神教，當時你一口拒卻。今日情勢已大不相同，老夫舊事重提，這一次，你再不會推三阻四了罷？」令狐冲躊躇未答，任我行又道：「你習了我的吸星大法之後，他日後患無窮，體內異種眞氣發作之時，當眞是求生不能，求死不得。老夫說過的話，決無反悔，你若不入本教，縱然盈盈嫁你，我也不能傳你化解之道。就算我女兒怪我一世，我也是這一句話。我們眼前大事，是去向東方不敗算帳，你是不是隨我們同去？」

令狐冲道：「教主莫怪，晚輩決計不入日月神教。」這兩句話朗朗說來，斬釘截鐵，絕無轉圜餘地。

任我行等三人一聽，登時變色。向問天道：「那卻是爲何？你瞧不起日月神教嗎？」

令狐冲指著雪地上十餘具屍首，說道：「日月神教中盡是這些人，晚輩雖然不肖，卻也羞與爲伍。再說，晚輩已答允了定閒師太，要去當恆山派的掌門。」

任我行、向問天、盈盈三人臉上都露出怪異之極的神色。令狐冲不願入教，並不如何出奇，而他最後這一句話當眞奇峯突起，三人簡直不相信自己的耳朵。

任我行伸出食指，指著令狐冲的臉，突然哈哈大笑，直震得周遭樹上的積雪簌簌而落。他笑了好一陣，才道：「你……你……你要去做尼姑？去做衆尼姑的掌門人？」

令狐冲正色道：「不是做尼姑，是去做恆山派掌門人。定閒師太臨死之時，親口求我，晚輩若不答允，老師太死不瞑目。定閒師太是爲我而死，晚輩明知此事勢必駭人聽聞，當時卻沒法推卻。」

任我行仍笑聲不絕。盈盈道：「定閒師太是爲了女兒而死的。」令狐冲向她瞧去，眼光中充滿了感激之意。任我行慢慢止住了笑聲，道：「你是受人之託，忠人之事？」

令狐冲道：「不錯。定閒師太是受我之託，因此喪生。」

任我行點頭道：「那也好！我是老怪，你是小怪。不行驚世駭俗之事，何以成驚天動地之人？你去當大小尼姑的掌門人罷。你這就上恆山去？」

令狐冲搖頭道：「不！晚輩要上少林寺去。」

任我行微微一奇，隨即明白，道：「是了，你要將兩個老尼姑的屍首送回恆山。」轉頭向盈盈道：「你要隨冲兒一起上少林寺去罷？」盈盈道：「不，我隨著爹爹。」

任我行道：「對啦，終不成你跟著他上恆山去做尼姑。」說著呵呵的笑了幾聲，笑聲中卻盡是苦澀之意。

令狐冲一拱到地，說道：「任教主，向大哥，盈盈，咱們就此別過。」轉過身來，大踏步的去了。他走出十餘步，回頭說道：「任教主，你們何時上黑木崖去？」

任我行道：「這是本敎敎內之事，可不勞外人操心。」他知令狐冲問這句話，意欲屆時拔刀相助，共同對付東方不敗，當即一口拒卻。

令狐冲點了點頭，從雪地裏拾起一柄長劍，掛在腰間，轉身而去。

恆山派四名大弟子將法器依次遞過，乃是一卷經書，一個木魚，一串念珠，一柄短劍。令狐冲見到木魚、念珠，不由得發窘。

二九　掌門

傍晚時分，令狐冲又到少林寺外，向知客僧說明來意，要將定閒、定逸兩位師太的遺體迎歸恆山。知客僧進內稟告，過了一會，出來說道：「方丈言道：兩位師太的法體已然火化。本寺僧衆正在誦經恭送。兩位師太的荼毘舍利，我們將派人送往恆山。」

令狐冲走到正在爲兩位師太做法事的偏殿，向骨灰罈和蓮位靈牌跪倒，恭恭敬敬的磕了幾個頭，暗暗禱祝：「令狐冲有生之日，定當盡心竭力，協助恆山一派發揚光大，不負師太的付託。」

令狐冲也不求見方證方丈，遥和知客僧作別，便即出寺。到得山下，大雪兀自未止，便在一家農家中借宿。次晨又向北行，在市集上買了一匹馬代步。每日只行七八十里，便即住店，依著任我行所授法門，緩緩打通經脈，七日之後，左臂經脈運行如常。

又行數日，這日午間在一家酒樓中喝酒，見街上人來人往，甚是忙碌，家家戶戶正預備過年，一片喜氣洋洋。令狐冲自斟自飲，心想：「往年在華山，師娘早已督率衆師弟妹到處打掃，磨年糕，辦年貨，縫新衣，小師妹也已剪了不少窗花，熱鬧非凡。今年我卻孤另另的在這裏喝悶酒。」

正煩惱間，忽聽得樓梯上腳步聲響，有人說道：「口乾得很了，在這裏喝上幾杯，倒也不壞。」另一人道：「就算口不乾，喝上幾杯，難道就壞了？」又一人道：「喝酒歸喝酒，口乾歸口乾，兩件事豈能混爲一談？」又一人道：「越是喝酒口越乾，兩件事非但不能混爲一談，而且截然相反。」令狐冲一聽，自知是桃谷六仙到了，心中大喜，叫道：「六位桃兄，快快上來，跟我一起喝酒。」

突然間呼呼聲響，桃谷六仙一齊飛身上樓，搶到令狐冲身旁，伸手抓住他肩頭、手臂，紛紛叫嚷：「是我先見到他的。」「是我先抓到他。」「是我第一個說話，令狐公子才聽到我聲音。」「若不是我說要到這裏來，怎能見得到他？」

令狐冲大是奇怪，笑問：「你們六個又搗甚麼鬼了？」

桃花仙奔到酒樓窗邊，大聲叫道：「小尼姑，大尼姑，老尼姑，不老不小中尼姑！我桃花仙找到令狐公子啦，快拿一千兩銀子來。」桃枝仙跟著奔過去，叫道：「是我桃枝仙第一個發見他，大小尼姑，快拿銀子來。」桃根仙和桃實仙各自抓住令狐冲一條手臂，兀自叫嚷：「是我尋到的！」「是我！是我！」

只聽得長街彼端有個女子聲音叫道：「找到了令狐大俠麼？」

桃實仙道：「是我找到了令狐冲，快拿錢來。」桃幹仙道：「一手交錢，一手交貨！」桃根仙道：「對，對！小尼姑倘若賴帳，咱們便將令狐冲藏了起來，不給她們。」桃枝仙問道：「怎生藏法？將他關起來，不給小尼姑們見到麼？」

樓梯上腳步聲響，搶上幾個女子，當先一人正是恆山派弟子儀和，後面跟著四個尼姑，另有兩個年輕姑娘，卻是鄭蕚和秦絹。七人一見令狐冲，滿臉喜色，有的叫「令狐大俠」，有的叫「令狐師兄」，也有的叫「令狐公子」的。

桃幹仙等一齊伸臂，攔在令狐冲面前，說道：「不給一千兩銀子，不能交人。」

令狐冲笑道：「六位桃兄，那一千兩銀子，卻是如何？」

桃枝仙道：「剛才我們見到她們，她們問我有沒見到你。我說暫時還沒見到，過不多時便見到了。」秦絹道：「這位大叔當面撒謊，他說：『沒有啊，令狐冲身上生腳，他這會兒多半到了天涯海角，我們怎見得到？』」桃花仙道：「不對，不對。我們早有先見之明，早就算到要在這裏見到令狐冲。」桃幹仙道：「是啊！否則的話，怎地我們不去別的地方，偏偏到這裏來？」

令狐冲笑道：「我猜到啦。這幾位師姊師妹有事尋我，託六位相助尋訪，你們便開口要一千兩銀子，是不是？」

桃幹仙道：「我們開口討一千兩銀子，那是漫天討價，她們如會做生意，該當著地還錢才是。那知她們大方得緊，這中尼姑說道：『好，只要找到令狐大俠，我們便給一千兩銀子。』這句話可是有的？」儀和道：「不錯，六位相幫尋訪到了令狐大俠，我們恆山派該當奉上紋銀一千兩便是。」

六隻手掌同時伸出，桃谷六仙齊道：「拿來。」

儀和道：「我們出家人，身上怎會帶這許多銀子？相煩六位隨我們到恆山去取。」她只道桃谷六仙定然怕麻煩，豈知六人竟一般心思，齊聲道：「很好，便跟你們上恆山去，免得你們賴帳。」

令狐冲笑道：「恭喜六位發了大財哪，將區區在下賣了這麼大價錢。」

桃谷六仙橘皮般的臉上滿是笑容，拱手道：「託福，託福！沾光，沾光！」

儀和等七人卻慘然變色，齊向令狐冲拜倒。令狐冲驚道：「各位何以行此大禮？」急忙還禮。儀和道：「參見掌門人。」令狐冲道：「你們都知道了？快請起來。」

桃根仙道：「是啊，跪在地下，說話可多不方便。」令狐冲站起身來，說道：「六位桃兄，我和恆山派這幾位有要緊事情商議，請六位在一旁喝酒，不可打擾，以免你們這一千兩銀子拿不到手。」桃谷六仙本來要大大囉唆一番，聽到最後一句話，當即住口，走到靠街窗口一張桌旁坐下，呼酒叫菜。

儀和等站起身來，想到定閒、定逸兩位師太慘死，不禁都痛哭失聲。

桃花仙道：「咦，奇怪，奇怪，怎麼忽然哭了起來？你們見到令狐冲要哭，那就不用見了。」令狐冲向他怒目而視，桃花仙嚇得伸手按住了口。

儀和哭道：「那日令狐師兄……不，掌門人你上岸喝酒，沒再回船，後來衡山派的莫大師伯來向我們諭示，說你到少林寺去見掌門師叔和定逸師叔去了。大夥兒一商量，都說不如也往少林寺來，以便和兩位師叔及你相聚。不料行到中途，便遇到幾十個江湖豪客，聽他們高談闊論，大講你如何率領羣豪攻打少林寺，如何將少林寺數千僧衆盡數嚇跑之事。有一個大頭矮胖子，說是姓老，還有個中年書生，說是姓祖，他二人……他二人說掌門師叔和定逸師叔兩位，在少林寺中爲人所害。掌門師叔臨終之時，要你……要你接任本派掌門，你已答允了。這一句話，當時許多人都親耳聽見的……」她說到這裏，已泣不成聲，其餘六名弟子也都抽抽噎噎的哭泣。

令狐冲嘆道：「定閒師太當時確是命我肩負這個重任，但想我是個年輕男子，聲名又極差，人人都知我是無行浪子，如何能做恆山派掌門？只不過眼見當時情勢，我若不答允，定閒師太死不瞑目。唉，這可爲難得緊了。」

儀和道：「我們……我們大夥兒都盼望你……盼望你來執掌恆山門戶。」鄭萼道：

「掌門師叔，你領著我們出死入生，不止一次救了眾弟子性命。恆山派眾弟子人人都知你是位正人君子。雖然你是男子，但本門門規之中，也沒不許男子做掌門那一條。」一個中年尼姑儀文道：「大夥兒聽到師父和師叔圓寂的訊息，自是不勝悲傷，但得悉由掌門師叔你來接掌門戶，恆山一派不致就此覆滅，都大感寬慰。」儀和道：「我師父和兩位師叔都給人害死，恆山派『定』字輩三位師長，數月之間先後圓寂，我們可連兇手是誰也不知道。掌門師叔，你來做掌門人當眞最好不過，你算『定』字輩，不妨改名令狐定冲。若不是你，也不能給我們三位師長報仇。」

令狐冲點頭道：「爲三位師太報仇雪恨的重任，我自當肩負。」

秦絹道：「你給華山派趕了出來，現下來做恆山派掌門。西嶽北嶽，武林中並駕齊驅。以後你見到岳先生，也不用叫他做師父啦，最多稱他一聲岳師兄便是。」

令狐冲只有苦笑，心道：「我可沒面目再去見這位『岳師兄』了。」

鄭萼道：「我們得知兩位師尊的噩耗後，兼程趕往少林寺，途中又遇到了莫大師伯。他說你已不在寺中，要我們趕快尋訪你掌門師叔。」秦絹道：「莫大師伯說道，越早尋著你越好，要是遲了一步，你給人勸得入了魔教，正邪水火不容，恆山派可就沒了掌門人啦。」鄭萼向她白了一眼，道：「秦師妹便口沒遮攔。掌門師叔怎會去入魔教？」秦絹道：「是，不過莫大師伯可眞的這麼說。」

令狐冲心想：「莫大師伯推算得極準，我沒參與日月神敎，相差也只一線之間。當日任敎主若不是以內功秘訣相誘，而是誠誠懇懇的邀我入敎，我情面難卻，又瞧在盈盈和向大哥份上，說不定會答允料理了恆山派大事之後便即加盟。」說道：「因此上你們便定下一千兩銀子賞格，到處捉拿令狐冲了？」

秦絹破涕爲笑，說道：「捉拿令狐冲？我們怎敢啊？」鄭萼道：「當時大家聽了莫大師伯的吩咐，便分成七人一隊，尋訪掌門師叔，要請你早上恆山，處理派中大事。今日見到桃谷六仙，他們出口要一千兩銀子。只要尋到掌門師叔，別說一千兩，就是要一萬兩，我們也會設法去化了來給他們。」

令狐冲微笑道：「我做你們掌門，別的好處沒有，向貪官污吏、土豪劣紳化緣要銀子，這副本事大家定有長進。」

七名弟子想起那日在福建向白剝皮化緣之事，悲苦少抑，忍不住都臉露微笑。

令狐冲道：「好，大家不用躭心，令狐冲既答允了定閒師太，說過的話不能不算。我倒不必改名爲令狐定冲，只要你們大家不反對，我這恆山派掌門是做定了。咱們吃飽了飯，這就上恆山去罷。」七名弟子盡皆大喜，連說：「當然不反對。」

令狐冲和桃谷六仙共席飲酒，問起六人要一千兩銀子何用。桃根仙道：「夜貓子計無施窮得要命，若沒一千兩銀子便過不了日子，我們答允給他湊乎湊乎。」桃幹仙道：

「那日在少林寺中，我們跟計無施打了個賭……」桃花仙搶著道：「結果自然是計無施輸了，這小子怎能贏得我們兄弟？」令狐冲心道：「你們和計無施打賭，輸的定是你們。」問道：「賭甚麼事？」桃實仙道：「賭的這件事，可和你有關。我們料你一定不會做恆山派掌門，不……不……我們料定你必做恆山派掌門。」桃花仙道：「夜貓子卻料你必定不做恆山派掌門，我們說，大丈夫言而有信，你已答允老尼姑做恆山派掌門，天下英雄，盡皆知聞，怎能抵賴？」桃枝仙道：「夜貓子說道，令狐冲浪蕩江湖，不久便要娶魔教的聖姑做老婆，那肯去跟老尼姑、小尼姑們磨菇？」

令狐冲心想：「夜貓子對盈盈十分敬重，怎會口稱『魔教』？定是桃谷六仙將言語顛倒了來說。」說道：「於是你們便賭一千兩銀子？」

桃根仙道：「不錯，當時我們想那是贏定了的。計無施又道：這一千兩銀子可得正大光明掙來，不能去偷去搶。我說這個自然，桃谷六仙還能去偷去搶麼？」桃葉仙道：「今天我們撞到這幾個尼姑，她們打起了鑼到處找你，說要請你去當恆山派掌門，我們答允幫她們找你，這尋訪費是一千兩銀子。」令狐冲微笑道：「你們想到夜貓子要輸一千兩銀子，太過可憐，因此要掙一千兩銀子來給他，好讓他輸給你們？」桃谷六仙齊聲說道：「正是，正是。你料事如神。」桃葉仙道：「和我們六兄弟料事的本領，也就相差並不太遠。」

令狐沖等一行往恆山進發，不一日到了山下。恆山派中弟子早已得訊，齊在山腳下恭候，見到令狐沖都拜了下去。令狐沖忙即還禮。說起定閒、定逸兩位師太逝世之事，盡皆傷感。

令狐沖見儀琳雜在衆弟子之中，容色憔悴，別來大見清減，問道：「儀琳師妹，近來你身子不適麼？」儀琳眼圈兒一紅，道：「也沒甚麼。」頓了一頓，又道：「你做了我們掌門人，可不能再叫我做師妹啦。」

一路之上，儀和等都叫令狐沖作「掌門師叔」。他叫各人改口，衆人總是不允，此刻聽儀琳又這般叫，朗聲道：「衆位師姊師妹，令狐沖承本派前掌門師太遺命，前來執掌恆山派門戶，其實是無德無能，決不敢當。」衆弟子都道：「掌門師叔肯負此重任，實是本派大幸。」令狐沖道：「不過大家須答允我一事。」儀和等道：「掌門人有何吩咐，弟子等無有不遵。」令狐沖道：「我只做你們掌門師兄，卻不做掌門師叔。」

儀和、儀清、儀眞、儀文等諸大弟子低聲商議了幾句，回稟道：「掌門人既如此謙光，自當從命。」令狐沖喜道：「如此甚好。」

當下衆人共上恆山。恆山主峯甚高，衆人腳程雖快，到得見性峯峯頂，也花了大半日時光。恆山派主庵無色庵是座小小庵堂，庵旁有三十餘間瓦屋，分由衆弟子居住。令狐冲見無色庵只前後兩進，和構築宏偉的少林寺相較，直如螻蟻之比大象。來到庵中，見堂上供奉一尊白衣觀音，四下裏一塵不染，陳設簡陋，想不到恆山派威震江湖，主庵竟然質樸若斯。

令狐冲向觀音神像跪拜後，由于嫂引導，來到定閒師太日常靜修之所，但見四壁蕭然，只地下有個舊蒲團，此外一無所有。

令狐冲最愛熱鬧，愛飲愛食，如何能在這靜如止水般的斗室中清修？若將酒罈子、熟狗腿之類搬到這靜室來，未免太過褻瀆了，向于嫂道：「我雖來做恆山掌門，但既不出家，又不做尼姑，派中師姊師妹們都是女流，我一個男子住在這庵中諸多不便。請你在遠處搬空一間屋子，我和桃谷六仙到那邊居住，較爲妥善。」

于嫂道：「是。峯西有三間大屋，原是客房，以供本派女弟子的父母們上峯探望時住宿之用。掌門人倘若合意，便暫且住在那邊如何？咱們另行再爲掌門人建造新居。」

令狐冲喜道：「那再好沒有了。另建甚麼新居，倒也不必了。」尋思：「難道我一輩子當這恆山派掌門人？一旦在派中找到合適人選，只要羣弟子服她，我這掌門人之位便即傳了給她，我拍拍屁股走路，到江湖上逍遙快樂去也。以後恆山派若有危難，我全力扶持便是了。」

來到峯西客房，見床褥桌椅便和鄉間的富農人家相似，雖仍粗陋，卻已不似無色庵那樣空盪盪地一無所有。

于嫂道：「掌門人請坐，我去給你拿酒。」令狐冲喜道：「這山上有酒？」這件事可令他喜出望外。于嫂微笑道：「不但有酒，且有好酒，儀琳小師妹聽說掌門人要上恆山來，跟我說若無好酒，只怕你這掌門人做不長。我們連夜派人下山，買得有數十罈好酒在此。」令狐冲有些不好意思，笑道：「本派人人清苦，爲我一人太過破費，那可說不過去。」儀清微笑道：「那日向白剝皮化來的銀子，雖分了一半救濟窮人，還賸下許多，又賣了那幾十匹官馬，掌門師兄便喝十年二十年，酒錢也足夠了。」

當晚令狐冲和桃谷六仙痛飲一頓。次日清晨，便和于嫂、儀清、儀和等人商議如何迎回兩位師太的骨灰，如何設法爲三位師太報仇。

儀清道：「掌門師兄接任此位，須得公告武林同道才是，也須得遣人告知五嶽劍派的盟主左師伯。」儀和怒道：「呸，師父就是他嵩山派這批奸賊害死的，兩位師叔多半也是他們下的毒手，告知他們幹甚麼？」儀清道：「禮數可不能缺了。待得咱們查明確實，倘若三位師尊眞是嵩山派所害，那時在掌門師兄率領之下，自當大舉向他們問罪。」

令狐冲點頭道：「儀清師姊之言有理。只是這掌門人嘛，做就做了，卻不用行甚麼典禮啦。」記得幼年之時，師父接任華山掌門，繁文縟節，著實不少，上山來道賀觀禮的武林同道不計其數；又想起衡山派劉正風「金盆洗手」，衡山城中也是羣豪畢集。恆山派和華山、衡山兩派齊名，自己出任掌門，到賀的人如寥寥無幾，未免丟臉，但如到賀之人極多，眼見自己一個大男人做一羣女尼的掌門人，又未免可笑。

儀清明白他心意，說道：「掌門師兄既不願驚動武林朋友，那麼屆時不請賓客上山觀禮，也就是了，但咱們總得定下一個正式就任的日子，知會四方。」

令狐冲心想恆山派是五嶽劍派之一，掌門人就任倘若太過草草，未免有損恆山派威名，點頭稱是。儀清取過一本曆本，翻閱半晌，說道：「二月十六、三月初八、三月二十七，這三天都是黃道吉日，大吉大利。掌門師兄你瞧那一天合適？」

令狐冲素來不信甚麼黃道吉日、黑道凶日那一套，心想典禮越行得早，上山來參預的人越少，就免了不少尷尬狼狽，說道：「正月裏有好日子嗎？」

儀清道：「正月裏好日子倒也不少，不過都是利於出行、破土、婚姻、開張等等的，要到二月裏，才有利於『接印、坐衙』的好日子。」令狐冲笑道：「我又不是做官，甚麼接印、坐衙？」儀和笑道：「你不是做過大將軍嗎？做掌門人也是接印。」

令狐冲不願拂逆衆意，道：「既是如此，便定在二月十六罷。」當下派遣弟子，分赴少林寺迎回兩位師太的骨灰，向各門派分送通知。他向下山的諸弟子一再叮囑，千萬不可張揚其事，又道：「你們向各派掌門人稟明，定閒師太圓寂，大仇未報，恆山派衆弟子在居喪期內，不行甚麼掌門人就任的大典，請勿遣人上山觀禮道賀。」

打發了下山傳訊的弟子後，令狐冲心想：「我既做恆山掌門，恆山派的劍法武功，可得好好揣摩一下才是。」當下召集留在山上的衆弟子，命各人試演劍法武功，自入門的基本功夫練起，最後是儀和、儀淸兩名大弟子拆招，施展恆山劍法中最上乘的招式。

令狐冲見恆山派劍法綿密嚴謹，長於守禦，而往往在最令人出其不意之處突出殺著，劍法綿密有餘，凌厲不足，正是適於女子所使的武功。恆山派歷代高手都是女流，自不及男子所練的武功那樣威猛兇悍。但恆山劍法可說是破綻極少的劍法之一，若言守禦之嚴，僅遜於武當派的「太極劍法」，但偶爾忽出攻招，卻又在「太極劍法」之上。恆山一派在武林中卓然成家，自有其獨到處。

心想在華山思過崖後洞石壁之上，曾見到刻有恆山劍法，變招之精奇，遠在儀和、儀淸所使劍法之上。但縱是那套劍法，亦爲人所破，恆山派日後要在武林中發揚光大，其基本劍術顯然尚須好好改進才是。又想起曾見定靜師太與人動手，內功渾厚，招式老辣，遠非儀和等諸弟子所及，聽說定閒師太的武功更高，看來三位前輩師太的功夫，尚有一大半未能爲諸弟子所習得。三位師太數月間先後謝世，恆山派許多精妙功夫，只怕就此失傳了。

儀和見他呆呆出神，對諸弟子的劍法不置可否，便道：「掌門師兄，我們的劍法你自瞧不入眼，還請多多指點。」令狐冲道：「有一套恆山派的劍法，不知三位師太傳過你們沒有？」從儀和手中接過劍來，將石壁上所刻的恆山派劍法，一招招使了出來。他使得甚慢，好讓衆弟子看得分明。

使不數招，羣弟子便都大聲喝采，但見他每一招均包含了本派劍法的精要，可是變化之奇，卻比自己以往所學的每一套劍法都高明得不知多少，一招一式，人人瞧得血脈賁張，心曠神怡。這套劍招刻在石壁之上，乃是死的，令狐冲使動之時，將一招招串連在一起，其中轉折連貫之處，不免加上一些自創的新意。一套劍法使罷，羣弟子轟然喝采，個個喜不自勝，一齊躬身拜服。

儀和道：「掌門師兄，這明明是我們恆山派劍法，可是我們從未見過，只怕師父和兩位師叔也是不會，不知你從何處學來？」令狐冲道：「我是在一個山洞中的石壁上看來的。你們倘若願學，便傳了你們如何？」羣弟子大喜，連聲稱謝。

這日令狐冲便傳了她們三招，將這三招中奧妙之處細細分說，命各弟子自行練習。

劍法雖只三招，但這三招博大精深，縱是儀和、儀淸等大弟子，也得七八日功夫，才略明其中精要所在，至於鄭萼、儀琳、秦絹等人，更加不易領悟。到第九日上，令狐冲又傳了她們兩招劍法。這套石壁上的劍法，招數並不甚多，卻也花了一個多月時光，才大致授完，至於是否能融會貫通，那得瞧各人的修爲與悟性了。

這一個多月中，下山傳訊的衆弟子陸續回山，大都面色不愉，向令狐冲回稟時說話吞吞吐吐。令狐冲情知她們必是受人譏嘲羞辱，說她們一羣尼姑，卻要個男子來做掌門，也不細問，只好言安慰幾句，要她們分別向師姊學習所傳劍法，遇有不明之處，親自再加指點。

華山派那通書信，由于嫂與儀文兩名老成持重之人送去。華山和恆山相距不遠，按理該當早回。但往南方送信的弟子都已歸山，于嫂和儀文卻一直沒回來，眼見二月十六將屆，始終不見于嫂和儀文的影蹤，於是又派了兩名弟子儀光、儀空前去接應。

羣弟子料想各門各派無人上山道賀觀禮，也不準備賓客的食宿，大家只除草洗地，將數十座屋子打掃得乾乾淨淨，各人又均縫了新衣新鞋。鄭蕚等爲令狐冲縫了一件黑布長袍，以待這日接任時穿著。恆山是五嶽中的北嶽，服色尚黑。

二月十六清晨，令狐冲起床後出來，只見見性峯上每一座屋子前懸燈結綵，布置得一片喜氣。一衆女弟子心細，連一紙一線之微，也均安排得十分妥貼。令狐冲又慚愧，又感激，心想：「因我之故，累得兩位師太慘死，她們非但不來怪我，反而對我如此看重。令狐冲若不能爲三位師太報仇，好好爲恆山派出一番大力，當眞枉自爲人了。」

忽聽得山坳後有人大聲叫道：「阿琳，阿琳，你爹爹瞧你來啦，你好不好？阿琳，你爹爹來啦！」聲音宏亮，震得山谷間回聲不絕：「阿琳……阿琳……你爹爹……你爹爹……」儀琳聽到叫聲，忙奔出庵來，叫道：「爹爹，爹爹！」

山坳後轉出一個身材魁梧的和尚，正是儀琳的父親不戒和尚，他身後又有個和尚。兩人行得甚快，片刻間已走近身來。不戒和尚大聲道：「令狐公子，你受了重傷居然不死，還做了我女兒的掌門人，那好得很啊。」令狐冲笑道：「這是託大師的福。」

儀琳走上前去，拉住父親的手，甚是親熱，笑道：「爹，你知道今日是令狐師兄接任恆山派掌門的好日子，因此來道喜嗎？」

不戒笑道：「道喜也不用了，我是來投入恆山派。大家是自己人，又道甚麼喜？」令狐冲微微一驚，問道：「大師要投入恆山派？」

不戒道：「是啊。我女兒是恆山派，我是她老子，自然也是恆山派。他奶奶的，我聽到人家笑話你，說你一個大男人，卻來做一羣尼姑和女娘的掌門人。他奶奶的，他們可不知你多情多義，別有居心……」他眉花眼笑，顯得十分歡喜，向女兒瞧了一眼，又道：「老子一拳就打落他滿口牙齒，喝道：『你這小子懂個屁！恆山派怎麼全是尼姑和女娘們？老子就是恆山派的，老子雖剃了光頭，你瞧老子是尼姑嗎？老子解開褲子給你瞧瞧！』我伸手便解褲子，這小子嚇得掉頭就跑，哈哈，哈哈！」

令狐冲和儀琳也都大笑。儀琳笑道：「爹爹，你做事就這麼粗魯，也不怕人笑話！」

不戒道：「不給他瞧個清楚，只怕這小子還不知老子是尼姑還是和尚。令狐兄弟，我自己入了恆山派，又帶了個徒孫來。不可不戒，快參見令狐掌門。」

他說話之時，隨著他上山的那個和尙一直背轉了身子，不跟令狐冲、儀琳朝相，這時轉過身來，滿臉尷尬之色，向令狐冲微微一笑。

令狐冲只覺那和尙相貌極熟，一時卻想不起是誰，一怔之下，才認出他竟然便是萬里獨行田伯光，不由得大爲驚奇，衝口而出：「是……是田兄？」

那和尙正是田伯光。他微微苦笑，躬身向儀琳行禮，道：「參……參見師父。」

儀琳也詫異之極，問道：「你……你怎地出了家？是假扮的嗎？」

不戒大師洋洋得意，笑道：「貨眞價實，童叟無欺，的的確確是個和尙。不可不戒，你法名叫做甚麼，說給你師父聽。」田伯光苦笑道：「師父，太師父給我取了個法名，叫甚麼『不可不戒』。」儀琳奇道：「甚麼『不可不戒』，那有這樣長的名字？」

不戒道：「你懂得甚麼？佛經中菩薩的名字要多長便有多長。『大慈大悲救苦救難觀世音菩薩』，名字不長嗎？他的名字只四個字，怎會長了？」儀琳點頭道：「原來如此。他怎麼出了家？爹，是你收了他做徒弟嗎？」不戒道：「不。他是你的徒弟，我是他祖師爺。不過你是小尼姑，他拜你爲師，若不做和尙，於恆山派名聲有礙。因此我勸他做了和尙。」儀琳笑道：「甚麼勸他？爹爹，你定是硬逼他出家，是不是？」

不戒道：「他是自願，出家是不能逼的。這人甚麼都好，就是一樣不好，因此我給他取個法名叫做『不可不戒』。」儀琳臉上微微一紅，明白了爹爹用意。田伯光這人貪花好色，以前不知怎樣給她爹爹捉住了，饒他不殺，卻有許多古怪的刑罰加在他身上，這一次居然又硬逼他做了和尚。

只聽不戒大聲道：「我法名叫不戒，甚麼淸規戒律，一槪不守。可是這田伯光在江湖上做的壞事太多，倘若不戒了這一椿壞事，怎能在你門下做你弟子？令狐公子也不喜歡啊。他將來要傳我衣缽，因此他法名之中，也應該有『不戒』二字。」

忽聽得一人說道：「不戒和尙和不可不戒投入恆山派，我們桃谷六仙也入恆山派。」正是桃谷六仙到了，說話的是桃幹仙。桃根仙道：「我們最先見到令狐冲，因此我們六人是大師兄，不戒和尙是小師弟。」

令狐冲心想：「恆山派既有不戒大師和田伯光，不妨再收桃谷六仙，免得江湖上說令狐冲是一羣尼姑、姑娘的掌門。」說道：「六位桃兄肯入恆山派，那是再好不過。師兄師弟大小排起來麻煩得緊，大家都免了罷！」

桃葉仙忽道：「不戒的弟子叫做不可不戒，不可不戒將來收了徒弟，法名叫作甚麼？」桃實仙道：「不可不戒的弟子，法名中須有不可不戒四字，可稱爲『當然不可不戒』。」桃枝仙問道：「那麼『當然不可不戒』的弟子，法名又叫做甚麼？」

令狐冲見田伯光處境尷尬，便攜了他手道：「我有幾句話問你。」田伯光道：

「是。」二人加緊腳步，走出了數丈，卻聽得背後桃幹仙說道：「他的法名可以叫做『理所當然不可不戒』。」桃花仙道：「那麼『理所當然不可不戒』的弟子，法名又叫做甚麼？」桃根仙道：「上面加不上了，只好加在下面，叫做『理所當然不可不戒之至』。」

田伯光苦笑道：「令狐掌門，那日我受太師父逼迫，來華山邀你去見小師太，這中間的經過，當眞一言難盡。」令狐冲道：「我只知他逼你服了毒藥，又騙你說點了你的死穴。」

田伯光道：「這件事得從頭說起。那日在衡山羣玉院外跟余矮子打了一架，心想這當兒湖南白道上的好手太多，不能多耽，於是北上河南。這天說來慚愧，老毛病發作，在開封府黑夜裏摸到一家富戶小姐的閨房之中。我掀開紗帳，伸手一摸，竟摸到個光頭。」

令狐冲笑道：「不料是個尼姑。」田伯光苦笑道：「不，是個和尚。」令狐冲哈哈大笑，說道：「小姐繡被之內，睡著個和尚，想不到這位小姐偷漢，偷的卻是個和尚。」

田伯光搖頭道：「不是！那位和尚便是太師父了。原來太師父一直便在找我，終於得到線索，找到了開封府。我白天在這家人家左近踩盤子，給太師父瞧在眼裏。他老人家料到我不懷好意，跟這家人說了，叫小姐躲了起來，他老人家睡在床上等我。」

令狐冲笑道：「田兄這一下就吃了苦頭。」田伯光苦笑道：「那還用說嗎？當時我一伸手摸到太師父的光頭，便知不妙，跟著小腹上一麻，已給點中了穴道。太師父跳下床來，點了燈，問我要死要活。我自知一生作惡多端，終有一日會遭到報應，當下便道：『要死！』太師父大爲奇怪，問我：『爲甚麼要死？』我說：『我不小心給你制住，難道還能想活命嗎？』太師父臉孔一板，怒道：『你說不小心給我制住，倒像如果小心些，便不會給我制住了。好！』他說了這『好』字，一伸手便解開了我穴道。

「我坐了下來，問道：『有甚麼吩咐？』他說：『你帶得有刀，幹麼不向我砍？你生得有腳，幹麼不跳窗逃走？』我說：『姓田的男子漢大丈夫，豈是這等無恥小人？』他哈哈一笑，道：『你不是無恥小人？你答允拜我女兒爲師，怎地賴了？』我大是奇怪，問道：『你女兒？』他道：『在那酒樓之上，你跟那華山派的小伙子打賭，說道輸了便拜我女兒爲師，難道那是假的？我上恆山去跟我女兒相認，她一五一十，從頭至尾的都跟我說了。』我道：『原來如此。那個小尼姑是你大和尚的女兒，那倒奇了。』他道：『有甚麼奇怪了？』我自然說不出。」

令狐冲笑道：「這件事本來頗爲奇怪。人家是生了兒女再做和尚，不戒大師卻是做了和尚再生女兒，他法名叫做不戒，便是甚麼清規戒律都不遵守之意。」

田伯光道：「是。當時我說：『打賭之事，乃是戲言，又如何當得眞？這場打賭是我輸了，那不錯，我再也不去騷擾那位小師太，也就是了。』太師父道：『那不行。你說過要拜師，一定得拜師。你非拜我女兒爲師不可。我可不能生了個女兒，卻讓人欺悔。我一路上找你，功夫花得著實不小。你這小子滑溜得緊，你如不再幹這採花的勾當，要捉到你可還眞不容易。』我見他糾纏不清，當下一個『倒踩三疊雲』，從窗口中跳了出去。在下自以爲輕功了得，太師父定然追趕不上，不料只聽得背後腳步聲響，太師父直追了下來。我叫道：『大和尚，剛才你沒殺我，我此刻也不殺你。你再追來，我可要不客氣了。』

「太師父哈哈笑道：『你怎生不客氣？』我拔刀轉身，向他砍了過去。但太師父的武功也眞高強，他以一雙肉掌和我拆招，封得我的快刀沒法遞進招去，拆到四十招後，他一把抓住我後頸，跟著又將我單刀奪了下來，問我：『服了沒有？』我說：『服了，你殺了我罷！』他道：『我殺了你有甚麼用？又救不活我女兒了？』我吃了一驚，問道：『小師太死了嗎？』他道：『這時候還沒死，可也就差不多了。我在恆山見到她，她瘦得皮包骨頭似的，見到我就哭，我慢慢問明白了她的事，原來都是給你害的。』我說：『你要殺便殺，田伯光生平光明磊落，不打謊語。我本想對你的小姐無禮，可是她給華山派的令狐冲救了，田某可沒侵犯到你小姐，她仍是一位冰清玉潔的姑娘，不，是冰清玉潔的尼姑師太。』太師父道：『你奶奶的，冰清玉潔有甚麼用？我閨女生了相思病啦，倘若令狐冲不娶她，她便活不了。但我一提到這件事，我閨女便罵我，說甚麼出家人不可動凡心，否則菩薩要責怪，死後打入十八層地獄。』他說了一會，忽然揪住我頭頸，罵我：『臭小子，都是你搞出來的事。那日若不是你對我女兒非禮，令狐冲便不會出手相救，我女兒就不致瘦成這個樣子。』我道：『那倒不然。小師太美若天仙，當日我就算不對她無禮，令狐冲也必定會另借因頭，上前去勾勾搭搭。』」

令狐冲皺眉道：「田兄，你這幾句話可未免過份了。」

田伯光笑道：「對不起，這可得罪了。當時情勢危急，我若不這麼說，太師父決計不會放我。果然他一聽之下，便即轉怒爲喜，說道：『臭小子，你自己想想，你一生做過多少壞事？要不是你非禮我女兒，老子早就將你腦袋揑扁了。』」

令狐冲奇道：「你對她女兒無禮，他反而高興？」田伯光道：「那也不是高興，他讚我有眼光。」令狐冲不禁莞爾。

田伯光道：「太師父左手將我提在半空，右手打了我十七八個耳光，我給他打得暈了過去。他將我浸入小河之中，浸醒了我，說道：『我限你一個月之內，去請令狐冲到恆山來見我女兒，就算一時不能娶她，讓他們說說情話，也是好的，我女兒的一條性命就可保得下來。師父有難，你做徒弟的怎可不救？』他點了我幾處穴道，說是死穴，又逼我服了一劑毒藥，說道倘若一個月之內邀得你去見小師太，便給解藥，否則劇毒發作，無藥可救。」

令狐冲這才恍然，當日田伯光到華山來邀自己下山，滿腹難言之隱，甚麼都不肯明說，怎料到其間竟有這許多過節。

田伯光續道：「我到華山來邀你大駕，卻給你打得一敗塗地，只道這番再也性命難保，不料太師父放心不下，親自帶同小師太上華山找你，又給了我解藥，我聽你的勸，從此不再做採花奸淫的勾當。不過田伯光天生好色，女人是少不了的，反正身邊金銀有的是，要找蕩婦淫娃、娼妓歌女，絲毫不是難事。半個月前，太師父又找到了我，說你做了恆山派掌門，卻給人家背後譏笑，江湖上的名聲不大好聽，他老人家愛屋及烏，愛女及婿……」

令狐冲皺眉道：「田兄，這等無聊的話，以後可再也不能出口。」

田伯光道：「是，是。我只不過轉述太師父的話而已。他說他老人家要投入恆山派，叫我跟著一起來，第一步他要代女收徒。我不肯答應，他老人家揮拳就打，我打是打不過，逃又逃不了，只好拜師。」說到這裏，愁眉苦臉，神色甚是難看。

令狐冲道：「就算拜師，也不一定須做和尚。少林派不也有許多俗家弟子？」

田伯光搖頭道：「太師父是另有道理的。他說：『你這人太也好色，入了恆山派，師伯師叔們都是美貌尼姑，那可大大不妥。須得斬草除根，方爲上策。』他出手將我點倒，拉下我的褲子，提起刀來，就這麼喀的一下，將我那話兒斬去了半截。」

令狐冲一驚，「啊」的一聲，搖了搖頭，雖覺此事甚慘，但想田伯光一生所害的良家婦女太多，那也是應得之報。

田伯光也搖了搖頭，說道：「當時我便暈了過去。待得醒轉，太師父已給我敷上了金創藥，包好傷口，命我養了幾日傷。跟著便逼我剃度，做了和尚，給我取個法名，叫做『不可不戒』。他說：『我已斬了你那話兒，你已幹不得採花壞事，本來也不用做和尚。我叫你做和尚，取個「不可不戒」的法名，以便衆所周知，那是爲了恆山派的名聲。本來嘛，做和尚的人，跟尼姑們混在一起，大大不妥，但打明招牌「不可不戒」，就不要緊了。』」

令狐冲微笑道：「你太師父倒挺細心，想得周到。」田伯光道：「太師父說：爲了寶貝女兒，只好用盡心思，要救她一命。太師父要我向你說明此事，又要我請你別責怪我師父。」令狐冲奇道：「我爲甚麼要責怪你師父？全沒這回子事。」

田伯光道：「太師父說：每次見到我師父，她總更加瘦了一些，臉色也越來越壞，問起她時，她總是流淚，一句話不說。太師父說：定是你欺負了她。」令狐冲驚道：「沒有啊！我從來沒重言重語說過你師父一句。再說，她甚麼都好，我怎會責罵她？」

田伯光道：「就是你從來沒罵過她一句，因此我師父要哭了。」令狐冲道：「這個我可不明白了。」田伯光道：「太師父爲了這件事，又狠狠打了我一頓。」

令狐冲搔了搔頭，心想這不戒大師之胡纏瞎攪，與桃谷六仙實有異曲同工之妙。

田伯光道：「太師父說：他當年和太師母做了夫妻後，時時吵嘴，越罵得兇，越是恩愛。你不罵我師父，就是不想娶她爲妻。」

令狐冲道：「這個……你師父是出家人，我可從來沒想過這件事。」田伯光道：「我也這樣說，太師父大大生氣，便打了我一頓。他說：我太師母本來是尼姑，他爲了要娶她，才做和尚。如果出家人不能做夫妻，世上怎會有我師父這人？如果世上沒我師父，又怎會有我？」令狐冲忍不住好笑，心想你比儀琳小師妹年紀大得多，兩樁事怎能拉扯在一起？田伯光又道：「太師父還說：如果你不是想娶我師父，幹麼要做恆山派掌門？他說：恆山派尼姑雖多，可沒一個比我師父更貌美的，人人差得遠了！你不是爲我師父，卻又爲了那一個尼姑？」

令狐冲暗暗叫苦不迭，心想：「不戒大師當年爲了要娶一個尼姑爲妻，才做和尚，他只道普天下人個個和他一般心腸。這句話如傳了出去，豈不糟糕之至？」

田伯光苦笑道：「太師父問我：我師父是不是世上最美貌的女子。我說：『就算不是最美，那也是美得很了。』他一拳打落了我兩枚牙齒，大發脾氣，說道：『爲甚麼不是最美？如果我女兒不美，你當日甚麼意圖對她非禮？令狐冲這小子爲甚麼捨命救她？』我連忙說：『最美，最美。太師父你老人家生下來的姑娘，豈有不是天下最美貌之理？』他聽了這話，這才高興，大讚我眼光高明。」

令狐冲微笑道：「儀琳小師妹本來相貌甚美，那也難怪不戒大師誇耀。」田伯光喜道：「你也說我師父相貌甚美，那就好極啦。」令狐冲奇道：「爲甚麼那就好極啦？」田伯光道：「太師父交了一件好差使給我，說道著落在我身上，要我設法叫你……叫你……」令狐冲道：「叫我甚麼？」田伯光笑道：「叫你做我的師公。」

令狐冲一呆，道：「田兄，不戒大師愛女之心，無微不至。然而這樁事情，你也明知是辦不到的。」田伯光道：「是啊。我說那可難得很，說你曾爲了神教的任大小姐，率衆攻打少林寺。我說：『任大小姐的相貌雖及不上我師父的一成，可是令狐公子和她有緣，已給她迷上了，旁人那也沒法可施。』令狐公子，在太師父面前，我不得不這麼說，以便保得幾枚牙齒來吃東西，你可別見怪。」令狐冲微笑道：「我自然明白。」

田伯光道：「太師父說：這件事他也知道，他說那很好辦，想個法子將任大小姐殺了，不讓你知道，那就成了。我忙說不可，倘若害死了任大小姐，令狐公子一定自殺。太師父道：『這也說得是。令狐冲這小子死了，我女兒要守活寡，豈不倒霉？這樣罷，你去跟令狐冲這小子說，我女兒嫁給他做二房，也無不可。』我說：『太師父，你老人家的堂堂千金，豈可如此委屈？』他嘆道：『你不知道，我這個姑娘如嫁不成令狐冲，早晚便死，定然活不久長。』他說到這裏，突然流下淚來。唉，這是父女天性，眞情流露，可不是假的。」

兩人面面相對，都感尷尬。田伯光道：「令狐公子，太師父對我的吩咐我都對你說了。我知道這其中頗有難處，尤其你是恆山派掌門，更加犯忌。不過我勸你對我師父多說幾句好話，讓她高高興興，將來再瞧著辦罷。」

令狐冲點頭道：「是了。」想起這些日來每次見到儀琳，確是見她日漸瘦損，卻原來是爲相思所苦。儀琳對他情深一往，他如何不知？但她是出家人，又年紀幼小，料想這些閒情稍經時日，也便收拾起了，此後在仙霞嶺上和她重逢，自閩至贛，始終沒單獨跟她說過甚麼話。此番上恆山來，更加大避嫌疑。自己名聲早就不佳，於世人毀譽原不放在心上，可不能壞了恆山派的清名，是以除了向恆山女弟子傳授劍法之外，平日極少和誰說甚麼閒話，往日裝瘋喬痴的小丑模樣，更早已收得乾乾淨淨。此刻聽田伯光說到往事，儀琳對自己的一番柔情，驀地裏湧上心頭。

眼望著遠處山頭皚皚積雪，正自沉思，忽聽得山道上有大羣人喧嘩之聲。見性峯上向來清靜，從無有人如此吵嚷，正詫異間，只聽得腳步聲響，數百人擁將上來，當先一人叫道：「恭喜令狐公子，你今日大喜啊！」這人又矮又肥，正是老頭子。他身後計無施、祖千秋，以及黃伯流、司馬大、藍鳳凰、游迅、漠北雙熊等一干人竟都到了。

令狐冲又驚又喜，忙迎上前去，說道：「在下受定閒師太遺命，只得前來執掌恆山派門戶，沒敢驚動衆位朋友。怎地大夥兒都到了？」

這些人曾隨令狐冲攻打少林寺，經過一場生死搏鬥，已是患難之交。衆人紛紛搶上，將他圍在中間，十分親熱。老頭子大聲道：「大夥兒聽得公子已將聖姑接了出來，人人都十分歡喜。公子出任恆山派掌門，此事早已轟傳江湖，大夥兒今日若不上山道喜，可眞該死之極了。」這些人豪邁爽快，三言兩語之間，已笑成一片。

令狐冲自上恆山之後，對著一羣尼姑、姑娘，說話行事，無不極盡拘束，此刻陡然間遇上這許多老友，自不勝之喜。

黃伯流道：「我們是不速之客，恆山派未必備有我們這批粗胚的飲食。酒食飯菜這就挑上山來了。」令狐冲喜道：「那再好也沒有了。」心想：「這情景倒似當年五霸岡上的羣豪大會。」說話之間，又有數百人上山。計無施笑道：「令狐公子，咱們自己人不用客氣。你那些斯斯文文的女弟子，也招呼不來我們這些渾人。大家自便最好。」

這時見性峯上已喧鬧成一片。恆山衆弟子絕未料到竟有這許多賓客到賀，均各興奮。有些見多識廣的老成弟子，察覺來賀的這些客人頗爲不倫不類，雖有不少知名之士，卻均是邪派高手，也有許多是綠林英雄、黑道豪客。恆山派門規素嚴，羣弟子人人潔身自愛，縱然同是正教之士，也少交往。這些左道旁門的人物，向來對之絕不理睬，今日竟一窩蜂的擁上峯來。但眼見掌門人和他們抱腰拉手，神態親熱，也只得自己心下嘀咕而已。

到得午間，數百名漢子挑了鷄鴨牛羊、酒菜飯麵來到峯上。令狐冲心想：「見性峯上供奉白衣觀音，自己一做掌門人，便即大魚大肉，殺豬宰羊，未免對不住恆山派歷代祖宗。」當下命這些漢子在山腰間埋灶造飯。一陣陣酒肉香氣飄將上來，羣尼無不暗暗皺眉。

羣豪用過中飯，團團在見性峯主庵前的曠地上坐定。令狐冲坐在西首之側，數百名女弟子依著長幼之序，站在他身後，只待吉時一到，便行接任之禮。

忽聽得絲竹聲響，一羣樂手吹著簫笛上峯。中間兩名青衣老者大踏步走上前來，豪羣中「咦、啊」之聲四起，不少人站起身來。

左首青衣老者蠟黃面皮，朗聲說道：「日月神教東方教主，委派兩位長老賈布、上官雲，前來祝賀令狐大俠榮任恆山派掌門。恭祝恆山派發揚光大，令狐掌門威震武林。」

此言一出，羣豪都「啊」的一聲，轟然叫了起來。

這些左道之士大半與魔教頗有瓜葛，其中還有人服了東方不敗的「三尸腦神丹」，聽到「東方教主」四字便即心驚膽戰。羣豪就算不識得這兩個老者的，也都久聞其名，左首那人是「黃面尊者」賈布，右首那人複姓上官，單名一個雲字，外號叫做「鵰俠」。兩人武功之高，據說遠在一般尋常門派的掌門人與幫主、總舵主之上。兩人在日月神教中的資歷也不甚深，但近數年來教中變遷甚大，元老耆宿如向問天一類人或遭排斥，或自行退隱，眼前賈布與上官雲是教中極有權勢、極有頭臉的第一流人物。這一次東方不敗派他二人親來，對令狐冲可說是給足面子了。

令狐冲上前相迎，說道：「在下與東方先生素不相識，有勞二位大駕，愧不敢當。」他見那「黃面尊者」賈布一張瘦臉蠟也似黃，兩邊太陽穴高高鼓起，便如藏了一枚核桃相似。那「鵰俠」上官雲長手長腳，雙目精光燦爛，甚有威勢，足見二人內功均甚深厚。

賈布說道：「令狐大俠今日大喜，東方教主說道原該親自前來道賀才是。只是教中俗務羈絆，難以分身，令狐掌門勿怪才好。」

令狐冲道：「不敢。」心想：「瞧東方不敗這副排場，任教主自是尙未奪回教主之位，不知他和向大哥、盈盈三人現下怎樣了？」

賈布側過身來，左手一擺，說道：「一些薄禮，是東方教主的小小心意，請令狐掌門哂納。」絲竹聲中，百餘名漢子抬了四十口朱漆大箱上來。每一口箱子都由四名壯漢抬著，瞧各人腳步沉重，箱子中所裝物事著實不輕。

令狐冲忙道：「兩位大駕光臨，令狐冲已感榮寵，如此重禮，卻萬萬不敢拜領。還請上覆東方先生，說道令狐冲多謝了，恆山弟子山居淸苦，也不需用這些華貴的物事。」

賈布道：「令狐掌門若不笑納，在下與上官兄弟可爲難得緊了。」略略側頭，向上官雲道：「上官兄弟，你說這話對不對？」上官雲道：「正是！」

令狐冲心下爲難：「恆山派是正教門派，和你魔教勢同水火，就算雙方不打架，也不能結交為友。再說，任教主和盈盈就要去跟東方不敗算帳，我怎能收你的禮物？」便道：「兩位兄台請上覆東方先生，所賜萬萬不敢收受。兩位倘若不肯將原禮帶回，在下只好遣人送到貴教總壇來了。」

賈布微微一笑，說道：「令狐掌門可知這四十口箱中，裝的是甚麼物事？」令狐沖道：「在下自然不知。」賈布笑道：「令狐掌門看了之後，一定再也不會推卻了。這四十口箱子中所裝，其實也並非全是東方教主的禮物，有一部分原是該屬令狐掌門所有，我們抬了來，只物歸原主而已。」令狐沖大奇，道：「怎麼會是我的東西？那是甚麼？」賈布踏上一步，低聲道：「其中大多數是任大小姐留在黑木崖上的衣衫首飾和常用物事，東方教主命在下送來，以供任大小姐應用。另外也有一些，是教主送給令狐大俠與任大小姐的薄禮。許多物事混在一起，分也分不開，令狐掌門也不用客氣了。哈哈，哈哈！」

令狐沖生性豁達隨便，向來不拘小節，見東方不敗送禮之意甚誠，其中又有許多是盈盈的衣物，卻也不便堅拒，跟著哈哈一笑，說道：「如此便多謝了。」

只見一名女弟子快步過來，稟道：「武當派沖虛道長親來道賀。」

令狐沖吃了一驚，忙迎到峯前。只見沖虛道人帶著八名弟子走上峯來。令狐沖躬身行禮，說道：「有勞道長大駕，令狐沖感激不盡。」沖虛道人笑道：「老弟榮任恆山掌門，貧道聞知，不勝之喜。少林寺方證、方生兩位大師也要前來道賀，不知他們兩位到了沒有？」令狐冲更是驚訝。

便在此時，山道上走上來一羣僧人，當先二人大袖飄飄，正是方證方丈和方生大師。方證叫道：「冲虛道兄，你腳程好快，可比我們先到了。」

令狐冲迎下山去，叫道：「兩位大師親臨，令狐冲何以克當？」方生笑道：「令狐少俠，你曾三入少林，我們到恆山來回拜一次，那也是禮尙往來啊。」

令狐冲將一衆少林僧和武當道人迎上峯來。峯上羣豪見少林、武當兩大門派的掌門人親身駕到，無不駭異，說話也不敢這麼大聲了。

恆山一衆女弟子個個喜形於色，均想：「掌門師兄的面子可大得緊啊。」賈布與上官雲對望一眼，站在一旁，對方證、方生、冲虛等人上峯，似是視而不見。

令狐冲招呼方證大師和冲虛道人上座，尋思：「記得師父當年接任華山派掌門，少林派和武當派的掌門人並未到來，只遣人到賀而已。其時我雖年幼，不知有那些賓客，但師父、師娘後來跟衆弟子講述當年就任掌門時的風光，也從未提過少林、武當的掌門人大駕光臨。今日他二位同時到來，難道眞的是向我道賀，還是別有用意？」

這時上峯來的賓客絡繹不絕，大都是當日曾參與攻打少林寺之役的羣豪。此外崑崙派、點蒼派、峨嵋派、崆峒派、青城派、丐幫等各大門派幫會，也都派人呈上掌門人、幫主的賀帖和禮物。令狐冲見賀客衆多，心下釋然：「他們都是瞧著恆山派和定閒師太的臉面，才來道賀，可不是憑著我令狐冲的面子。」

嵩山、華山、衡山、泰山四派，卻均並未遣人來賀。

耳聽得砰砰砰三聲號炮，吉時已屆。令狐冲站到場中，躬身抱拳，向衆人團團爲禮，朗聲說道：「恆山派前任掌門定閒師太不幸遭人暗算，與定逸師太同時圓寂。小子令狐冲秉承定閒師太遺命，接掌恆山一派的門戶。承衆位前輩、衆位朋友不棄，大駕光臨，恆山派上下同蒙榮寵，不勝感激。」

磬鈸聲中，恆山派羣弟子列成兩行，魚貫而前，居中是儀和、儀清、儀眞、儀質四名大弟子。四名大弟子手捧法器，走到令狐冲面前，躬身行禮。令狐冲長揖還禮。

儀和說道：「四件法器，乃恆山派創派之祖曉風師太所傳，向由本派掌門人接管。新任掌門人令狐師兄便請收領。」令狐冲應道：「是。」

四名大弟子將法器依次遞過，乃是一卷經書，一個木魚，一串念珠，一柄短劍。令狐冲見到木魚、念珠，不由得發窘，只得伸手接過，雙眼視地，不敢與衆人目光相接。

儀清展開一個卷軸，說道：「恆山派門人，須當嚴守佛戒，以及本門五大戒律：一戒犯上忤逆，二戒同門相殘，三戒妄殺無辜，四戒持身不正，五戒結交奸邪。恆山派祖宗遺訓，掌門師兄須當身體力行，督率弟子，一概凜遵。」令狐冲應道：「是！」心想：「前三戒倒也罷了，可是令狐冲持身不大端正，至於不得結交奸邪那一款，更加令人爲難。今日上峯來的賓客，倒有一大半是左道旁門之士。」

忽聽得山道上有人叫道：「五嶽劍派左盟主有令，令狐冲不得擅篡恆山派掌門之位。」一呼喝聲中，五個人飛奔而至，後面跟著數十人。當先五人各執一面錦旗，正是五嶽劍派的盟旗。五人奔至人羣外數丈處站定，居中那人高大魁梧，五十來歲年紀。

令狐冲認得此人姓丁名勉，外號「托塔手」，是嵩山掌門左冷禪的師弟，「嵩山十三太保」中的第一太保，當日曾在藥王廟外見過，當下抱拳說道：「丁前輩，您好。」

丁勉將手中錦旗一展，說道：「恆山派是五嶽劍派之一，須遵左盟主號令。」

令狐冲道：「丁前輩想必忘了。那日在浙南龍泉鑄劍谷中，嵩山派的朋友們假扮日月教人士，圍攻定閒、定逸兩位師太，死傷了多位恆山師姊妹。定閒師太早已聲明，恆山派從此不奉左盟主號令，這番言語，想來姓趙、姓張、姓司馬那三位仁兄，都已稟明左掌門了。令狐冲接掌恆山門戶，自當遵奉定閒師太遺命，不再加盟五嶽劍派。」

這時其餘數十人都已上峯，卻是嵩山、華山、衡山、泰山四派的弟子。華山派那八人都是令狐冲當年的師弟，林平之卻不在其內。這數十人分成四列，手按劍柄，默不作聲。

丁勉大聲道：「恆山一派，向由出家的女尼執掌門戶。令狐冲身爲男子，豈可壞了恆山派數百年來的規矩？」

令狐冲道：「規矩是人所創，也可由人所改。況且恆山派早已不奉左盟主號令，恆山派之事，與嵩山派全不相干。」

羣豪之中已有人向丁勉叫罵起來：「他恆山派的事，要你嵩山派來多管甚麼鳥閒事？」「你奶奶的，快給我滾罷！」「甚麼五嶽盟主？狗屁盟主，好不要臉。」

當年衡山派劉正風意欲金盆洗手，退出武林，左冷禪派出丁勉、陸柏、費彬等嵩山派高手，率領史登達等弟子，持五嶽令旗前來阻止。由於事先布置周詳，聲勢浩大，泰山、華山、恆山各派首腦均無法與抗，最後劉正風不但金盆洗手之舉作罷，其弟子家人亦都死於非命。定逸師太曾欲主持公道，從中調解，反爲丁勉擊傷，憤而退走。今日嵩山派的作爲，與當年阻止劉正風金盆洗手甚爲相似，而派來的人馬，除嵩山派之外，尚有華山、衡山、泰山三派弟子，聲勢更較當日「衡山攻劉」爲盛。

儀和、儀清等恆山弟子原不免心中慄慄，然見賀客甚衆，不但少林、武當兩派掌門親臨，更有五湖四海的豪士近千人，嵩山派再想舊事重演，強行阻止令狐冲接掌恆山派門戶，只怕難以辦到了。眼見羣豪氣勢甚壯，心中登即大定，反覺這些人亂糟糟的來搗亂一番，倒於己方有利。

丁勉向令狐冲道：「這些口出污言之人，在這裏幹甚麼來著？」

令狐冲道：「這些兄台都是在下的朋友，是上峯來觀禮的。」丁勉道：「這就是了。恆山派五大戒律，第五條是甚麼？」令狐冲心道：「你存心跟我過不去，我便來跟你強辯。」說道：「恆山五大戒律，第五戒是不得結交奸邪。像丁兄這樣的人，以及嵩山派其餘的奸邪之徒，令狐冲是決計不會結交的。」

羣豪一聽，登時轟笑起來，都道：「奸邪之徒，快快滾罷！」

丁勉以及嵩山、華山等各派弟子見了這等聲勢，均想敵衆我寡，對方倘若翻臉動手，那可糟糕。丁勉更想：「左師哥這次可失算了。他料想見性峯上冷冷清清，只不過一些恆山派的尼姑、姑娘，我們四派數十名好手，儘可制得住。令狐冲劍術雖精，我們乘他手中無劍之時，師兄弟五人突以拳腳夾攻，必可取他性命。那知賀客竟這麼多，連少林、武當的兩大掌門也到了。」當下轉身向方證和冲虛說道：「兩位掌門是當今武林中的泰山北斗，人所共仰，今日須請兩位說句公道話。令狐冲招攬了這許多妖魔鬼怪來到恆山，是不是壞了恆山派不得結交奸邪這條門規？恆山派這樣一個歷時已久、享譽甚隆的名門正派，在令狐冲手中轉眼便鬧得萬劫不復，兩位是否坐視不理？」

方證咳嗽一聲，說道：「這個……這個……唔……」心想此人的話倒也在理，這裏果然大多數是旁門左道之士，可是難道要令狐冲將他們都逐下山去不成？

忽聽得山道上傳來一個女子清脆的叫聲：「日月神教任大小姐到！」

令狐冲驚喜交集，情不自禁的衝口而出：「盈盈來了！」急步奔到崖邊，只見兩名大漢抬著一乘青呢小轎，快步上峯。小轎之後跟著四名青衣女婢。

左道羣豪聽得盈盈到來，紛紛衝下山道去迎接，歡聲雷動，擁著小轎，來到峯頂。小轎停下，轎帷掀開，走出一個身穿淡綠衣衫的艷美少女，正是盈盈。

羣豪大聲歡呼：「聖姑！聖姑！」一齊躬身行禮。瞧這些人的神情，對盈盈又敬畏，又感佩，歡喜之情出自心底。

令狐冲走上幾步，微笑道：「盈盈，你也來啦！」

盈盈微笑道：「今天是你大喜的日子，我怎能不來？」眼光四下一掃，走上幾步，向方證與冲虛二人斂衽爲禮，說道：「方丈大師，掌門道長，小女子有禮。」

方證和冲虛一齊還禮，心下都想：「你和令狐冲再好，今日卻也不該前來，這可叫令狐冲更加爲難了。」

丁勉大聲道：「這個姑娘，是魔教中的要緊人物。令狐冲，你說是也不是？」令狐冲道：「是又怎樣？」丁勉道：「恆山派五大戒律，規定不得結交奸邪。你若不與這些奸邪人物一刀兩斷，便做不得恆山派掌門。」令狐冲道：「做不得便做不得，那又有甚麼打緊？」

盈盈向他瞧了一眼，目光中深情無限，心想：「你爲了我，甚麼都不在乎了。」問道：「請問令狐掌門，這位朋友是甚麼來頭？憑甚麼來過問恆山派之事？」

令狐冲道：「他自稱是嵩山派左掌門派來的，手中拿的，便是左掌門的令旗。別說這是左掌門的一面小小令旗，就是左掌門自己親至，又怎管得了我恆山派的事。」

盈盈點頭道：「不錯。」想起那日少林寺比武，左冷禪千方百計的爲難，寒冰眞氣又使爹爹身受重傷，險些性命不保，不由得惱怒，說道：「誰說這是五嶽劍派的盟旗？他是來騙人的……」一言未畢，身子微晃，左手中已多了柄寒光閃閃的短劍，疾向丁勉胸口刺去。

丁勉武功雖高，但萬萬料不到這樣一個嬌怯怯的美貌少女說打便打，事先更沒半點朕兆，出手如電，挺劍便刺了過來，拔劍招架已然不及，只得側身閃避。他更沒料到盈盈這一招乃是虛招，身子略轉之際，右手稍鬆，手中錦旗已給這姑娘奪了過去。盈盈身子不停，連刺五劍，連奪五面錦旗，所使身法劍招一模一樣，五招皆是如此。嵩山派其餘四人都是丁勉的師弟，個個拳腳功夫甚爲了得，左冷禪派了來，原是要避令狐冲劍招之長，以拳腳襲擊令狐冲的，可是盈盈出手實在太快，一霎之間，給她奇兵突出，攻了個措手不及，與其說是輸招，還不如說是中了奇襲暗算。

盈盈手到旗來，轉到了令狐冲身後，大聲道：「令狐掌門，這些旗果然是假的。這那裏是五嶽劍派的令旗，這是五仙教的五毒旗啊。」

她將手中五面錦旗張了開來，人人看得明白，五面旗上分別繡著青蛇、蜈蚣、蜘蛛、蝎子、蟾蜍五樣毒物，色彩鮮明，奕奕如生，那裏是五嶽劍派的令旗了？丁勉等人只驚得目瞪口呆，說不出話來。老頭子、祖千秋等羣豪卻大聲喝采。人人均知盈盈奪到令旗之後，立即便掉了包，將五嶽令旗換了五毒旗，只她手腳實在太快，誰也沒看清楚她掉旗之舉。

盈盈叫道：「藍教主！」人羣中一個身穿苗家裝束的美女站了出來，笑道：「在！聖姑有何吩咐？」正是五仙教教主藍鳳凰。盈盈問道：「你教中的五毒旗，怎會落入了嵩山派手中？」藍鳳凰笑道：「這幾個嵩山弟子，都是我教下女弟子的好朋友，想必是他們甜言蜜語，將我教中的五毒旗騙了去玩兒。」盈盈道：「原來如此。這五面旗兒，便還了你罷。」說著將五面旗子擲將過去。藍鳳凰笑道：「多謝。」伸手接了。

丁勉怒極大罵：「無恥妖女，在老子面前使這掩眼的妖法，快將令旗還來。」盈盈笑道：「你要五毒旗，不會向藍教主去討嗎？」丁勉無法可施，向方證和冲虛道：「方丈大師、冲虛道長，請你二位德高望重的前輩主持公道。」

方證道：「這個……唔……不得結交奸邪，恆山派戒律中原是有這麼一條，不過……今日江湖上朋友們前來觀禮，令狐掌門也不能閉門不納，太不給人家面子……」

丁勉突然指著人羣中一人，大聲道：「他……我認得他是採花大盜田伯光，他這麼扮成個和尚，便想瞞過我的眼去嗎？像這樣的人，也是令狐冲的朋友？」厲聲道：「田伯光，你到恆山幹甚麼來著？」田伯光道：「拜師來著。」丁勉奇道：「拜師？」

田伯光道：「正是。」走到儀琳面前，跪下磕頭，叫道：「師父，弟子請安。弟子痛改前非，法名叫做『不可不戒』。」儀琳滿臉通紅，側身避過，道：「你……你……」

盈盈笑道：「田師傅有心改邪歸正，另投明師，那是再好不過。他落髮出家，法名『不可不戒』，更顯得其意極誠。方證大師，有道是放下屠刀，立地成佛。一個人只要決心改過遷善，佛門廣大，便會給他一條自新之路，是不是？」

方證喜道：「正是！不可不戒投入恆山派，從此嚴守門規，實是武林之福。」

盈盈大聲道：「衆位聽了，咱們今日到來，都是來投恆山派的。只要令狐掌門肯收留，咱們便都是恆山弟子了。恆山弟子，怎能算是妖邪？」

令狐冲恍然大悟：「原來盈盈早料到我身爲衆女弟子的掌門，十分尷尬，倘若派中有許多男弟子，那便無人恥笑了。因此特地叫這一大羣人來投入恆山派。」當即朗聲問道：「儀和師姊，本派可有不許收男弟子這條門規麼？」

儀和道：「不許收男弟子的門規倒沒有，不過……不過……」她腦子一時轉不過來，總覺派中突然多了這許多男弟子出來，實是大大不妥。

令狐冲道：「衆位要投入恆山派，那是再好不過。但也不必拜師。恆山派另設一個……唔……一個『恆山別院』，安置各位，那邊通元谷，便是一個極好去處。」

那通元谷在見性峯之側，相傳唐時仙人張果老曾在此煉丹。恆山大石上有蹄印數處，歷代相傳爲張果老倒騎驢子所踏出。如此堅硬的花崗石上，居然有驢蹄之痕深印，若不是仙人遺跡，何以生成？唐玄宗封張果老爲「通元先生」，通元谷之名，便由此而來。通元谷和見性峯上主庵相距雖然不遠，但由谷至峯，山道絕險。令狐冲將這批江湖豪客安置在通元谷中，令他們男女隔絕，以免多生是非。

方證連連點頭，說道：「如此甚好。這些朋友們歸入了恆山派，受恆山派門規約束，眞是武林中一件大大的美事。」

丁勉見方證大師也如此說，對方又人多勢衆，看來今日已無法阻止令狐冲出任恆山派掌門，只得傳達左冷禪的第二道命令，咳嗽一聲，朗聲說道：「五嶽劍派左盟主有令：三月十五淸晨，五嶽劍派各派師長弟子齊集嵩山，推舉五嶽派掌門人，務須依時到達，不得有誤。」

令狐冲問道：「五嶽劍派併爲一派，是誰的主意？」

丁勉道：「嵩山、泰山、華山、衡山四派，均已一致同意。你恆山派倘若獨持異議，便是公然跟四派過不去，只有自討苦吃了。」轉身向泰山派等人問道：「你們說是不是？」站在他身後的數十人齊聲道：「正是！」丁勉一陣冷笑，轉身便走。走出幾步，不禁回頭向盈盈瞧了一眼，心想：「那五面令旗，如何想法子奪回來才好。」

藍鳳凰笑道：「丁老師，你失了旗子，回去怎麼向左掌門交代啊？不如我還了你罷！」說著右手一揮，將一面錦旗擲了過去。

丁勉見一面小旗勢挾勁風飛來，心想：「這是你的五毒旗，又不是五嶽令旗，我要來幹甚麼？」心念甫轉，那旗已飛向面前，戳向他咽喉，當即伸手抄住。突然一聲大叫，急忙將旗擲下，只覺掌心猶似烈火燒炙，提手一看，掌心已成淡紫之色，才知旗桿上餵有劇毒，已受了五毒教暗算，又驚又怒，氣急敗壞的罵道：「妖女……」

藍鳳凰笑道：「你叫一聲『令狐掌門』，向他求情，我便給你解藥，否則你這隻手掌要整個兒爛掉。」

丁勉素知五毒教使毒的厲害，一猶豫間，但覺掌心麻木，知覺漸失，心想我畢生功力，全在兩掌，爛掉手掌便成廢人，情急之下，只得叫道：「令狐掌門，你……」藍鳳凰笑道：「求情啊。」丁勉道：「令狐掌門，在下得罪了你，是我不是。求……求你賜給解……解藥。」

令狐冲微笑道：「藍姑娘，這位丁兄不過奉左掌門之命而來，請你給他解藥罷！」

藍鳳凰一笑，向身畔一名苗女揮手示意。那苗女從懷中取出一個白紙小包，走上幾步，拋給了丁勉。丁勉伸手接過，在羣豪轟笑聲中疾趨下峯。其餘數十人都跟了下去。

令狐冲朗聲道：「衆位朋友，大夥兒既願在恆山別院居住，可得遵守本派的戒律。

這戒律其實也不怎麼難守，只是第五條不得結交奸邪，有些麻煩。但自今而後，大夥兒都算是恆山派的人，恆山派弟子自然不是奸邪。不過和派外之人交友時，卻得留神些了。」羣豪轟然稱是。令狐冲又道：「你們要喝酒吃肉，也無不可，可是吃葷之人，過了今日，便不能再上這見性峯來。」

方證合什道：「善哉，善哉！清淨佛地，原是不可褻瀆了。」

令狐冲笑道：「好啦，我這掌門人，算是做成了。大家肚子也餓啦，快開素齋來，我陪少林方丈、武當掌門和各位前輩用飯。到得明日，再和各位喝酒。」

素齋後，方證道：「令狐掌門，老衲和冲虛道兄二人有幾句話，想和掌門人商議。」

令狐冲應道：「是。」心想：「當今武林中二大門派的掌門人親身來到恆山，必有重要話說。見性峯上龍蛇混雜，不論在那裏說話，都不免隔牆有耳。」當下吩咐儀和、儀清等弟子分別招待賓客，向方證、冲虛二人道：「下此峯後，磁窯口側有一座山，叫作翠屏山，峭壁如鏡。山上有座懸空寺，是恆山的勝景。二位前輩若有雅興，讓晚輩導往一遊如何？」

冲虛道人喜道：「久聞翠屏山懸空寺建於北魏年間，於松不能生、猿不能攀之處，發偌大願力，憑空建寺。那是天下奇景，貧道仰慕已久，正欲一開眼界。」

令狐沖和方證、沖虛來到飛橋之上。飛橋闊僅數尺，放眼四周皆空，雲生足底，有如身處天上，三人臨此勝境，胸襟大暢。

三〇　密議

令狐冲引著方證大師和冲虛道長下見性峯，趨磁窯口，來到翠屛山下。方證與冲虛仰頭而望，但見飛閣二座，聳立峯頂，宛似仙人樓閣，現於雲端。方證嘆道：「造此樓閣之人當眞妙想天開，果然是天下無難事，只怕有心人。」

三人緩步登山，來到懸空寺中。那懸空寺共有樓閣二座，皆高三層，凌虛數十丈，相距數十步，二樓之間，聯以飛橋。寺中有一年老僕婦看守打掃，見到令狐冲等三人到來，瞠目以視，既不招呼，也不行禮。令狐冲於十多日前曾偕儀和、儀清、儀琳等人來過，知這僕婦又聾又啞，甚麼事也不懂，當下也不理睬，逕和方證、冲虛來到飛橋之上。

飛橋闊僅數尺，若是常人登臨，放眼四周皆空，雲生足底，有如身處天上，自不免心目俱搖，手足如廢，但三人皆是一等一的高手，臨此勝境，胸襟大暢。

方證和沖虛向北望去，於縹緲煙雲之中，隱隱見到城郭出沒，磁窯口雙峯夾峙，一水中流，形勢甚爲雄峻。方證說道：「古人說一夫當關，萬夫莫開，這裏的形勢，確是如此。」沖虛道：「北宋年間楊老令公扼守三關，屯兵於此，這原是兵家必爭的要塞。始見懸空寺，但覺鬼斧神工，驚詫古人的功夫毅力，待見到這五百里開鑿的山道，懸空寺又渺不足道了。」

令狐冲奇道：「道長，你說這數百里山道，都是人工開鑿出來的？」沖虛道：「史書記載，北魏道武帝天興元年克燕，將兵自中山歸平城，發卒數萬人鑿恆嶺，通直道五百餘里，磁窯口便是這直道的北端。」方證道：「所謂直道五百餘里，當然大多數是天生的。北魏皇帝發數萬兵卒，只是將其間阻道的山嶺鑿開而已。但縱是如此，工程之大，也已令人撟舌難下。」

令狐冲道：「無怪乎有這許多人想做皇帝。他只消開一句口，數萬兵卒便將阻路的山嶺給他鑿了開來。」沖虛道：「權勢這一關，古來多少英雄豪傑，卻都難以鑿開。別說做皇帝了，今日武林中所以風波迭起，紛爭不已，還不是爲了那『權勢』二字。」

令狐冲心下一凜：「他說到正題了。」便道：「晚輩不明，請二位前輩指點。」

方證道：「令狐掌門，今日嵩山派的丁老師率衆前來，爲的是甚麼？」令狐冲道：「他傳達左盟主的號令，不許晚輩接任恆山派掌門。」方證道：「左盟主爲甚麼不許你做恆山派掌門？」令狐冲道：「左盟主要將五嶽劍派併而爲一，晚輩曾一再阻撓他的大計，殺了不少嵩山派之人，左盟主對晚輩自是痛恨之極。」方證問道：「你爲甚麼要阻撓他的大計？」

令狐冲一呆，一時難以回答，順口重複了一句：「我爲甚麼要阻撓他的大計？」

方證問道：「你以爲五嶽劍派合而爲一，這件事不妥麼？」

令狐冲道：「晚輩當時也沒想過此事妥或不妥。只是嵩山派爲了脅迫恆山派答允，假扮日月教教衆，劫擄恆山弟子，圍攻定靜師太，所使的手段太過卑鄙。晚輩剛巧遇上此事，心覺不平，是以出手相助。後來嵩山派火燒鑄劍谷，要燒死定閒、定逸兩位師太，那是更加可惡了。晚輩心想，五嶽劍派合併之舉倘是美事、好事，嵩山派何不正大光明的與各派掌門商議，卻要幹這鬼鬼祟祟的勾當？」

冲虛點頭道：「令狐掌門所見不差。左冷禪野心極大，要做武林中的第一人。自知難以服衆，只好暗使陰謀。」方證嘆道：「左盟主文才武略，確是武林中的傑出人物，五嶽劍派之中，原本沒第二人比得上。不過他抱負太大，急欲壓倒武當、少林兩派，未免有些不擇手段。」冲虛道：「少林派向爲武林領袖，數百年來衆所公認。少林之次，便是武當。更其次是崑崙、峨嵋、崆峒諸派。令狐賢弟，一個門派創建成名，那是數百年來無數英雄豪傑，花了無數心血累積而成，一套套的武功家數，都是一點一滴、千錘百鍊的積聚起來，決非一朝一夕之功。五嶽劍派在武林崛起，不過是近六七十年的事，雖然興旺得快，家底總還不及崑崙、峨嵋，更不用說和少林派博大精深的七十二絕藝相比了。」令狐冲點頭稱是。

冲虛又道：「各派之中，偶爾也有一二才智之士，武功精強，雄霸當時。一個人在武林中出人頭地，揚名立萬，事屬尋常。但若只憑一人之力，便想壓倒天下各大門派，那可從所未有。左冷禪滿腹野心，想幹的卻正是這件事。當年他一任五嶽劍派的盟主，方丈大師就料到武林中從此多事。近年來左冷禪的所作所爲，果然證明了方丈大師的先見。」方證唸了一句：「阿彌陀佛！」

冲虛道：「左冷禪當上五嶽劍派盟主，那是第一步。第二步是要將五派歸一，由他自任掌門。五派歸一之後，實力雄厚，便可隱然與少林、武當成爲鼎足而三之勢。那時他會進一步蠶食崑崙、峨嵋、崆峒、青城諸派，一一將之合併，那是第三步。然後他向魔教啓釁，率領少林、武當諸派，一舉將魔教挑了，這是第四步。」

令狐冲內心感到一陣懼意，說道：「這等事情難辦之極，左冷禪的武功未必當世無敵，他何以要花偌大心力？」

冲虛道：「人心難測。世上之事，不論多麼難辦，總是有人要去試上一試。你瞧，這五百里山道，不是有人鑿開了？這懸空寺，不是有人建成了？左冷禪若能滅了魔教，在武林中已是唯我獨尊之勢，再要吞併武當，收拾少林，也未始不能。幹辦這些大事，那也不是全憑武功，更要緊的是憑著一股勢頭。兵敗如山倒固然不錯，勝勢若潮湧也非奇事。」方證又唸了一句：「阿彌陀佛！」

令狐冲道：「原來左冷禪是要天下武林之士，個個遵他號令。」

冲虛說道：「正是！那時候只怕他想做皇帝了，做了皇帝之後，又想長生不老，萬壽無疆！這叫做『人心不足蛇吞象』，自古以來，皆是如此。英雄豪傑之士，絕少有人能逃得過這『權位』的關口。」

令狐冲默然，一陣北風疾颳過來，不由得機伶伶的打了個寒噤，說道：「人生數十年，但貴適意，卻又何苦如此？左冷禪要挑了魔教，要消滅崆峒、崑崙，要吞併少林、武當，不知將殺多少人，流多少血？」

冲虛雙手一拍，說道：「照啊，咱三人身負重任，須得阻止左冷禪，不讓他野心得逞，以免江湖之上，遍地血腥。」

令狐冲悚然道：「道長這等說，可令晚輩大是惶恐。晚輩見識淺陋，謹奉二位前輩教誨驅策。」

冲虛說道：「那日你率領羣豪，赴少林寺迎接任大小姐，不損少林寺一草一木，方丈大師很承你的情。」令狐冲臉上微微一紅，道：「晚輩胡鬧，甚是惶恐。」冲虛道：

「你走了之後，左冷禪等人也分別告辭，我卻又在少林寺中住了七日，和方丈大師日夜長談，深以左冷禪的野心勃勃爲憂。那日任我行使詭計佔了方證大師的上風，左冷禪即以其人之道，還治其人之身，本來那也算不了甚麼，但武林中無知之徒不免會說：『方證大師敵不過任我行，任我行又敵不過左冷禪……』」

令狐冲連連搖頭，道：「不見得，不見得！」冲虛道：「我們都知不見得。可是經此一戰，左冷禪的名頭終究又響了不少，也增長了他的自負與野心。後來我們分別接到你老弟出任恆山派掌門的訊息，決定親自上恆山來，一來是向老弟道賀，二來是商議這件大事。」令狐冲道：「兩位如此抬舉，晚輩實不敢當。」

冲虛道：「那丁勉傳來左冷禪的號令，說道三月十五，五嶽劍派人衆齊集嵩山，推舉五嶽派的掌門人。此舉原早在方丈大師的意料之中，只是我們沒想到左冷禪竟會如此性急。他說推舉五嶽派掌門人，倒似五嶽劍派合而爲一之事已成定局。其實，衡山莫大先生脾氣怪僻，是不會附和左冷禪的。泰山天門道兄性子剛烈，也決計不肯屈居人下。令師岳先生外圓內方，對華山一派的道統看得極重，左冷禪要他取消華山派的名頭，岳先生該會據理力爭。只恆山一派，三位前輩師太先後圓寂，一衆女弟子無力和左冷禪相抗，說不定就此屈服。豈知定閒師太竟能破除成規，將掌門人一席重任，交託在老弟手中。我和方丈師兄談起定閒師太的胸襟遠見，當眞欽佩之極。她在身受重傷之際，仍能想到這一著，更是難得，足見定閒師太平素修爲之高，直至壽終西歸，始終靈台淸明。只要泰山、衡山、華山、恆山四派聯手，不允併成五嶽派，左冷禪爲禍江湖的陰謀便不能得逞了。」

令狐冲道：「然而瞧丁勉今日前來傳令的聲勢，似乎泰山、衡山、華山三派均已受了左冷禪的挾制。」冲虛點頭道：「正是。令師岳先生的動向，也令方丈大師和貧道大惑不解。聽說福州林家有一名子弟，拜在令師門下，是不是？」令狐冲道：「正是。這林師弟名叫林平之。」冲虛道：「他祖傳有一部辟邪劍譜，江湖上傳言已久，均說譜中所載劍法，威力極大，老弟想來必有所聞。」令狐冲道：「是。」當下將如何在福州向陽巷中尋到一件袈裟、如何嵩山派有人謀奪、自己如何受傷暈倒等情說了。

冲虛沉吟半晌，道：「按情理說，令師見到了這件袈裟，自會交給你林師弟。」

令狐冲道：「是。可是後來師妹卻又向我追討辟邪劍譜。其中疑難，實無法索解。晚輩蒙冤已久，那也不去理他，但辟邪劍法到底實情如何，要向二位前輩請教。」

冲虛向方證瞧了一眼，道：「方丈大師，其中原委，請你向令狐老弟解說罷。」

方證點了點頭，說道：「令狐掌門，你可聽到過《葵花寶典》的名字？」

令狐冲道：「曾聽晚輩師父提起過，他老人家說，《葵花寶典》是武學中至高無上的秘笈，可是失傳已久，不知下落。後來晚輩又聽任教主說，他曾將《葵花寶典》傳給了東方不敗，然則這部《葵花寶典》，目下是在日月教手中了。」

方證搖頭道：「日月教所得的殘缺不全，並非原書。」令狐冲應道：「是。」心想武林中的重大隱秘之事，這兩位前輩倘若不知，旁人更不會知道了，料來有一件武林大事，即將從方證大師口中透露出來。

方證抬起頭來，望著天空悠悠飄過的白雲，說道：「華山派當年有氣宗、劍宗之分，一派分爲兩宗。華山派前輩，曾因此而大動干戈，自相殘殺，這一節你是知道的？」令狐冲道：「是。只是我師父亦未詳加教誨。」方證點頭道：「本派中同室操戈，實非美事，是以岳先生不願多談。華山派所以有氣宗、劍宗之分，據說便是因那部《葵花寶典》而起。」

他頓了一頓，緩緩說道：「這部《葵花寶典》，武林中向來都說，是前朝皇宮中一位宦官所著。」令狐冲道：「宦官？」冲虛道：「宦官就是太監。」令狐冲點頭道：「嗯。」方證道：「至於這位前輩的姓名，已無可查考，以他這樣一位大高手，爲甚麼在皇宮中做太監，那更加誰也不知道了。至於寶典中所載的武功，卻精深之極，三百餘年來，始終沒一人能據書練成。百餘年前，這部寶典爲福建泉州少林寺下院所得。其時泉州少林寺方丈紅葉禪師，乃是一位大智大慧的了不起人物，依照他老人家的武功悟性，該當練成寶典上所載武功才是。但據他老人家的弟子說道，紅葉禪師並未練成。更有人說，紅葉禪師參究多年，直到逝世，始終就沒起始修練寶典中所載武功。」

令狐冲道：「說不定此外另有秘奧訣竅，卻不載在書中，以致以紅葉禪師這樣的智慧之士，也難以全部領悟，甚至根本無從著手。」

方證大師點頭道：「這也大有可能。老衲和冲虛道兄都無緣法見到寶典，否則雖不敢說修習，但看看其中到底是些甚麼高深莫測的文字，也是好的。」

冲虛微微一笑，道：「大師卻動塵心了。咱們學武之人，不見到寶典則已，要是見到，定然會廢寢忘食的研習參悟，結果不但誤了清修，反而空惹一身煩惱。咱們沒緣份見到，其實倒是福氣。」

方證哈哈一笑，說道：「道兄說得是，老衲塵心不除，好生慚愧。」他轉頭又向令狐冲道：「據說華山派有兩位師兄弟，曾到泉州少林寺作客，不知因何機緣，竟看到了這部《葵花寶典》。」

令狐冲心想：「《葵花寶典》既如此要緊，泉州少林寺自然秘不示人。華山派這兩位前輩得能見到，定是偷看。方證大師說得客氣，不提這個『偷』字而已。」

方證又道：「其時匆匆之際，二人不及同時遍閱全書，當下二人分讀，一個人讀一半，後來回到華山，共同參悟研討。不料二人將書中功夫一加印證，竟然牛頭不對馬嘴，全然合不上來。二人都深信對方讀錯了書，只有自己所記才是對的。可是單憑自己所記得的一小半，卻又不能依之照練。兩個本來親逾同胞骨肉的師兄弟，到後來竟變成了對頭冤家。華山派分為氣宗、劍宗，也就由此而起。」

令狐冲道：「這兩位前輩師兄弟，想來便是岳肅和蔡子峯兩位華山前輩了？」岳肅是華山氣宗之祖，蔡子峯則是劍宗之祖。華山一派分為二宗，那是許多年前之事了。

方證道：「正是。岳蔡二位私閱《葵花寶典》之事，紅葉禪師不久便即發覺。他老人家知道這部寶典中所載武學不但博大精深，兼且凶險之極。據說最難的還是第一關，只消第一關能打通，以後倒也沒甚麼了。天下武功都是循序漸進，越到後來越難。這葵花寶典最艱難之處卻在第一步，修習時只要有半點岔錯，立時非死即傷。當下派遣他的得意弟子渡元禪師前往華山，勸諭岳蔡二位，不可修習寶典中的武學。」

令狐冲道：「這門功夫竟是第一步最難，如無人指點，照書自練，定然凶險之極。但想來岳蔡二位前輩並未聽從。」方證道：「其實那也怪不得岳蔡二人。想我輩武學之人，一旦得窺精深武學的秘奧，如何肯不修習？老衲出家修為數十載，一旦想到寶典的武學，也不免起了塵念，冲虛道兄適才以此見笑，何況是俗家武師？不料渡元禪師此一去，卻又生出一番事來。」令狐冲道：「難道岳蔡二位，對渡元禪師有所不敬嗎？」

方證搖頭道：「那倒不是。渡元禪師上得華山，岳蔡二人對他好生相敬，承認私閱

《葵花寶典》，一面深致歉意，一面卻以經中所載武學向他請教。殊不知渡元禪師雖是紅葉禪師的得意弟子，寶典中的武學卻未蒙傳授。只因紅葉禪師自己也不大明白，自不能以之傳授弟子。岳蔡二人只道他定然精通寶典中所載的學問，那想得到其中另有原由。渡元禪師也不點明，聽他們背誦經文，隨口解釋，心下卻暗自記憶。渡元禪師武功本極高明，又是絕頂機智之人，聽到一句經文，便以己意演繹幾句，居然也說來頭頭是道。」

令狐冲道：「這樣一來，渡元禪師反從岳蔡二位那裏，得悉了寶典中的經文？」方證點頭道：「不錯。不過岳蔡二人所記的，本來便已不多，經過這麼一轉述，不免又打了折扣。據說渡元禪師在華山上住了八日，這才作別，但從此卻也沒再回泉州少林寺去。」令狐冲奇道：「他不再回去？卻到了何處？」方證道：「當時就沒人得知了。不久紅葉禪師就收到渡元禪師的一通書信，說道他凡心難抑，決意還俗，無面目再見師父云云。」令狐冲大爲奇怪，心想此事當眞出乎意料之外。

方證道：「由於這一件事，少林下院和華山派之間，便生了許多嫌隙，而華山弟子偷窺《葵花寶典》之事，也流傳於外。過不多時，即有魔教十長老攻華山之舉。」

令狐冲登時想起在思過崖後洞所見的骷髏，以及石壁上所刻的武功劍法，不禁「啊」的一聲。方證道：「怎麼？」令狐冲臉上一紅，道：「打斷了方丈的話題，恕罪則個。」

方證點了點頭，說道：「算來那時候連你師父也還沒出世呢。魔教十長老攻華山，便是想奪這部《葵花寶典》，其時華山派已與泰山、嵩山、恆山、衡山四派結成了五嶽劍派，其餘四派得訊便即來援。華山腳下一場大戰，魔教十長老多數身受重傷，鎩羽而去，但岳肅、蔡子峯兩人均在這一役中斃命，而他二人所筆錄的《葵花寶典》殘本，也給魔教奪了去，因此這一仗的輸贏卻也難說得很。五年之後，魔教捲土重來。這一次十長老有備而來，對五嶽劍派劍術中的精妙之著，都想好了破解之法。冲虛道兄與老衲推想，魔教十長老武功雖高，但要在短短五年之內，盡破五嶽劍派的精妙劍招，多半也還是由於從《葵花寶典》中得到了好處。二次決鬥，五嶽劍派著實吃了大虧，高手耆宿，死傷慘重，五派許多精妙劍法從此失傳湮沒。只是那魔教十長老卻也不得生離華山。想像那一場惡戰，定是慘烈非凡。」

令狐冲道：「晚輩曾在華山思過崖的一個石洞之中，見到這魔教十長老的遺骨，又見到石壁上刻下的若干題字。」冲虛道：「有這等事？題字中寫些甚麼？」令狐冲道：「有十六個大字，寫的是『五嶽劍派，無恥下流，比武不勝，暗算害人。』此外還有許多小字，都是咒罵五嶽劍派卑鄙無賴，不要臉等等。」冲虛道：「華山派怎地容得這些誹謗的字跡留在石壁之上，這倒奇了。」令狐冲道：「這石洞是晚輩無意中發見的，旁人均不知道。」當下將如何發見這石洞的經過說了，又說那使斧之人以利斧開山數十丈，卻只相差不到一尺，力盡而死，毅力可佩，而命運之蹇，著實令人可嘆。

方證大師道：「使斧頭的？難道是十長老中的『大力神魔』范松？」令狐冲道：「正是！石壁上刻有一行字，說『范松趙鶴破恆山劍法於此』。」方證道：「趙鶴？他是十長老中的『飛天神魔』。他是不是使雷震擋的？」令狐冲道：「這個晚輩卻不知道，但石洞中地下，確有一具雷震擋。晚輩記得石壁上題字，破了華山派劍法的，是兩個姓張的，叫甚麼張乘風、張乘雲。」方證道：「果然不錯，『金猴神魔』張乘風，『白猿神魔』張乘雲，乃兄弟二人，據說所使兵刃是熟銅棍。」令狐冲道：「正是。石壁上圖形，確是以棍棒破了我華山派的劍法，設想之奇，令人嘆服。」

方證道：「從你所見者推想，似乎魔教十長老中了五嶽劍派的埋伏，被誘入山洞之中，囚禁了起來，沒法脫身。」令狐冲道：「晚輩也這麼想，料想因此這些人心懷不平，既在石壁上刻字痛罵五嶽劍派，又刻下破解五嶽劍派劍招的法門，好使後人得知，他們並非戰敗，只是誤中機關而已。石壁上所刻華山派劍法，確是精妙非凡，我師父師娘似乎並不知曉。此中緣故，晚輩一直大惑不解，適才聽了方丈大師述說往事，才知華山派前輩大都在此役中喪命，這些高招就此失傳。恆山、泰山等四派想來也是這樣。」冲虛道：「確是如此。」

令狐冲道：「在魔教十長老的骷髏之旁，還有好幾柄長劍，卻是五嶽劍派的兵刃。」

方證出了一會神，道：「那就難以推想了，說不定是十長老從五嶽劍派手中奪來的。你在後洞中所見，一直沒跟人說起過？」令狐冲道：「晚輩發見了後洞中的奇事之後，變故迭生，一直沒機緣向師父、師娘提起此事。風太師叔卻早就知道了。」

方證點頭道：「我方生師弟當年曾與風老前輩有數面之緣，頗受過他老人家的恩惠。方生師弟說道，你的劍法確是風老前輩嫡傳。我們只道風老前輩當年在華山氣劍兩宗火併之後便已仙去，原來尚仍健在，實乃可喜。」

冲虛道：「當年武林中傳說，華山兩宗火併之時，風老前輩剛好在江南娶親，得訊之後趕回華山，劍宗好手已傷亡殆盡，一敗塗地。否則以他劍法之精，倘若參與鬥劍，氣宗無論如何不能佔到上風。風老前輩隨即發覺，江南娶親云云，原來是一場大騙局，他那岳丈暗中受了華山氣宗之託，買了個妓女來冒充小姐，將他羈絆在江南。風老前輩重回江南岳家，他的假岳丈全家早已逃得不知去向。江湖上都說，風老前輩惱怒羞愧，就此自刎而死。」

方證連使眼色，要他住口。冲虛卻裝作並未會意，最後才道：「令狐掌門，貧道對風老前輩好生敬仰，決不敢揭他老人家的舊日陰私。今日所以重提此事，是盼你明白，英雄難過美人關，大丈夫一時誤中奸計，那也算不了甚麼，只不可愈陷愈深。」

令狐冲知他其意所指，說的是盈盈，他言語中比喻不倫，不過總是一番好意，當下喟然不答，尋思：「風太師叔這些年來一直在思過崖畔隱居，原來是懺悔前過，想是他無面目見武林中同道，因此命我決計不可洩露他的行蹤，又說從此不再見華山派之人。他一生遭遇極慘，數十年來孤單寂寞，待我大事一了，須得上思過崖去陪陪他說話解悶才是。我現下已不屬華山派，去拜見他老人家，不算是不遵囑咐。」

三人說了半天話，太陽快下山了，照映得半天皆紅。

方證道：「華山派岳肅、蔡子峯二人錄到《葵花寶典》不久，便即爲魔教十長老所殺，兩人都來不及修習，寶典又給魔教奪了去。因此華山派中沒人學到寶典中的絲毫武功。但兩人由於所見寶典經文不同，在武學上重氣、重劍的偏歧，卻已分別跟門人弟子詳細講論過，華山派後來分爲氣劍兩宗，同門相殘，便種因於此。說這部寶典是不祥之物，也不爲過。」冲虛點頭道：「五色令人目盲，五音令人耳聾，本來就是這個道理。」

方證道：「魔教得到了岳蔡二人手錄的寶典殘本，恐怕也沒甚麼得益。十長老慘死華山，那不必說了。令狐掌門說道，任教主將那寶典傳給了東方不敗。那麼兩人交惡，說不定也與這部手錄本有關。其實這部手錄本殘缺不全，本上所錄，只怕還不及林遠圖所悟。」

令狐冲問道：「林遠圖是誰？」方證道：「嗯，林遠圖便是你林師弟的曾祖，福威鏢局的創辦人，以七十二路辟邪劍法鎮懾羣小的，便是他了。」令狐冲道：「這位林前輩，也曾得見《葵花寶典》嗎？」

方證道：「他便是渡元禪師，便是紅葉禪師的弟子！」令狐冲身子一震，道：「原來如此。」方證道：「渡元禪師本來姓林，還俗之後，便復了本姓。」

令狐冲道：「原來以七十二路辟邪劍法威震江湖的林前輩，便是這位渡元禪師，那眞料想不到。」那天晚上衡山城外破廟中林震南臨死時的情景，驀地裏湧上心頭。

方證道：「渡元就是圖遠。這位前輩禪師還俗之後，復了原姓，卻將他法名顚倒過來，取名爲遠圖，後來娶妻生子，創立鏢局，在江湖上轟轟烈烈的幹了一番事業。這位林前輩立身甚正，吃的雖是鏢局子飯，但行俠仗義，急人之難，他不在佛門，行的卻是佛門之事。一個人只要心地好，心即是佛，是否出家，也沒多大分別。紅葉禪師當然不久即知，這林鏢頭便是他的得意弟子，但聽說師徒之間，以後也沒來往。」

令狐冲道：「這位林前輩從華山派岳蔡二位前輩口中，獲知《葵花寶典》的精要，不知那《辟邪劍譜》又從何而來？而林家傳下來的辟邪劍法，卻又不甚高明？」

方證道：「辟邪劍法是從葵花寶典殘本中悟出來的武功，兩者系出同源，但都只得到了原來寶典的一小部分。」轉頭向冲虛道：「道兄，劍法之道，你是大行家，比我懂得多了，這中間的道理，你向令狐少俠說說。」

冲虛笑道：「你這麼說，若非多年知己，老道可要怪你取笑我了。當今劍術之精，除了風老前輩，又有誰及得上令狐少俠？」方證道：「令狐少俠劍術雖精，劍道上的學問卻遠不及你。大家是自己人，無話不說，那也不用客氣。」

沖虛嘆道：「其實以老道之所知，與劍道中浩如煙海的學問相比，實只太倉一粟而已。將來也不知是否得有機緣拜見風老前輩，向他老人家請教疑難。」向令狐沖道：「今日林家的辟邪劍法平平無奇，而林遠圖前輩曾以此劍法威震江湖，卻又絕不虛假。當年青城派掌門長青子，號稱『三峽以西劍法第一』，卻也敗在林前輩手下。今日青城派的劍法，可就比福威鏢局的辟邪劍法強得太多，其中一定別有原因。這個道理，老道已想了很久，其實，天下學劍之士，人人都曾想過這個道理。」

令狐沖道：「林師弟家破人亡，父母雙雙慘死，便是由於這疑團難解而起？」

沖虛道：「正是。辟邪劍法的威名太甚，而林震南的武功太低，這中間的差別，自然而然令人推想，定然是林震南太蠢，學不到家傳武功。進一步便想，倘若這劍譜落在我手中，定然可以學到當年林遠圖那輝煌顯赫的劍法。老弟，百餘年來以劍法馳名的，原不只林遠圖一人。但少林、武當、峨嵋、崑崙、點蒼、青城，以及五嶽劍派諸派，後代各有傳人，旁人決計不會去打他們的主意。只因林震南武功低微，那好比一個三歲娃娃，手持黃金，在鬧市之中行走，誰都會起心搶奪了。」

令狐沖道：「這位林遠圖前輩既是紅葉禪師的高足，然則他在泉州少林寺中，早已學到了一身驚人武功，甚麼辟邪劍法，說不定只是他將少林派劍法略加變化而已，未必眞的另有劍譜。」

冲虛道：「這麼想的人，本來也是不少。不過辟邪劍法與少林派武功截然不同，任何學劍之士，一見便知。嘿嘿，起心搶奪劍譜的人雖多，終究還是青城矮子臉皮最老，第一個動手。可是余矮子臉皮雖厚，腦筋卻笨，怎及得上令師岳先生不動聲色，坐收巨利。」令狐冲臉上變色，顫聲道：「道長，你……你說甚麼？」

冲虛微微一笑，道：「那林平之拜入了你華山門下，辟邪劍譜自然跟著帶進來了。聽說岳先生有個獨生愛女，也要許配你那林師弟，是不是？果然是深謀遠慮。」

令狐冲初時聽冲虛說「令師岳先生不動聲色、坐收巨利」，辱及師尊，頗爲氣惱，待又聽他說到師父「深謀遠慮」，突然想起，那日師父派遣二師弟勞德諾喬裝改扮，攜帶小師妹到福州城外開設酒店，當時不知師父用意，此刻想來，自是爲了針對福威鏢局。林震南武功平平，師父如此處心積慮，若說不是爲了辟邪劍譜，又爲了甚麼？只是師父所用的策略乃是巧取，不像余滄海和木高峯那樣豪奪罷了。隨即又想：「小師妹是個妙齡閨女，師父爲甚麼要她拋頭露面，去開設酒店？」想到這裏，不由得心頭湧起一陣寒意，突然省悟：「師父要將小師妹許配給林師弟，其實在他二人相見之前，早就有這安排了。」

方證和冲虛見他臉上陰晴不定，神氣甚爲難看，知他向來尊敬師父，這番話頗傷他心意。方證道：「這些言語，也只是老衲與冲虛道兄閒談之時胡亂推測的。尊師爲人方正，武林中向有君子之稱。只怕我們是以小人之心，妄度君子之腹了。」冲虛微微一笑。

令狐冲心下一片混亂，只盼冲虛所言非實，但內心深處，卻知他每句話說的都是實情，忽然又想：「是了，林遠圖前輩本是和尚，因此他向陽巷老宅之中，有一佛堂，而那劍譜又是寫在袈裟上。猜想起來，他在華山與岳肅、蔡子峯兩位前輩探討葵花寶典，一字一句記在心裏，當時他尚是禪師，到得晚上，便筆錄在袈裟之上，以免遺忘。」

冲虛道：「時至今日，這部葵花寶典上所載的武學秘奧，魔教手中有一些，令師岳先生手上有一些。你林師弟既拜入華山派門下，左冷禪便千方百計的來找岳先生麻煩，用意顯然有二：一是想殺了岳先生，便於他歸併五嶽劍派；其二自然是劫奪辟邪劍譜了。」

令狐冲連連點頭，說道：「道長推想甚是。那寶典原書是在泉州少林寺，左冷禪可知道嗎？倘若他得知此事，只怕更要去滋擾泉州少林寺了。」

方證微笑道：「泉州少林寺中的《葵花寶典》早已毀了，那倒不足爲慮。」令狐冲奇道：「毀了？」方證道：「紅葉禪師臨圓寂之時，召集門人弟子，說明這部寶典的前因後果，便即投入爐中火化，說道：『這部武學秘笈精微奧妙，但其中許多關鍵之處，當年的撰作人並未能妥爲參通解透，留下的難題太多，尤其是第一關難過，不但難過，簡直是不能過、不可過，流傳後世，實非武林之福。』他有遺書寫給嵩山本寺方丈，也說及了此事。」

令狐冲嘆道：「這位紅葉禪師前輩見識非凡。倘若世上從來就沒有《葵花寶典》，這許許多多變故，也就不會發生了。」他心中想的是：「倘若沒有葵花寶典，就沒有辟邪劍法，師父就不會安排將小師妹許配給林師弟，林師弟不會投入華山派門下，也就不會遇見小師妹。」但轉念又想：「可是我令狐冲浮滑無行，與旁門左道之士結交，又跟葵花寶典有甚麼干係了？男子漢大丈夫，自己種因，自己得果，不用怨天尤人。」

冲虛道：「下月十五，左冷禪召集五嶽劍派齊集嵩山推舉掌門，令狐少俠有何高見？」令狐冲微笑道：「那有甚麼推舉的？掌門之位，自然是非左冷禪莫屬。」冲虛道：「令狐少俠便不反對嗎？」令狐冲道：「他嵩山、泰山、衡山、華山四派早已商妥，我恆山派孤掌難鳴，縱然反對，也屬枉然。恆山派既已不再聽令於左冷禪，這嵩山之會那也不必去了。」

冲虛搖頭道：「不然！泰山、衡山、華山三派，懾於嵩山派之威，不敢公然異議，容或有之，若說當眞贊成併派，卻爲事理之所必無。」

方證道：「以老衲之見，五嶽劍派唇齒相關，恆山一派絕難置身事外。這嵩山之會，少俠理應前往，而且一上來就該反對五派合併，理正辭嚴，他嵩山派未必說得人心盡服。倘若五派合併之議終於成了定局，那麼掌門人一席，便當以武功決定。少俠如全力施爲，劍法上當可勝得過左冷禪，索性便將這掌門人之位搶在手中。」

令狐冲大吃一驚，道：「我……我……那怎麼成？萬萬不能！」

冲虛道：「方丈大師和老道商議良久，均覺老弟是直性子人，隨隨便便，無可無不可，又跟魔教左道之士結交，你如做了五嶽派掌門人，老實說，五嶽派不免門規鬆弛，衆弟子行爲放縱，未必是武林之福……」

令狐冲哈哈大笑，說道：「道長說得眞對，要晚輩去管束別人，那如何能夠？上樑不正下樑歪，令狐冲自己，便是個浮滑無行、好酒貪杯的浪子。」

冲虛道：「浮滑無行，爲害不大，好酒貪杯更於人無損，野心勃勃，可害得人多了。老弟如做了五嶽派掌門，第一，不會欺壓五嶽劍派的前輩耆宿與門人弟子；第二，不會大動干戈，想去滅了魔教，不會來吞併我們少林、武當；第三，大概吞併峨嵋、崑崙諸派的興致，老弟也不會太高。」方證微笑道：「冲虛道兄和老衲如此打算，雖說是爲江湖同道造福，一半也是自私自利。」冲虛道：「打開天窗說亮話，老和尙、老道士來到恆山，一來是爲老弟捧場，二來是爲正邪雙方萬千同道請命。」方證合什道：「阿彌陀佛！左冷禪倘若當上了五嶽派掌門人，這殺劫一起，可不知伊於胡底了。」

令狐冲沉吟道：「兩位前輩如此吩咐，令狐冲原不敢推辭。但兩位明鑒，晚輩後生小子，這麼一塊胡塗材料，做這恆山掌門，已經狂妄之極，實是迫於無奈；如再想做五嶽派掌門，勢必給天下英雄笑掉了牙齒。這三分自知之明，晚輩總還是有的。這麼著，做五嶽派掌門，晚輩萬萬不敢，但三月十五這一天，晚輩一定去嵩山大鬧一場，說甚麼也要讓左冷禪做不成五嶽派掌門。令狐冲成事不足，搗搗亂或許還行。」

冲虛道：「一味搗亂，也不成話。屆時倘若事勢所逼，你非做掌門人不可，所謂當仁不讓，可就不能推辭。」令狐冲只是搖頭。

冲虛道：「你如不跟左冷禪搶，當然是他做掌門。那時五派歸一，左掌門手操生殺之權，第一個自然來對付你。」令狐冲默然，嘆了口氣，說道：「那也無可奈何。」冲虛道：「就算你一走了之，他捉你不到，左冷禪對付你恆山派門下的弟子，卻也不會客氣。定閒師太交在你手上的這許多弟子，你便任由她們聽憑左冷禪宰割麼？」令狐冲伸手在欄干一拍，大聲道：「不能！」冲虛又道：「那時你師父、師娘、師弟、師妹，左冷禪一定也容他們不得。數年之間，他們一個個大禍臨頭，你也忍心不理嗎？」

令狐冲心頭一凜，不由得全身毛骨悚然，退後兩步，向方證與冲虛二人深深作揖，說道：「多蒙二位前輩指點，否則令狐冲不自努力，貽累多人。」

方證、冲虛行禮作答。方證道：「三月十五，老衲與冲虛道兄率同本門弟子，前赴嵩山爲令狐少俠助威。」冲虛道：「他嵩山派若有甚麼不軌異動，我們少林、武當兩派自當出手制止。」

令狐冲大喜，說道：「得有二位前輩在場主持大局，諒那左冷禪也不敢胡作非爲。」三人計議已罷，雖覺前途多艱，但既有了成算，便覺寬懷。冲虛笑道：「咱們該回去了罷。新任掌門人陪著一個老和尚、一個老道士不知去了那裏，只怕大家已在躭心了。」

三人轉過身來，剛走得七八步，突然間同時停步。令狐冲喝道：「甚麼人？」他察覺天橋彼端傳來多人的呼吸之聲，顯然懸空寺左首的靈龜閣中伏得有人。

他一聲呼喝甫罷，只聽得砰砰砰幾聲響，靈龜閣的幾扇窗戶同時給人擊飛，窗口露出十餘枝長箭的箭頭，對準了三人。便在此時，身後神蛇閣的窗門也爲人擊飛，窗口也有十餘人彎弓搭箭，對準三人。

方證、冲虛、令狐冲三人均是當世武林中頂尖高手，雖然對準他們的強弓硬弩，自非尋常弓箭之可比，而伏在窗後的箭手料想也非庸手，但畢竟奈何不了三人。只是身處二閣之間的天橋上，下臨萬丈深淵，既不能縱躍而下，而天橋橋身窄僅數尺，亦無迴旋餘地，加之三人身上均未攜帶兵刃，猝遇變故，不禁都吃了一驚。

令狐冲身爲主人，斜身閃過，擋在二人身前，喝道：「大膽鼠輩，怎地不敢現身？」只聽一人喝道：「射！」卻見窗中射出十七八道黑色水箭。這些水箭竟是從箭頭上射將出來，原來這些箭並非羽箭，而是裝有機括的水槍，用以射水。水箭斜射向天，顏色烏黑，在夕陽反照之下，顯得詭異之極。

令狐冲等三人跟著便覺奇臭沖鼻，既似腐爛的屍體，又似大批死魚死蝦，聞著忍不住便要作嘔。十餘道水箭射上天空，化作雨點，灑將下來，有些落上了天橋欄干，片刻之間，木欄干上腐蝕出一個個小孔。方證和冲虛雖見多識廣，卻也從未見過這等猛烈的毒水。若是羽箭暗器，他三人手中雖無兵刃，也能以袍袖運氣擋開，但這等遇物即爛的毒水，身上只須沾上一點一滴，只怕便腐爛至骨。二人對視一眼，都見到對方臉上變色，眼中微露懼意。要令這二大掌門眼中顯露懼意，那可眞難得之極了。

一陣毒水射過，窗後那人朗聲說道：「這陣毒水是射向天空的，要是射向三位身上，那便如何？」只見十七八枝長箭慢慢斜下，又平平的指向三人。天橋長十餘丈，左端與靈龜閣相連，右端與神蛇閣相連，雙閣之中均伏有毒水機弩，要是兩邊機弩齊發，三人武功再高，也必難以逃生。

令狐冲聽得這人的說話聲音，微一凝思，便已記起，說道：「東方教主派人前來送禮，送的好禮！」

伏在靈龜閣中說話之人，正是東方不敗派來送禮道賀的那個黃面尊者賈布。

賈布哈哈一笑，說道：「令狐公子好聰明，認出了在下口音。既是在下暗使卑鄙詭計，佔到了上風，聰明人不吃眼前虧，令狐公子便暫且認輸如何？」他把話說在頭裏，自稱是「暗使卑鄙詭計」，倒免得令狐冲出言指責了。

令狐冲氣運丹田，朗聲長笑，山谷鳴響，說道：「我和少林、武當兩位前輩在此閒談，只道今日上山來的都是好朋友，沒作防範的安排，可著了賈兄的道兒。此刻便不認輸，也不可得了。」

賈布道：「如此甚好。東方教主素來尊敬武林前輩，看重後起之秀的少年英俠。何況任大小姐自幼在東方教主照料下長大，便如是東方教主的嫡親姪女一般，便看在任大小姐面上，我們也不敢對令狐公子無禮。」令狐冲哼了一聲，並不答話。

方證和冲虛當令狐冲和賈布對答之際，察看周遭情勢，要尋覓空隙，冒險一擊，但見前後水槍密密相對，僧道二人同時出手，當可掃除得十餘枝水槍，但若要一股盡殲，卻萬萬不能，只須有一枝水槍留下發射毒水，三人便均難保性命。僧道二人對望了一眼，眼光中所示心意都是說：「不能輕舉妄動。」

只聽賈布又道：「既然令狐公子願意認輸，雙方免傷和氣，正合了在下心願。我和上官兄弟下山之時，東方教主吩咐下來，要請公子和少林寺方丈、武當掌門道長，同赴黑木崖敝教總壇盤桓數日。此刻三位同在一起，那是再好不過，咱們便即起行如何？」

令狐冲又哼了一聲，心想天下那有這樣的便宜事，己方三人只消一離開天橋，要制住賈布、上官雲和他一干手下，自是易如反掌。

果然賈布跟著便道：「只不過三位武功太高，倘若行到中途，忽然改變主意，不願去黑木崖了，我們可沒法交差，吃罪不起，因此斗膽向三位借三隻右手。」令狐冲道：「借三隻右手？」賈布道：「正是，請三位各自砍下右臂，那我們就放心得多了。」

令狐冲哈哈一笑，說道：「原來如此。東方不敗是怕了我們三人的武功劍術，因此布下了這圈套。只消我們砍下了自己右臂，使不了兵刃，他便高枕無憂了。」賈布道：「高枕無憂倒不見得。任我行少了令狐公子這樣一位強援，便勢孤力弱得多了。」令狐冲道：「閣下說話倒坦率得很。」

賈布道：「在下是眞小人。」他提高嗓子說道：「方丈大師，掌門道長，兩位是寧可捨卻一臂呢，還是甘願把性命拚在這裏？」

冲虛道：「好！東方不敗要借手臂，我們把手臂借給他便是。只是我們身上不帶兵刃，要割手臂，卻有些難。」

他這個「難」字剛脫口，窗口中寒光一閃，一個鋼圈擲了出來。這鋼圈直徑近尺，邊緣鋒利，圈中有一橫條作爲把手，乃是外門的短打兵刃，若有一對，便是「乾坤圈」之類了。令狐冲站在最前，伸手一抄，接了過來，不由得微微苦笑，心想這賈布也眞工於心計，這鋼圈外緣鋒利如刀，一轉之下，便可割斷手臂，但不論舞得如何迅捷，總因兵刃太短，沒法擋開飛射過來的水箭。

賈布厲聲喝道：「既已答應，快快下手！別要拖延時刻，妄圖救兵到來。我叫一、二、三！若不斷臂，毒水齊發。一！」

令狐冲低聲道：「我向前急衝，兩位跟在我身後！」冲虛道：「不可！」

賈布叫道：「二！」

令狐冲左手將鋼圈一舉，心想：「方證大師和冲虛道長是我恆山客人，說甚麼也不能讓他二位受到傷害。他『三』字一叫出口，我擲出鋼圈，舞動袍袖衝上，只要毒水都射在我身上，他二位便有機會乘隙脫身。」

只聽得賈布叫道：「大家預備，我要叫『三』了！」

忽聽得靈龜閣屋頂一個清脆的女子聲音喝道：「且慢！」跟著便似有一團綠雲冉冉從閣頂飄落，擋在令狐冲身前，正是盈盈。

令狐冲急叫：「盈盈，退後！」盈盈反過左手，在身後搖了搖，叫道：「賈叔叔，黃面尊者在江湖上好響的萬兒，怎地幹起這等沒出息的勾當來啦！」賈布道：「這個……大小姐，你……退開，別淌混水。」盈盈道：「你在這裏幹甚麼來著？東方叔叔叫你和上官叔叔來送禮給我，你怎地受了嵩山派左冷禪的賄賂，竟來對恆山派掌門無禮？」賈布道：「誰說我受了左冷禪的賄賂？我奉有東方教主密令，捉拿令狐冲送交總壇。」

盈盈道：「你胡說八道。教主的黑木令在此。教主有令：賈布密謀不軌，一體教眾見之即行擒拿格殺，重重有賞！」說著右手高高舉起，手中果然是一根黑木令牌。

賈布大怒，喝道：「放箭！」盈盈道：「東方教主叫你殺我嗎？」賈布道：「你違抗教主令旨……」盈盈叫道：「上官叔叔，你將叛徒賈布拿下，你便升作青龍堂長老。」

上官雲自負武功較賈布為高，入教資歷也較他為深，但賈布是青龍堂長老，自己是白虎堂長老，排名反在其下，本來就對賈布頗有心病，聽得盈盈的呼喚，不禁遲疑。盈盈是前任教主之女，現下任教主重入江湖，謀復教主之位，東方教主雖向來對這位任大小姐尊重有加，今後卻勢必不同，但要他指揮部屬向盈盈發射毒水，卻萬萬不能。

賈布又叫：「放箭！」但他那些部屬一直視盈盈有若天神，又見她手中持有黑木令，如何敢對她無禮？

正僵持間，靈龜閣下忽然有人叫道：「火起，火起！」紅光閃動，黑煙衝上，正是樓閣底下著了火。盈盈大聲叫道：「賈布，你好狠心，幹麼放火想燒死你的老部下？」賈布怒道：「胡說八……」

盈盈叫道：「千秋萬載，一統江湖！日月神教教眾，東方教主有令：快下去救火！」說著向前疾衝。令狐冲、方證、冲虛三人乘勢奔前。盈盈叫的是本教切口，加之閣下火起，混亂中諸教眾只一呆，令狐冲等三人便已橫越半截飛橋，破窗入閣。

三人衝入閣內，毒水機弩即已無所施其技。令狐冲搶到眞武大帝座前，提起一隻燭台，右臂一振，蠟燭飛出。他知道毒水實在太過厲害，只須身上濺到一點，那便後患無窮，眼見方證、沖虛二人掌劈足踢，下手毫不容情，霎時間已料理了七八人，他提起燭台當劍使，手臂一抬便刺入一人咽喉，頃刻間殺了六人。

賈布與上官雲這次來到恆山，共攜帶四十口箱子，每口箱子兩人扛抬，一共有八十名漢子。這八十人都是日月教中的得力教衆，武功均頗了得。四十人分布懸空寺四周，其餘四十人便取出暗藏在身的機弩，分自神蛇閣、靈龜閣中出襲。令狐冲等三人片刻之間，將賈布手下的二十人屠戮乾淨，毒水機弩散了一地。

賈布手持一對判官筆，和盈盈手中一長一短的雙劍鬥得甚緊。

令狐冲和盈盈交往，初時是聞其聲而不見其人，隨後是見其威懾羣豪而不知其所由，感其深情而不知其所蹤。當日她手殺少林弟子，力鬥方生大師，令狐冲也只是見其影而不見其形，直至此刻，才初次正面見到她與人相鬥。但見她身形輕靈，倏來倏往，劍招攻人，出手詭奇，長短劍或虛或實，極盡飄忽，雖然一個實實在在的人便在眼前，令狐冲心中，仍覺得飄飄緲緲，如煙如霧。

賈布所使的一對判官筆份量極重，揮舞之際，發出有似鋼鞭、鐵鐗般聲息。盈盈的雙劍始終不和他判官筆相碰。賈布每一招都是筆尖指向盈盈身上各處大穴，但總是差之毫釐。

方證大師喝道：「孽障，還不撤下兵刃就擒？」

賈布眼見今日之勢已有死無生，雙筆歸一，疾向盈盈喉頭戳去。令狐冲一驚，生怕盈盈避不開這招，手中燭台刺出，嗤嗤兩聲，刺在賈布雙手腕脈之上。賈布手指無力，判官筆脫手，雙掌上揮，和身向令狐冲撲來。

方證大師斜刺裏穿上，一舉臂，兩隻手掌將他雙掌拿住了。賈布使力掙扎，沒法脫出對方手掌，當即飛起左腿，踢向方證下陰，招式毒辣。方證嘆一口氣，雙手一送，賈布向外直飛，穿門而出。只聽得叫聲慘厲，越叫越遠，跌入翠屏山外深谷之中。

令狐冲向盈盈一笑，說道：「虧得你來相救！」

盈盈笑道：「總算及時趕到！」縱聲叫道：「撲熄了火！」閣下有人應道：「是！」原來樓閣下起火，是以硫磺硝石之屬燒著茅草，用以擾亂賈布心神，並非眞的起火。

盈盈走到窗口，向對面神蛇閣叫道：「上官叔叔，賈布抗命，自取其禍，你率領部屬下閣來罷，我不跟你爲難。」上官雲道：「大小姐，你可得言而有信。」盈盈道：「我向本教歷代神魔發誓，只消上官雲聽我號令，今後我決不加害於他。若違此誓，給三尸蟲嚼食腦髓而死。」這是日月教最重的毒誓，上官雲一聽，便即放心，率領二十名部屬下閣。

令狐冲等四人走下靈龜閣，只見老頭子、祖千秋等數十人已候在閣下。令狐冲問盈盈道：「你怎知賈布他們前來偷襲？」盈盈道：「東方不敗那有這等好心，會誠心來給你送禮？我初時還道四十口箱子之中藏著甚麼詭計，後來見賈布鬼鬼祟祟，領著從人到這邊來，我起了疑心，帶老先生他們一起過來瞧瞧。那些守在翠屏山下的飯桶居然不許我們上山，一下子便露出了馬腳。」老頭子、祖千秋等盡皆大笑。

上官雲低下了頭，臉上深有慚色。

令狐冲嘆道：「我這恆山派掌門第一天上任，也便露出了馬腳，胡塗無能！明知東方不敗派人前來決無善意，卻也不加防範。令狐冲死了，那是活該，倘若方證大師和冲虛道長竟也遭到奸人暗算……唉！」說著不住搖頭。

盈盈道：「上官叔叔，今後你是跟我呢，還是跟東方不敗？」上官雲臉上變色，在這頃刻之間，要他決定背叛東方教主，那可為難之極。

盈盈道：「神教十長老之中，已有六人服了我爹爹給他們的三尸腦神丹。這一顆丹丸，你服是不服？」說著伸出手掌，一顆殷紅色的藥丸，在她手中滴溜溜的打轉。上官雲顫聲道：「大小姐，你說本教十大長老之中，已有六位長老……六位長老……」盈盈道：「不錯，你從未跟過我爹爹辦事，這幾年跟隨東方不敗，並不算是背叛我爹爹。你若能棄暗投明，我固然定當借重，我爹爹自也另眼相看。」

上官雲向四周一瞧，心道：「我若不投降，眼見便得命喪當場，既然十長老中已有六人歸順了任教主，大勢所趨，我上官雲也不能獨自向東方教主效忠。」當即上前，從盈盈掌上取過三尸腦神丹，嚥入腹中，說道：「上官雲蒙大小姐不殺之恩，今後奉命驅使，不敢有違。」一面說，一面躬身行禮。盈盈笑道：「今後咱們都是自己人，不必如此多禮。你手下這些兄弟，自然也跟著你罷？」

上官雲轉頭向二十名部屬瞧去。那些漢子見首領已降，且已服了三尸腦神丹，當即向盈盈拜伏於地，說道：「願聽聖姑差遣，萬死不辭。」

這時羣豪已撲熄了火，見盈盈收服上官雲，盡皆慶賀。上官雲在日月教中武功既高，職位又尊，歸降盈盈，於任我行奪回教主之事自必助力甚大。

方證和沖虛見事已平息，當即告辭下山。令狐沖送出數里，這才互道珍重而別。

盈盈與令狐沖並肩緩緩回見性峯來，說道：「東方不敗此人行事陰險毒辣，適才你已親見。我爹爹和向叔叔刻下正在向教中故舊遊說，要他們重投舊主。欣然順服的自然最好，不肯歸降的便一一解決，以削弱東方不敗的勢力。東方不敗這當兒也已展開反攻，他派遣賈布和上官雲來向你下手，便是一著極厲害的棋子。只因我爹爹和向叔叔行蹤隱秘，東方不敗沒法找到他們，若能傷害了你，我……我……」說到這裏，臉上微微一紅，轉過了頭。

其時暮色蒼茫，晚風吹動她柔髮，從後腦向雙頰邊飄起。令狐冲見到她雪白的後頸，心中一蕩，尋思：「她對我一往情深，天下皆知，連東方不敗也想到要擒拿了我，向她要脅，再以此要脅她爹爹。適才懸空寺天橋之上，她明知毒水中人即死，卻擋在我身前，唯恐我受傷。有妻如此，令狐冲復有何求？」伸出雙臂，便往她腰中抱去。

盈盈嗤的一笑，身子微側，令狐冲便抱了個空。他劍法雖精，內力雖厚，但於拳腳、擒拿、輕身等功夫，卻差得遠了。盈盈笑道：「一派掌門大宗師，如此沒規沒矩嗎？」

令狐冲笑道：「普天下掌門人之中，以恆山派掌門最爲莫名奇妙，貽笑大方了。」

盈盈正色道：「爲甚麼這樣說？連少林方丈、武當掌門對你也禮敬有加，還有誰敢瞧你不起？你師父將你逐出華山門牆，你可別老將這件事放在心頭，自覺愧對於人。」

盈盈這幾句話，正說中了令狐冲的心事，他生性雖然豁達，但於被逐出師門之事，卻一直既慚愧又痛心，不由得長嘆一聲，低下了頭。

盈盈拉住他手，說道：「你身爲恆山掌門，已於天下英雄之前揚眉吐氣。恆山華山兩派向來齊名，難道堂堂恆山派掌門，還及不上一個華山派的弟子嗎？」令狐冲道：「多謝你相勸。只是我總覺做尼姑頭兒，有點兒尷尬可笑。」盈盈道：「今日已有近千名英雄好漢投入恆山派麾下，五嶽劍派之中，說到聲勢之盛，只嵩山派尙可跟你較量一下，泰山、衡山、華山三派，又怎及得上你？」

令狐冲道：「這件大事，我還沒謝你呢。」盈盈微笑道：「謝甚麼？」令狐冲道：「你怕我做尼姑頭兒不大體面光采，於是派遣手下好漢，投歸恆山。若不是聖姑有令，這些放蕩不羈、桀傲不馴的江湖朋友，怎肯來做大小尼姑的同門？來乖乖的受我約束？」盈盈抿嘴一笑，說道：「那也未必盡然，你做他們的盟主，攻打少林寺，大夥兒都很服你呢。」

兩人談談說說，離主庵已近，隱隱聽到羣豪笑語喧嘩。盈盈停步道：「咱們暫且分手，待爹爹大事已定，我再來見你。」

令狐冲胸口突然一熱，說道：「你去黑木崖嗎？」盈盈道：「是。」令狐冲道：「我和你同去。」盈盈目光中放出十分喜悅的光采，卻緩緩搖頭。

令狐冲道：「你不要我同去？」盈盈道：「你今天剛做恆山派掌門，便和我一起去辦日月教的事。雖說恆山派新掌門行事令人莫測高深，但這樣幹，總未免過份些罷？」令狐冲道：「對付東方不敗，那是艱危之極的事，我難道能置身事外，忍心你去涉險？」盈盈道：「那些江湖漢子住在恆山別院之中，難保他們不向恆山派的姑娘囉唣。」令狐冲道：「只須你去傳個號令，諒他們便有天大膽子，再也不敢。」

盈盈道：「好，你肯和我同去，我代爹爹多謝了。」令狐冲笑道：「咱二人你謝我、我謝你的，幹麼這樣客氣？」盈盈嫣然一笑，道：「以後我對你不客氣，可別怪我。」

走了一陣，盈盈道：「我爹爹說過，你既不允入教，他去奪回教主之事，便不能要你相助，可是……可是……」說著紅暈上臉。令狐冲道：「我雖不屬日月神教，跟你卻是生死與共。就算你爹爹要攆我走，我也是厚了臉皮，死賴活挨。」盈盈微笑道：「我爹爹得你相助，心中也一定挺歡喜的。」

二人回到見性峯上，分別向衆弟子吩咐。令狐冲命諸弟子勤練武功，說自己要送盈盈一程，辦完事後，即行回山。盈盈則叮囑羣豪，過了今天之後，若是有人踏上見性峯一步，上左足砍左足，上右足砍右足，雙足都上便兩腿齊砍。

次日清晨，令狐冲和盈盈跟衆人別過，帶同上官雲及二十名教衆，向黑木崖進發。

黑木崖是在河北境內，由恆山而東，不一日到了平定州。令狐冲和盈盈一路都分別坐在兩輛大車之中，車帷低垂，以防爲東方不敗的耳目知覺。當晚盈盈和令狐冲在平定客店之中歇宿。該地和日月神教總壇相去不遠，城中頗多教衆來往，上官雲派遣四名得力部屬，在客店前後把守，不許閒雜人等行近。

晚膳之時，盈盈陪著令狐冲小酌。店房中火盆裏的熊熊火光映在盈盈臉上，更增嬌艷。令狐冲喝了幾杯酒，說道：「你爹爹那日在少林寺中，說道他於當世豪傑之中，佩服三個半人，其中以東方不敗居首。此人既能從你爹爹手中奪得教主之位，自然是個才智極高之士。江湖上又向來傳言，天下武功以東方不敗為第一，不知此言眞假如何？」

盈盈道：「東方不敗這廝富於機智，極工心計，那不必說了。武功到底如何，我卻不大了然，近幾年來我極少見到他面。」

令狐冲點頭道：「近幾年你在洛陽城中綠竹巷住，自是少見他面。」盈盈道：「那倒也不盡然。我雖在洛陽城，每年總回黑木崖一兩次，但回到黑木崖，往往也見不著東方不敗。聽教中長老說，這些年來，越來越難見到教主。」令狐冲道：「身居高位之人，往往裝神弄鬼，令人不易見到，以示與衆不同。」盈盈道：「這自然是一個原因。但我猜想他是在苦練《葵花寶典》上的功夫，不願教中事務打擾他心神。」令狐冲道：「你爹爹曾說，當年他日夕苦思『吸星大法』中融合異種眞氣之法，不理教務，這才讓東方不敗篡奪了權位。難道東方不敗又來重蹈覆轍麼？」

盈盈道：「東方不敗自從不親教務之後，這些年來，教中事務，盡歸那姓楊的小子大權獨攬了。這小子不會奪東方不敗的權，重蹈覆轍之舉，倒決不至於。」令狐冲道：「姓楊的小子？那是誰啊？怎地我從來沒聽見過？」盈盈臉上忽現忸怩之色，微笑道：「說起來沒的污了口。教中知情之人，誰也不提；教外之人，誰也不知。你自然不會聽到了。」

令狐冲好奇之心大起，道：「好妹子，你便說給我聽聽。」盈盈道：「那姓楊的叫做楊蓮亭，只二十來歲年紀，武功既低，又沒辦事才幹，但近來東方不敗卻對他寵信得很，當眞莫名奇妙。」說到這裏，臉上一紅，嘴角微斜，顯得甚是鄙夷。

令狐冲恍然道：「啊，這姓楊的是東方不敗的男寵了。原來東方不敗雖是英雄豪傑，卻喜歡……喜歡孌童。」

盈盈道：「別說啦，我不懂東方不敗搗甚麼鬼。總之他把甚麼事兒都交給楊蓮亭去辦，教裏很多兄弟都害在這姓楊的手上，當眞該殺……」

突然之間，窗外有人笑道：「這話錯了，咱們該得多謝楊蓮亭才是。」

盈盈喜叫：「爹爹！」快步過去開門。

任我行和向問天走進房來。二人都穿著莊稼漢衣衫，頭上破氈帽遮住了大半張臉，若非聽到聲音，當眞見了面也認不出來。令狐冲上前拜見，命店小二重整杯筷，再加酒菜。

任我行精神勃勃，意氣風發，說道：「這些日子來，我和向兄弟聯絡教中舊人，竟出乎意料之外的順利。十個中倒有八個不勝之喜，均說東方不敗近年來倒行逆施，已近於衆叛親離的地步。尤其那楊蓮亭，本來不過是神教中一個無名小卒，只因巴結上東方不敗，大權在手，作威作福，將教中不少功臣斥革的斥革，害死的害死。若不是限於教中嚴規，早已有人起來造反了。那姓楊的幫著咱們幹了這樁大事，豈不是須得多謝他才是。」

盈盈道：「正是。」又問：「爹爹，你們怎知我們到了？」

任我行笑道：「向兄弟和上官雲打了一架，後來才知他已歸降了你。」盈盈道：「向叔叔，你沒傷到他罷？」向問天微笑道：「要傷到上官鵰俠，可也眞不容易。」

正說到這裏，忽聽得外面噓溜溜、噓溜溜的哨子聲響，靜夜中聽來，令人毛骨悚然。盈盈道：「難道東方不敗知道我們到了？」轉向令狐冲解說：「這哨聲是教中捉拿刺客、叛徒的訊號，本教教衆一聞訊號，便當一體戒備，奮勇拿人。」

過了片刻，聽得四匹馬從長街上奔馳而過，馬上乘者大聲傳令：「教主有令：風雷堂長老童百熊勾結敵人，謀叛本教，立即擒拿歸壇，如有違抗，格殺勿論。」

盈盈失聲道：「童伯伯！那怎麼會？」只聽得馬蹄聲漸遠，號令一路傳了下去。瞧這聲勢，日月教在這一帶囂張得很，簡直沒把地方官放在眼裏。

任我行道：「東方不敗消息倒也靈通，咱們前天剛和童老會過面。」盈盈吁了口氣，道：「童伯伯也答應幫咱們？」

任我行搖頭道：「他怎肯背叛東方不敗？我和向兄弟二人跟他剖析利害，說了半天，最後童老說道：『我和東方兄弟是過命的交情，兩位不是不知，今日跟我說這些話，那分明是瞧不起童百熊，把我當作了出賣朋友之人。東方教主近來受小人之惑，的確幹了不少錯事。但就算他身敗名裂，我姓童的也決不做半件對不起他的事。姓童的不是兩位敵手，要殺要剮，便請動手。』這位童老，果然是老薑越老越辣。」

令狐冲讚道：「好漢子！」

盈盈道：「他既不答應幫咱們，東方不敗又怎地要拿他？」

向問天道：「這就叫做倒行逆施了。東方不敗年紀沒怎麼老，行事卻已顛三倒四。像童老這麼對他忠心耿耿的好朋友，普天下又那裏找去？」

任我行拍手笑道：「連童老這樣的人物，東方不敗竟也和他翻臉，咱們大事必成！來，乾一杯！」四個人一齊舉杯喝乾。

盈盈向令狐冲道：「這位童伯伯是本教元老，昔年曾立有大功，教中上下，人人對他甚爲尊敬。他向來和爹爹不和，跟東方不敗卻交情極好。按情理說，他便犯了再大的過失，東方不敗也決不會難爲他。」

任我行興高采烈，說道：「東方不敗捉拿童百熊，黑木崖上自是吵翻了天，咱們乘這時候上崖，當眞最好不過。」向問天道：「咱們請上官兄弟一起來商議商議。」任我行點頭道：「甚好。」向問天轉身出房，隨即和上官雲一起進來。

上官雲一見任我行，便即躬身行禮，說道：「屬下上官雲，參見教主，教主千秋萬載，一統江湖。」任我行笑道：「上官兄弟，向來聽說你是個不愛說話的硬漢子，怎地今日初次見面，卻說這等話？」上官雲一楞，道：「屬下不明，請教主指點。」

盈盈道：「爹爹，你聽上官叔叔說『教主千秋萬載，一統江湖』，覺得這句話很突兀，是不是？」任我行道：「甚麼千秋萬載，一統江湖，當我是秦始皇嗎？」

盈盈微笑道：「這是東方不敗想出來的玩意兒，他要下屬衆人見到他時，都說這句話，就是他不在跟前，教中兄弟們互相見面之時，也須這麼說。那還是不久之前搞的花樣。上官叔叔說慣了，對你也這麼說了。」

任我行點頭道：「原來如此。千秋萬載，一統江湖，倒想得挺美！然而又非神仙，那有千秋萬載的事？上官兄弟，聽說東方不敗下了令要捉拿童老，料想黑木崖上甚是混亂，咱們今晚便上崖去，你說如何？」

上官雲道：「教主令旨英明，算無遺策，燭照天下，造福萬民，戰無不勝，攻無不克。屬下謹奉令旨，忠心爲主，萬死不辭。」

任我行心下暗自嘀咕：「江湖上多說『鵰俠』上官雲武功既高，爲人又極耿直，怎地說起話來滿口諛詞，陳腔爛調，直似個不知廉恥的小人？難道江湖上傳聞多誤，他只是浪得虛名？」不由得皺起了眉頭。

盈盈笑道：「爹爹，咱們要混上黑木崖去，第一自須易容改裝，別給人認了出來。可是更要緊的，卻得學會一套黑木崖上的切口，否則你開口便錯。」任我行道：「甚麼叫做黑木崖上的切口？」盈盈道：「上官叔叔說的甚麼『教主令旨英明，算無遺策』，甚麼『屬下謹奉令旨，忠心爲主，萬死不辭』等等，便是近年來在黑木崖上流行的切口。這一套都是楊蓮亭那廝想出來奉承東方不敗的。他越聽越喜歡，到得後來，只要有人不這麼說，便是大逆不道的罪行，說得稍有不敬，立時便有殺身之禍。」任我行道：「你見到東方不敗之時，也說這些狗屁嗎？」盈盈道：「身在黑木崖上，不說又有甚麼法子？女兒所以常在洛陽城中住，便是聽不得這些教人生氣的言語。」

任我行道：「上官兄弟，咱們之間，今後這一套全都免了。」上官雲道：「是。教主指示聖明，歷百年而常新，垂萬世而不替，明如日月，光照天下，屬下自當凜遵。」

盈盈抿著嘴，不敢笑出聲來。

任我行道：「你說咱們該當如何上崖才好？」上官雲道：「教主胸有成竹，神機妙算，當世無人能及萬一。教主座前，屬下如何敢參末議？」任我行皺眉道：「東方不敗會商教中大事之時，也沒人敢發一言嗎？」盈盈道：「東方不敗才智超羣，別人原不及他的見識。就算有人想到甚麼話，那也是誰都不敢亂說，免遭飛來橫禍。」

任我行道：「原來如此。那很好，好極了！上官兄弟，東方不敗命你去捉拿令狐冲，當時如何指示？」上官雲道：「他說捉到令狐大俠，重重有賞，捉拿不到，提頭來見。」任我行笑道：「很好！你就綁了令狐冲去領賞。」

上官雲退了一步，臉上大有驚惶之色，說道：「令狐大俠是教主愛將，有大功於本教，屬下何敢得罪？」任我行笑道：「東方不敗的居處，甚是難上，你綁縛了令狐冲去黑木崖，他定要傳見。」

盈盈笑道：「此計大妙，咱們便扮作上官叔叔的下屬，一同去見東方不敗。只要見到他面，大夥兒抽兵刃齊上，憑他武功再高，總是雙拳難敵四手。」向問天道：「令狐兄弟最好假裝身受重傷，手足上綁了布帶，染些血跡，咱們幾個人用擔架抬著他，一來好叫東方不敗不防，二來擔架之中可暗藏兵器。」任我行道：「甚好，甚好！」

只聽得長街彼端傳來馬蹄聲響，有人大呼：「拿到風雷堂主了，拿到風雷堂主了！」

盈盈向令狐冲招了招手。兩人走到客店大門後，只見數十人騎在馬上，高舉火把，擁著一個身材魁梧的老者疾馳而過。那老者鬚髮俱白，滿臉是血，當是經過一番劇鬥。他雙手給綁在背後，雙目炯炯，如要噴出火來，顯是心中憤怒已極。盈盈低聲道：「以前東方不敗見到童伯伯時，熊兄長，熊兄短，親熱之極，那想到今日竟會反臉無情。」

過不多時，上官雲取來了擔架等物。盈盈將令狐冲的左臂用白布包紮了，吊在他頭頸之中，宰了口羊，將羊血灑得他滿身都是。任我行和向問天都換上教中兄弟的衣服，盈盈也換上男裝，塗黑了臉。各人飽餐之後，帶同上官雲的部屬，向黑木崖進發。

離平定州西北四十餘里，山石殷紅如血，一片長灘，水流湍急，那便是有名的猩猩灘。更向北行，兩邊石壁如牆，中間僅有一道寬約五尺的石道。一路上日月教教眾把守嚴密，但一見到上官雲，都十分恭謹。一行人經過三處山道，來到一處水灘之前，上官雲放出響箭，對岸搖過來三艘小船，將一行人接了過去。令狐冲暗想：「日月教數百年基業，果然非同小可。若不是上官雲作了內應，咱們要從外攻入，那是談何容易？」

到得對岸，一路上山，道路陡峭。上官雲等在過渡之時便已棄馬不乘，一行人在松柴火把照耀下徒步上坡。盈盈守在擔架之側，手持雙劍，全神監視。這一路上山，地勢極險，抬擔架之人倘若拚著性命不要，將擔架往萬丈深谷中一拋，令狐冲不免命喪宵小之手。

到得總壇時天尚未明，上官雲命人向東方不敗急報，說道奉行教主令旨，已成功而歸。過了一會，半空中銀鈴聲響，上官雲立即站起，恭恭敬敬的等候。

盈盈拉了任我行一把，低聲道：「教主令旨到，快站起來。」任我行當即站起，放眼瞧去，只見總壇中一干教眾在這剎那間突然都站在原地不動，便似中邪著魔一般。

銀鈴聲從高而下的響將下來，十分迅速，鈴聲止歇不久，一名身穿黃衣的教徒走進來，雙手展開一幅黃布，讀道：「日月神教文成武德、仁義英明教主東方令曰：賈布、上官雲遵奉令旨，成功而歸，殊堪嘉尚，著即帶同俘虜，上崖進見。」

上官雲躬身道：「教主千秋萬載，一統江湖。」

令狐冲見了這情景，暗暗好笑：「這不是戲台上太監宣讀聖旨嗎？」

只聽上官雲大聲道：「教主賜屬下進見，大恩大德，永不敢忘。」他屬下眾人一齊說道：「教主賜屬下進見，大恩大德，永不敢忘。」

任我行、向問天等隨著眾人動動嘴巴，肚中暗暗咒罵。

一行人沿著石級上崖，經過了三道鐵門，每一處鐵閘之前，均有人喝問當晚口令，檢查腰牌。到得一道大石門前，只見兩旁刻著兩行大字，右首是「文成武德」，左首是「仁義英明」，橫額上刻著「日月光明」四個大紅字。

過了石門，只見地下放著一隻大竹簍，足可裝得十來石米。上官雲喝道：「把俘虜抬進去。」和任我行、向問天、盈盈三人彎腰抬了擔架，跨進竹簍。

銅鑼三響，竹簍緩緩升高。原來上有絞索絞盤，將竹簍絞了上去。

竹簍不住上升，令狐冲抬頭上望，只見頭頂有數點火星，這黑木崖著實高得厲害。盈盈伸出右手，握住了他左手。黑夜之中，仍可見到一片片輕雲從頭頂飄過，再過一會，身入雲霧，俯視簍底，但見黑沉沉的一片，連燈火也望不到了。

過了良久，竹簍才停。上官雲等抬著令狐冲踏出竹簍，向左走了數丈，又抬進了另一隻竹簍，原來崖頂太高，中間有三處絞盤，共分四次才絞到崖頂。令狐冲心想：「東方不敗住得這樣高，屬下教眾要見他一面自是極難。」

好容易到得崖頂，太陽已高高升起。日光從東射來，照上一座漢白玉的巨大牌樓，牌樓上四個金色大字「澤被蒼生」，在陽光下發出閃閃金光，不由得令人肅然起敬。

令狐冲心想：「東方不敗這副排場，武林中確實無人能及。少林、嵩山，俱不能望其項背，華山、恆山，那更差得遠了。他胸中大有學問，可不是尋常的草莽豪雄。」任我行輕聲道：「澤被蒼生，哼！」

上官雲朗聲叫道：「屬下白虎堂長老上官雲，奉教主之命，前來進謁。」右首一間小石屋中出來四人，都身穿紫袍，走了過來。爲首一人道：「恭喜上官長老立了大功，賈長老怎地沒來？」上官雲道：「賈長老力戰殉難，已報答了教主的大恩。」那人道：「原來如此，然則上官長老立時便可升級了。」上官雲道：「若蒙教主提拔，決不敢忘了老兄的好處。」那人聽他答應行賄，眉花眼笑的道：「我們可先謝謝你啦！」他向令狐冲瞧了一眼，笑道：「任大小姐瞧中的，便是這小子嗎？我還道是潘安宋玉一般的容貌，原來也不過如此。青龍堂上官長老，請這邊走。」上官雲道：「教主還沒提拔我，可別叫得太早了，倘若傳進了教主和楊總管耳中，可吃罪不起。」那人伸了伸舌頭，當先領路。

從牌樓到大門之前，是一條筆直的石板大路。進得大門後，另有兩名紫衣人將五人引入後廳，說道：「楊總管要見你，你在這裏等著。」上官雲道：「是！」垂手而立。

過了良久，那「楊總管」始終沒出來，上官雲一直站著，不敢就座。令狐冲尋思：「這上官長老在教中職位著實不低，可是上得崖來，人人沒將他放在眼裏，似乎一個廝養侍僕也比他威風些。那楊總管是甚麼人？多半便是那楊蓮亭了，原來他只是個總管，那是打理雜務瑣事的僕役頭兒，可是日月教的白虎堂長老，竟要恭恭敬敬的站著，靜候他到來。東方不敗當眞欺人太甚！」

又過良久，才聽得腳步聲響，步聲顯得這人下盤虛浮，無甚內功。一聲咳嗽，屏風後轉出一個人來。令狐冲斜眼瞧去，只見這人三十歲不到年紀，穿一件棗紅色緞面皮袍，身形魁梧，滿臉虬髯，形貌極爲雄健威武。

令狐冲尋思：「盈盈說東方不敗對此人甚是寵信，又說二人之間關係曖昧。我總道是個姑娘般的美男子，那知竟是個彪形大漢，可大出意料之外了。難道他不是楊蓮亭？」只聽這人說道：「上官長老，你大功告成，擒了令狐冲而來，教主極是歡喜。」聲音低沉，甚爲悅耳動聽。

上官雲躬身道：「那是託賴教主的洪福，楊總管事先的詳細指點，屬下只是遵照教主的令旨行事而已。」

令狐冲心下暗暗稱奇：「這人果然便是楊蓮亭！」

楊蓮亭走到擔架旁，向令狐冲臉上瞧去。令狐冲目光散渙，嘴巴微張，裝得一副身受重傷後的痴呆模樣。楊蓮亭道：「這人死樣活氣的，當眞便是令狐冲，你可沒弄錯？」

上官雲道：「屬下親眼見到他接任恆山派掌門，並沒弄錯。只是他給賈長老點了三下重穴，又中了屬下兩掌，受傷甚重，一年半載之內，只怕不易復原。」楊蓮亭笑道：「你將任大小姐的心上人打成這副模樣，小心她找你拚命。」上官雲道：「屬下忠於教主，旁人的好惡也顧不得了。若得能為盡忠於教主而死，那是屬下畢生之願。」

楊蓮亭道：「很好。你這番忠心，我必告知教主知道，教主定然重重有賞。風雷堂堂主背叛教主、犯上作亂之事，想來你已知道了？」上官雲道：「屬下不知其詳，正要向總管請教。教主和總管若有差遣，屬下奉命便行，赴湯蹈火，萬死不辭。」

楊蓮亭在椅中一坐，嘆了口氣，說道：「童百熊這老兒，平日仗著教主善待於他，一直倚老賣老，把誰都不放在眼裏。近年來他暗中營私結黨，陰謀造反，我早已瞧出不妥，那知他越來越無法無天，竟然去和反教大逆任我行勾結，眞正豈有此理。」

上官雲道：「他竟去和那……那姓任的勾結嗎？」話聲發顫，顯然大為震驚。

楊蓮亭道：「上官長老，你為甚麼怕得這樣厲害？那任我行也不是甚麼三頭六臂之徒，教主昔年便將他玩弄於掌心之中，擺布得他服服貼貼。只因教主開恩，才容他活到今日。他不來黑木崖便罷，倘若膽敢到來，還不是像宰雞一般的宰了。」上官雲道：「是，是。只不知童百熊如何暗中和他勾結？」

楊蓮亭道：「童百熊和任我行偷偷相會，長談了幾個時辰，還有一名反教的大叛徒向問天在側。那是有人親眼目睹的。跟任我行、向問天這兩個大叛徒有甚麼好談的？那自是密謀反叛教主了。童百熊回到黑木崖來，我問他有無此事，他竟然一口認了！」上官雲道：「他竟一口承認，那自然不是冤枉的了。」

楊蓮亭道：「我問他既和任我行見過面，為甚麼不向教主稟報？他說：『任老弟瞧得起我姓童的，跟我客客氣氣的說話。他當我是朋友，我也當他是朋友，朋友之間說幾句話，有甚麼了不起？』我問他：『任我行重入江湖，意欲和教主搗亂，這一節你又不是不知。他既對不起教主，你怎可還當他是朋友？』他可回答得更加不成話了，他媽的，這老傢伙竟說：『只怕是教主對不起人家，未必是人家對不起教主！』」

上官雲道：「這老兒胡說八道！教主義薄雲天，對待朋友向來是最厚道的，怎會對不起人？那自然是忘恩負義之輩對不起教主。」這幾句話在楊蓮亭聽來，自然以為「教主」二字是指東方不敗，令狐冲等卻知他是在討好任我行，只聽他又道：「屬下既決意向教主效忠，有那個鼠輩膽敢言語中對教主他老人家稍有無禮，我上官雲決計放他不過。」

這幾句話，其實是當面在罵楊蓮亭，可是他卻那裏知道，笑道：「很好，教中眾兄弟倘若都能像你上官長老一般，對教主忠心耿耿，何愁大事不成？你辛苦了，這就下去休息罷。」

上官雲一怔，說道：「屬下很想參見教主。屬下每見教主金面一次，便覺精神大振，做事特別有勁，全身發熱，似乎功力修為陡增十年。」

楊蓮亭淡淡一笑，說道：「教主很忙，恐怕沒空見你。」

上官雲探手入懷，伸出來時，掌心中已多了十來顆大珍珠，走上幾步，低聲道：「楊總管，屬下這次出差，弄到了這十八顆珍珠，盡數孝敬了總管，只盼總管讓我參見教主。教主一歡喜，說不定升我的職，那時再當重重酬謝。」

楊蓮亭皮笑肉不笑的道：「自己兄弟，又何必這麼客氣？那可多謝你了。」放低了喉嚨道：「教主座前，我盡力爲你多說好話，勸他升你做青龍堂長老便了。」

上官雲連連作揖，說道：「此事若成，上官雲終身不敢忘了教主和總管的大恩大德。」楊蓮亭道：「你在這裏等著，待教主有空，便叫你進去。」上官雲道：「是，是！」將珍珠塞在他手中，躬身退下。楊蓮亭站起身來，大模大樣的進內去了。

笑傲江湖(大字版) / 金庸作. -- 二版.
-- 臺北市：遠流, 2017.10
冊； 公分. --(大字版金庸作品集；55–62)

ISBN 978-957-32-8112-2 (全套：平裝).

857.9 106016827